Weitere Bücher vom Autor

Asia With Suit And Tie

Asien Mit Anzug Und Krawatte

Kopf Hoch Herbert Wenn Der Hals Auch Dreckig Ist

Golf With The Devil

MordFriesland Serie:

Mord Hieve

Mord Gülle

Mord Asyl

Am 18. April 2012 prophezeite und warnte der syrische Präsident Baschar al-Assad, sehr vorausschauend, in einem Fernsehinterview, dass sich die Unterstützung der Rebellen durch den Westen letztendlich, wie in Afghanistan, gegen den Westen richten würde und die Rebellen zukünftig Terroranschläge im Herzen Europas und den USA verüben würden.

Wie recht er mit seiner Prophezeiung behalten sollte, beweisen die Opfer von London, Paris, Brüssel, Nizza und Berlin.

Rolf Zeiler

Mord Asyl

Ein Kriminalroman der MordFriesland Reihe

Die Handlung und die Personen in diesem Roman sind frei erfunden. Ähnlichkeiten mit lebenden Personen und Organisationen wären rein zufällig und nicht beabsichtigt.

Bibliografische Information der Deutschen Nationalbibliothek

Die Deutsche Nationalbibliothek verzeichnet diese Publikation in der Deutschen Nationalbibliografie; detaillierte bibliografische Daten sind im Internet über http://dnb.dnb.de abrufbar.

© 2018 Rolf Zeiler
Titelbild-Foto: Tobias Bruns, Emden
Bild urheberrechtlich geschützt

Satz, Umschlaggestaltung, Herstellung und Verlag: BoD – Books on Demand
ISBN 978-3-7528-7145-6

Prolog

Wie in vielen anderen Ländern des Nahen Ostens kam es auch in Syrien zu Protesten im Zuge des Arabischen Frühlings. Als der Arabische Frühling wird eine im Dezember 2010 beginnende Serie von Protesten, Aufständen und Revolutionen in der arabischen Welt bezeichnet. Diese richteten sich, beginnend mit der Revolution in Tunesien, in etlichen Staaten im Nahen Osten und in Nordafrika gegen die dort autoritär herrschenden Regime und die politischen sowie sozialen Strukturen dieser Länder. Zu Beginn war es als eine Verbesserung der Menschenrechtslage in den betroffenen Ländern gedacht, doch hat sich dies Bild mittlerweile ins Gegenteil verkehrt. Seit 2011 herrscht die Gewalt in Syrien. Aus anfangs einfachen, friedlichen Demonstrationen ist ein komplexer Bürgerkrieg geworden, mit unzähligen Milizen und Fronten.

Der Islamische Staat, der sogenannte IS, hat das Chaos in Syrien genutzt und will den alten syrischen Staat ganz und gar abschaffen. Er will in dem zerfallenden Land ein transnationales Kalifat errichten. Die Dschihadisten berufen sich auf eine islamische Endzeiterzählung, in der mehrere syrische Städte erwähnt werden. Der IS behauptet von sich selbst, der Erfüller dieser vermeintlich göttlichen Prophezeiung zu sein. Im Zuge seines Machtanspruchs hat der IS die syrische Stadt Rakka zu seiner Hauptstadt erklärt.

Doch nicht allein der Islamische Staat hat Interessen in Syrien, die restliche Welt hat ihren Anteil an der Zerstörung des Landes und ist an dem großen Leid der Bevölkerung nicht unschuldig. Es ist ein Stellvertreterkrieg um Macht, Einfluss, Öl und staatliche Anerkennung, der auf dem Rücken der syrischen Zivilbevölkerung ausgetragen wird.

Den Iran und die libanesische Hisbollah verbindet eine lange Partnerschaft mit dem syrischen Regime. Sie bilden zusammen die „schiitische Achse", die mit dem alawitischen Assad-Regime dem sunnitischen Einfluss Paroli bietet. Im Syrienkrieg unterstützt Teheran die syrische Armee mit großen Mengen Waffen und Ausrüstung. Zudem kämpfen die sogenannten Revolutionsgarden an der Seite der assadschen Armee. Mit Hisbollah-Kämpfern aus dem Libanon bevölkern weitere iranisch unterstützte Milizionäre die Schlachtfelder Syriens. Ohne diese Hilfe wäre das Assad-Regime längst untergegangen.

Die Großmacht Russland unterstützt aktiv das im Land verhasste Baschar-al-Assad-Regime mit Waffeneinsätzen und Soldaten. Der Kampf gegen den IS ist zwar erklärtes Ziel der Russen, sie bombardieren jedoch in weitaus größerer Zahl die Stellungen von Rebellengruppen, die den IS oder das syrische Regime bekämpfen. Putin möchte aber in Wirklichkeit auch seinen Einfluss im Mittleren Osten erweitern und Russland wieder als eine militärische Weltmacht etablieren.

Saudi-Arabien und die kleinen arabischen Golfstaaten dagegen wollen das Regime stürzen. Saudi-Arabien geht es um den Wettstreit mit dem Iran, der auf syrischem Boden mitentschieden wird. Um die schiitische Achse zu schwächen, muss das Assad-Regime stürzen. Sie haben gemeinsam diverse Rebellengruppen, wie die islamistische Rebellenallianz Dschaisch al-Fatah oder die Rebellenformation Ahrar asch-Scham, aufgerüstet.

Die USA und Europa möchten, wie immer, eine neue Regierung, Humanität im Krieg, wenn es denn so etwas überhaupt gibt, und, wenn möglich, natürlich einen sanften Übergang zur Demokratie. Dabei unterstützen sie, ohne aus den fatalen Konsequenzen des sowjetischen Afghanistankrieges gelernt zu haben, wieder einmal mit unkontrollierten Lieferungen modernen Kriegsgeräts die unterschiedlichen, Hauptsache regimefeindlichen Rebellengruppen. Auch wissen sie am Ende meist gar nicht mehr, an wen sie die vielen Waffen geliefert haben. Das ist ihnen, wie sich in der Vergangenheit des Öfteren gezeigt hat, auch ziemlich egal. Die vorrangigen Interessen der wirtschaftlich gesteuerten Regierungen sind ihre eigenen Rüstungsexportgeschäfte und die laufen bei einem Krieg immer gut.

Die einzig wirklichen heimischen Regimegegner sind die Freie Syrische Armee oder der Jabhat Thawar Suria. Zu dieser wichtigsten, nicht islamistischen Allianz gehören vierzehn weitere Rebellengruppen. Diese Gruppen, die sich aus lokalen Militärbrigaden wie dem Idlib Militärrat und Kampfeinheiten wie der Brigade der Freien Männer von Zawya oder der Brigade der Freien Männer des Nordens zusammensetzen, kämpfen sowohl gegen den Islamischen Staat wie auch gegen Assads syrische Regierungstruppen.

Der gute Nachbar, die Türkei, verteidigt einzig seine eigenen Interessen. Der türkische Präsident Erdogan will nicht, dass die kurdische PKK, Partiya Karkeren Kurdistane, in ihrem Grenzgebiet zu stark wird und einen eigenen Staat gründet. Er bekämpft die PKK, wo es nur geht. Der traurige Witz dabei ist, die PKK ist die einzige starke Macht in Syrien, die bisher erfolgreich gegen den IS kämpft.

Die verschiedenen Glaubensbekenntnisse der gegeneinander kämpfenden Kriegsparteien sind neben den unterschiedlichsten Machtansprüchen ein weiterer unüberbrückbarer Konfliktgrund für die Kriegführenden. Es kämpfen auf engstem Raum Alawiten gegen Sunniten, Sunniten gegen Schiiten, Islamisten gegen Christen, Wahhabiten, Salafisten gegen den reinen Glauben, Drusen gegen alle und ganz offiziell bekämpfen sie gemeinsam den mörderischen Islamischen Staat. Es ist total verworren und verlogen.

Wie Syrien jemals wieder friedlich, in welcher Staatsform und unter welcher Führung, vereint werden könnte, weiß bis heute niemand.

Nur eins ist ziemlich sicher, der Heilungsprozess des vom Krieg völlig zerstörten Landes wird sehr lange brauchen!

Kapitel I

15. August 2013, Rakka, Syrien

An diesem unheilvollen Tag veränderte der Konflikt in Syrien auch das Leben von Mohammed Bari. Mohammed war gerade achtzehn Jahre alt geworden, als der IS in Rakka Einzug hielt. Er lebte mit seiner Familie auf dem Land, in einem Dorf, das zur Stadt Rakka gehört. Es liegt am Ufer des Euphrats. Die Menschen lebten ohne Angst, ohne Gefahr glücklich bis zu dem Tag, als der IS ihr Leben dramatisch verändern sollte. Mohammed Bari war ein junger Student an der Universität in der Stadt Latakia im Nordwesten des Landes am Mittelmeer gewesen. Seine Familie hatte ihn zum Studium nach Latakia geschickt, er sollte es später einmal besser haben. Als er an diesem Tag im Jahr 2013 zu den Ferien in seine Heimat zurückkehrte, fragte er sich, mit einem entsetzten, ungläubigen Blick, was mit seiner Heimatstadt geschehen war. Überall, wohin er blickte, sah er zerstörte Häuser und verwüstete Plätze seiner früher einst so schönen Stadt.

Mohammed beschlich eine unangenehme Unruhe und er rannte von der Busstation sofort, so schnell er konnte, zu der Straße, wo sich seit Generationen das Haus seiner Familie befand. Was ihn dort erwartete, brach ihm fast das Herz, ein großer Krater, mit einer hässlichen Ruine aus Steinen und Geröll hatte sich gnadenlos an den Platz seiner schönen Kindheitstage gedrängt. Er erinnerte sich mit Wehmut an den idyllischen, kühlen Innenhof mit den Orangenbäumen, den Brunnen, die dicken Mauern, an das schöne alte Damaszener Haus mit seinen vielen kostbaren, alten Mosaiken. Doch das Haus seiner Familie gab es nicht mehr, es war gänzlich verschwunden. In der Ruine stand einzig und allein noch eins der kleinen Seitengebäude, das früher der Familie als Vorratsraum diente. Als Mohammed den ersten Schock überwunden hatte und verzweifelt nach seiner Familie rief, kamen aus dem kleinen Anbau seine Mutter Salima und sein jüngster Bruder Yasim zu ihm gelaufen. Sie umarmten ihn wortlos mit ihren von unendlichem Kummer gezeichneten Gesichtern. Nach ihrer von Trauer erfüllten Begrüßung zogen sie ihn in das kleine Häuschen, speisten ihn mit ein wenig Brot und frischem Quellwasser. Dann erzählten sie ihm von den Kämpfen zwischen den verschiedenen Kriegsparteien in der Stadt. Davon, dass Artillerie und Luftangriffe keine Gnade oder Menschlichkeit gezeigt hatten. Dass sein Vater, seine kleine Schwester Asifa und seine anderen beiden Brüder Yusuf und Ali in dem unmenschlichen Bombardement den Tod gefunden hatten. Sie trauerten den Abend gemeinsam, beklagten die Toten und weinten viele Tränen. Mohammed machte sich am nächsten Tag auf in die Stadt, um sich von der Kriegslage selber ein Bild zu machen. Durch seine Mutter zur Vorsicht geraten, band er sich einen schwarzen Turban um den Kopf und trug dazu ein traditionelles arabisches Gewand. Sie hatte ihn eindringlich davor gewarnt, dass die Träger westlicher Kleidung oft verhaftet wurden. Seine Mutter schien mit ihrer Warnung recht zu behalten, denn in den Straßen sah er überall nur furchteinflößende bärtige Männer mit Waffen in traditioneller Kleidung, keiner von ihnen trug westliche Mode. Sie patrouillierten durch die Straßen und nahmen jeden, der ihnen nicht gefiel, einfach fest oder erschossen ihn auf der Stelle. Mohammed realisierte sehr schnell, dass in Rakka Chaos herrschte, nur noch das Gesetz der Rücksichtslosigkeit galt. Die Stärkeren töteten erbarmungslos die Schwachen.

Der Kampf der Terroristen oder Mudschaheddin im Namen Allahs, wie sie sich nannten, gegen die syrische Opposition dauerte nur wenige Tage. Jeder, der sich in diesen blutigen Tagen auf die Straßen traute, wurde entweder von Scharfschützen oder Bomben getötet. Die Stadt hatte sich in ein einziges, brutales Schlachtfeld verwandelt. Es war ein Massaker an der friedlichen Bevölkerung, ein Blutrausch im Namen Allahs. Die in schwarze Gewänder gehüllten Mudschaheddin mit ihren hinter gleichfarbenen Balaklavas unkenntlichen Gesichtern verbreiteten überall, wo sie auftauchten, Angst und Schrecken. Jetzt begann die Welle des grausamen, willkürlichen Tötens unglaublichen Ausmaßes erst richtig. Manche Einwohner wurden einfach nur erschossen, aber vielen schnitt man, ohne Erbarmen zu zeigen, mit langen Messern die Kehlen durch. Überall lagen tote Körper und ihre abgetrennten Köpfe in den Straßen herum. Christen mussten eine Kopfsteuer zahlen, um am Leben zu bleiben, und jeder, der in ihren Augen kein Moslem oder Christ war, wurde von den schwarzen Schergen des Todes ausnahmslos getötet. Dann, so plötzlich, wie der Blutrausch begonnen hatte, beruhigte sich die ganze Situation wieder und die Mudschaheddin begannen mit der Organisation des alltäglichen Lebens in der Stadt. Sie bekamen erstaunlicherweise alles sehr schnell fest in den Griff. Ihr Gesetz des Terrors und der brutalen Unterdrückung beherrschte die Stadt und ihre Einwohner hervorragend. Es galt einzig das Gesetz des Korans, die Scharia. Dieben wurde die Hand abgehackt, fast alles andere sofort mit dem Tod bestraft, es gab kein normales Leben mehr. Männer durften sich nicht mehr die Bärte rasieren, Frauen mussten Nikab, den vollen Gesichtsschleier, tragen, alle Schulen wurden ausnahmslos geschlossen, Alkohol und Zigaretten waren verboten, täglich kamen neue Verbote hinzu.

Mohammed, seine Mutter sowie sein kleiner Bruder Yasim lebten, wie so viele ihrer Nachbarn in der Zeit, tagtäglich mit der Angst, ermordet zu werden. Einer nach dem anderen ihrer noch wenigen verbliebenen Freunde wurden Opfer der blutrünstigen Islamisten in der Stadt und getötet, Gründe gab es oft keine, oder viele. Wen störte es noch, wenn einer ins Zentrum gezerrt und öffentlich enthauptet wurde, wer traute sich, nach dem Grund zu fragen? Bei öffentlichen Steinigungen musste sogar ein jeder mitmachen oder er riskierte selbst, gesteinigt zu werden. Bei den häufigen, meist öffentlichen Auspeitschungen starben nicht selten die armen Delinquenten noch am Handlungsort.

Das war der neue Alltag in Rakka. Alle Einwohner konnten jederzeit mit dem Tod bedroht werden, es gab keine Ausnahmen. In den Anfangswochen war es sogar ganz normal, Kindern beim Spielen mit abgeschlagenen Köpfen zuzusehen. Der Teufel hatte die Hölle nach Rakka verlegt und der IS war zu seinem willigen Gehilfen geworden. Sie waren erbarmungslose Ankläger und Vollstrecker, die Exekutionen nahmen kein Ende mehr. Ihre Doktrin war einfach, wenn du ihrem Kampf nicht beitreten wolltest, warst du der Feind und der Feind hatte sein Leben verwirkt, er wird getötet. Es gab keinen Ausweg, Mohammed wusste, wenn er dem IS nicht folgt, würde er über kurz oder lang sterben. Sein Glück war, dass er lesen und schreiben konnte, sie zwangen ihn, Verwaltungsaufgaben zu übernehmen. Eine seiner Aufgaben war es, die vielen Todesurteile zu schreiben, und er schrieb diese todbringenden Schriftstücke zu Hunderten. Mohammed hatte keine Wahl, er musste seine Mutter und seinen kleinen Bruder schützen, was konnte er allein auch schon gegen die Mörder ausrichten? Sie hatten die Waffen, sie waren die Herrscher, das Gesetz, er war nur ein Opfer, wie alle anderen.

Eines frühen Morgens wurde Mohammed durch lauten Tumult an seiner Zimmertür geweckt. Fünf maskierte, schwarz gekleidete Männer rissen ihn unsanft aus dem Bett und fragten ihn nach seinem Namen. Als er ihnen versicherte, er sei Mohammed Bari, Sohn von Abdul Bari und ein guter Moslem, begannen sie auf ihn einzuschlagen. Sie schrien ihn an, er sei ein elender Verräter und Ungläubiger, stülpten ihm einen schwarzen Sack über den Kopf und nahmen ihn mit in ihr Hauptquartier. Mohammed versuchte erst gar nicht, mit ihnen zu sprechen oder nach einer Erklärung zu fragen. Er war sich sicher, sein Leben war verwirkt. Er dachte nur noch an seine öffentliche Enthauptung auf dem Platz in der Stadt, die seiner Meinung unweigerlich auf ihn wartete. Die Schergen des IS brachten ihn aber nicht zum Marktplatz, sondern, zu seiner Verwunderung, ins Gefängnis. Dort steckten sie ihn kurzerhand in eine schmutzige, nach Schweiß, Urin und Fäkalien riechende Zelle. Bevor sie den dunklen Sack von seinem Kopf zogen, die Handschellen lösten und ihn wortlos auf dem Zellenboden liegen ließen, verprügelten sie ihn. Den ganzen folgenden Tag blieb er allein in dem dunklen vergitterten Raum, bis sie dann in der Nacht endlich kamen, ihn fesselten und zum Verhör brachten. Zwei Männer nahmen ihn in die Mitte und schleiften ihn einen langen Flur entlang zu einem großen Raum. Mohammed wurde in der Mitte auf einen Stuhl gesetzt. Er hielt seinen Kopf gesenkt und entdeckte, zu seinem Entsetzen, viele getrocknete Blutflecken und sogar ein paar ausgebrochene Zähne auf dem Zementboden. Ein stämmiger pockennarbiger Mann mit grausamen Augen befragte Mohammed die ganze Nacht unaufhörlich. Immer wieder stellte er Mohammed die Frage über seine Verbindung zu einem syrischen Armeeangehörigen aus Rakka. Er warf ihm unaufhörlich vor, er wäre ein Verräter und er müsste wissen, wo der Armeeoffizier sich versteckt halten würde. Während des endlosen Verhörs schlugen er und ein weiterer Mann erbarmungslos wieder und wieder auf Mohammed ein. Wenn er durch die Schläge besinnungslos wurde, schütteten sie einen Eimer Wasser über ihn aus. Da er der Wahrheit entsprechend niemanden in der Armee kannte, bestritt er vehement die Anschuldigungen. Die Folterungen dauerten viele Tage und Nächte. Sie banden ihm die Hände auf den Rücken und zogen ihn daran hoch, bis die Gelenke in den Schultern krachten. So baumelte er oft stundenlang, die meiste Zeit unbeachtet, bei seinen Peinigern, bis hin und wieder einer einen Stock nahm und auf ihn einschlug. Dabei fragte er immer wieder nach dem Offizier der syrischen Armee. Meistens ließen sie ihn erst am nächsten Morgen wieder herunter und brachten ihn in seine Zelle zurück. Den folgenden Tag ließen sie ihn dann in Ruhe und er erholte sich körperlich ein wenig, aber mental war eine Erholung unmöglich. Tag und Nacht hörte er die Schreie von Mitgefangenen, anderen Gefolterten, von Männern sowie Frauen.

Dann kamen seine Peiniger wieder und holten ihn zur erneuten Befragung. Unaufhörlich stellten sie dieselbe Frage nach seiner Beziehung zur syrischen Armee. Mohammed beteuerte stur, unablässig zu niemand in der Armee Kontakte zu haben, aber sie glaubten ihm nicht oder sie wollten ihm nicht glauben. Abermals hingen sie ihn an den Händen auf und ließen ihn die ganze Nacht über hängen. Manchmal, wenn Bewusstlosigkeit ihm die Qualen der Tortur nahm, spritzten sie ihm Wasser ins Gesicht und zogen an seinen Beinen, um die Schmerzen zu erhöhen. Sie drückten auch immer wieder Zigaretten auf seiner Haut aus, seine Arme und Beine waren von Brandwunden übersät. Er war fast dreißig Tage in Haft gewesen, bis Mohammed endlich wieder freikam. Am Tag seiner Freilassung führte man ihn in einen Raum mit einem Schreibtisch und ein paar Stühlen. An der Wand hing die schwarze Flagge des IS-Kalifats. Dort wurde ihm von einem älteren, ganz in schwarz gekleideten Mann formlos erklärt, dass er unschuldig sei. Des Weiteren sagte er ihm, dass er frei sei und jetzt zu seiner Familie zurückkehren könnte. Seine IS-Folterknechte verschwiegen ihm aber bewusst, dass seine Mutter Salima und sein Bruder Yasim in der Zwischenzeit auch verhört worden waren. Im Gegensatz zu ihm hatten sie die Folter jedoch nicht überlebt. Als Mohammed zurück zu dem kleinen Gebäude seiner Familie kam, waren sie nicht mehr dort und niemand wollte ihm etwas über den Verbleib seiner Angehörigen sagen. Tagelang suchte er vergeblich nach ihnen, bis ihm ein alter Mann aus der Nachbarschaft aus Mitleid erzählte, dass sie zwei Tage später, nachdem man ihn abgeholt hatte, auch von den Schergen des IS verschleppt worden waren. Sie waren, im Gegensatz zu ihm, aber nicht zurückgekommen und niemand konnte ihm über ihren Verbleib Auskunft geben. Nach erfolgloser, wochenlanger Suche emotional total abgestumpft dachte Mohammed nur noch an die Flucht aus Rakka. Er wollte sich am IS rächen, doch dafür musste er heimlich aus der Stadt verschwinden. Er floh aus der Stadt und machte sich auf den Weg nach Nordwesten. Er wollte erst mal nur eins, weit fort vom IS sein. Er beschloss, sich den oppositionellen Rebellen der Al-Kaida in der syrischen Provinz Idlib anzuschließen. Er wollte es sich zu seiner Aufgabe machen, den IS zu bekämpfen und bis zum letzten Mann auszurotten. Sein Leben hatte keinen anderen Sinn mehr für ihn, er lebte nur noch für die Rache. Es dauerte mehrere Tage der gefahrvollen Flucht durch IS-kontrolliertes Gebiet, bevor er endlich erschöpft die Stadt Idlib im Nordwesten Syriens erreichte. Ein paar Tage später meldete sich Mohammed Bari dann beim örtlichen Kommandeur der Hayat-Tahrir-al-Sham-Rebellen-Gruppe und bewarb sich als freiwilliger Kämpfer.

Dass die Hayat-Tahrir-al-Sham-Rebellen nur eine Neuauflage der alten Al-Kaida waren, wusste Mohammed nicht, es interessierte ihn auch nicht weiter. Er wusste nur, die Rebellen waren genauso eine Kämpferorganisation wie der IS, nur verfolgten sie andere Ziele als der IS. Politik interessierte Mohammed dabei relativ wenig. Alles, was für ihn zählte, war, dass sie Krieger und, wie er, der geschworene Todfeind des Islamischen Staates, waren.

Mohammed durchlief, nach Prüfung seiner eigenen Geschichte und Angaben über seine Herkunft und Familie, erst einmal eine komplette Ausbildung zum Kämpfer an der Waffe. Es stellte sich aber schon sehr früh heraus, dass er eine spezielle Begabung für den Bau von Bomben hatte. Sprengstoff und Mohammed waren eins. Er war dazu ein sehr gebildeter junger Mann, der an der Universität Elektrotechnik und Informatik studiert hatte. Das fiel auch seinem Ausbilder Hassan Abbas, einem altgedienten Terroristen der Al-Kaida, sehr schnell auf. Er erkannte das Potenzial von Mohammed Bari. Hassan Abbas schlug Mohammed seinen Vorgesetzten für ein spezielles ideologisches Training oder, besser gesagt, für eine totale Gehirnwäsche vor. Mohammeds Karriere in der Organisation sollte eine ganz andere Laufbahn nehmen, als er sich vorgestellt hatte. Sie klärten ihn darüber auf, dass nicht der muslimische Bruder der wirkliche Feind sei, sondern der Westen die Schuld am Krieg im Mittleren Osten trägt. Mohammed glaubte ihnen, sein unbändiger Hass transformierte sich auf den Westen, allen voran die USA. Sie waren der wahre Feind des Islams, schuld am Tod seiner Familie.

Der Infidel, der Ungläubige, musste, wo immer sich die Möglichkeit bietet, unerbittlich bekämpft und getötet werden.

Kapitel II

Samstag, 14. Januar, nachts

Es war eine kalte Nacht mit Minusgraden in der Seehafenstadt Emden. Die Gruppe der drei jungen Männer um Sven Tjarksen feierte fröhlich im Mozo, der einzig verbliebenen Diskothek in der Stadt. Anlass zu der ausgelassenen Feier war der einundzwanzigste Geburtstag ihres Freundes Arne Janssen. Die Freunde Sven, Arne und Johannes gehörten dem gleichen Fußballverein an, sie waren alle in Emden geboren. Die Stimmung war beschwingt und der Alkohol floss in Strömen. Sven hielt sich dennoch mit dem Alkohol etwas zurück, da er seiner Mutter versprochen hatte, sie am nächsten Tag zu seiner Schwester, die in Oldenburg studierte, zu fahren. Außerdem hatte er ein Auge auf ein hübsches Mädchen geworfen, das ihm immer wieder von der Tanzfläche Blicke zuwarf und dabei unentwegt frech mit ihm flirtete. Sven Tjarksen war ein gut aussehender, sportlicher junger Mann von zwanzig Jahren, dem die Mädchen in Scharen nachliefen. Er war, trotz seiner natürlichen Anziehungskraft auf das weibliche Geschlecht, eigentlich mehr der schüchterne Typ ohne feste Freundin. Der Flirt des hübschen Mädchens verunsicherte ihn, machte ihn verlegen, doch er fühlte sich magisch von ihr angezogen. Kurz nach Mitternacht und der zum Anstoßen auf Arnes Geburtstag obligatorischen Flasche Schampus fasste Sven dann all seinen Mut zusammen. Nachdem er sich mit ein, zwei Gläsern Sekt etwas Mut angetrunken hatte, begab er sich auf die gut besetzte Tanzfläche und sprach das junge Mädchen an.

Kaum dass er ein paar Worte mit ihr gewechselt hatte, bekam er plötzlich von hinten einen kräftigen Stoß in den Rücken, der ihn fast über die halbe Tanzfläche katapultierte. Als sich Sven, mit schmerzenden Rücken, mühsam aufgerappelt hatte, sah er sich auch schon spontan drei jungen, arabisch aussehenden Männern gegenüber, die ihn feindselig anstarrten. Was ihm sofort an ihnen auffiel, war ihr typischer Gangster-Rap-Look. Alle drei trugen sogenannte Street Fashion oder Urban Wear. Diese Art der Mode drückte sich aus durch weite hängende Hosen in Übergröße, sogenannte Baggy Pants, dazu trugen sie Hoodies, die üblichen Kapuzenpullis. Die obligatorischen Turnschuhe, Sneakers, durften natürlich nicht fehlen und einer von ihnen trug, auch typisch für den Look, eine Baseballmütze mit dem Schirm nach hinten.

Die anderen beiden trugen eine dieser modernen Frisuren, die an den Seiten mit einrasiertem Muster kurzgeschoren waren und oben auf dem Kopf die längeren Haare mit viel Gel zurechtgestylt hatten.

Der Typ, der Sven in den Rücken gestoßen hatte, musterte ihn verächtlich, machte ihn dann auch sofort unmissverständlich an. Mit einer für junge Ausländer typischen schnoddrigen Wortwahl und einem starken Akzent zischte er: „Eh, was willst du mieser Pisser von meiner Freundin? Willst du sie anmachen, vielleicht sogar ficken oder was? Sie gehört mir, du Penner. Weißt du nicht, wer ich bin, du Kaffer? Das ist hier meine Hood, mein Laden, mein Mädchen. Ich schlag dir alle deine Knochen kaputt, du kleiner Wichser."

Ohne Svens Antwort abzuwarten, schlug und trat er auch schon auf ihn ein. Wie ein eingespieltes Team taten es ihm seine Freunde gleich. Der junge Mann hatte keine Chance. Auf die Situation aufmerksam geworden, kamen jetzt Svens Freunde zu Hilfe und auch die Bouncer der Diskothek griffen ein. Plötzlich mit einer gleich starken Macht konfrontiert, hielten sich die drei Angreifer zurück. Der Streit schien sich etwas zu beruhigen, doch die Situation war damit noch lange nicht entschärft. Es begann ein verbaler Schlagabtausch zwischen den Gruppen.

„Dich mach ich fertig, du scheiß Deutscher", schrie der Rädelsführer unter dem johlenden Zuspruch der anderen. „Weißt du, was wir

Araber mit Kaffern wie dir machen? Wir zerbrechen eure Knochen, anschließend pissen wir auf euch."

Einer von Svens Freunden, die etwas Oberwasser bekommen hatten, erwiderte: „So was wie dich sollte man ausweisen und zum Kamelhüten in die Wüste zurückschicken."

Es ging hin und her mit den verbalen Beleidigungen und Attacken.

In der Zwischenzeit eilte einer der drei Araber aus der Diskothek, kam nach wenigen Minuten in Begleitung von zehn weiteren jungen Ausländern wieder und jetzt wurde es richtig unangenehm.

Sofort flogen wieder die Fäuste, es wurde wild herumgetreten und geschoben, Flaschen zerbrachen, junge Mädchen schrien. Die Türsteher der Disco waren nicht mehr Herr der Lage. Alles, was sie noch tun konnten, war, unter lauter Androhung die Polizei zu rufen, die verfeindeten Gruppen aus dem Lokal vor die Diskothek zu bugsieren. Was ihnen auch nach einigem weiteren Gerangel endlich gelang. Dort ging die Schlägerei dann aber erst richtig los. Es wurde allen schnell klar, dass die drei Deutschen keine Chance gegen die Überzahl der Bande der Araber hatte. Es waren einfach zu viele von ihnen. Hemmungslos brutal, rücksichtslos traten sie auf ihre Opfer unablässig ein, auch als diese schon auf dem Boden lagen und keine Gegenwehr mehr boten. Am Ende lagen die drei Freunde in einer Fötusstellung am Boden und versuchten nur noch verzweifelt ihre Köpfe vor den Tritten zu schützen. Auf dem Marktplatz, vorm Mozo, hatte sich eine große Gruppe Schaulustiger gebildet, die meisten von ihnen waren Deutsche. Dennoch sahen sie alle traurigerweise tatenlos zu, wie ihre eigenen Landsleute von den Arabern fertiggemacht wurden. Als endlich zwei Einsatzwagen der Polizei eintrafen, war der Spuk auch schon lange vorbei. Einer der drei jungen Männer lag auf der Straße und rührte sich gar nicht mehr, die zwei anderen saßen, mit blutüberströmten Gesichtern, hilflos daneben. Es fiel den Beamten schwer, sich ein Bild der Lage zu machen sowie Zeugen nach dem Hergang der Schlägerei zu befragen. Keiner schien etwas wissen zu wollen. Die Mehrzahl der anwesenden Araber verhielt sich dazu noch mehr als respektlos gegenüber den Polizisten. Sie pöbelten die Beamten an, ja bespuckten diese sogar und drohten ihnen unverhohlen. Es fielen Sprüche wie, man würde sie kennen, man wüsste, wo sie wohnten. Unverständlich für die Polizisten, verhöhnte der verloren umherstehende aufgebrachte deutsche Mob, angestachelt sowie eingeschüchtert durch die Ausländer, sie noch zusätzlich. Es war aber wohl mehr als eine Reaktion ihrer eigenen peinlichen Feigheit zu bewerten, die sie zu solch beschämendem Verhalten verleitete. Kurz darauf traf auch endlich der erste Rettungswagen ein. Man brachte die drei Verletzten ins nahe gelegene Emder Krankenhaus. Alles, was den Polizisten dann noch zu tun blieb, war, die Personalien der Herumstehenden aufzunehmen, anschließend die Videoaufzeichnung der Diskothek zu beschlagnahmen. Die Vernehmungen der Beteiligten an der Schlägerei und Zeugen mussten zu einem späteren Zeitpunkt die Zusammenhänge der Tätlichkeiten klären. Das würde aber erst in den nächsten Tagen geschehen können.

Fazit: Für das Emder Nachtleben waren die brutalen Schlägereien traurigerweise zu einer ganz normalen Samstagnacht-Routine geworden, allenfalls am Montag eine kurze Nachricht in der Emder Zeitung wert.

Kapitel III

Samstag, 6. Mai, Monate später in Borssum

Mohammed Bari hatte sich in der Seehafenstadt Emden sehr gut eingelebt. Er saß grübelnd in seinem eigenen Zimmer, in einer Wohnung, die er sich mit zwei anderen jungen Asylanten, Syrern wie er, teilte. Die Wohnung, die sie gemeinsam bewohnten, befand sich in einem der hässlichen Häuserblocks der von Borssumern ungeliebten Wilhelm-Leuschner-Straße. Die für Emder Asylanten zuständige Koordinierungsstelle für Migration hatte ihnen die Wohnung vor gut einem Jahr zugewiesen. Bezahlt wurde sie vom deutschen Staat, dem deutschen Steuerzahler. Nach Mohammed Baris Ankunft in der Hafenstadt hatte er die ersten drei Monate seines Aufenthalts in einer zentralen Erstaufnahmeeinrichtung in Larrelt verbracht. Dort wurden ihm für den notwendigen Bedarf Unterkunft, Kleidung und Gemeinschaftsverpflegung gestellt. Zusätzlich erhielt er ein monatliches Taschengeld von 143 Euro in bar ausgezahlt. Beim Verlassen der Erstaufnahmeeinrichtung erhöhte sich sein Anspruch auf Leistungen im Wert von insgesamt 287 bis 359 Euro. Die Höhe der cash ausgezahlten Leistung war abhängig davon, ob man ein alleinstehender Erwachsener war oder in einer Familie lebte. Mohammed, ohne Familienanhang, bekam 359 Euro und konnte davon sehr gut leben. Er leistete sich von dem Geld sogar einen Laptop und ein Fahrrad, die er ständig in Gebrauch hatte.

Mohammed Baris Zimmer war sehr einfach eingerichtet. Ein Bett, ein kleiner Kleiderschrank, dazu ein Schreibtisch mit einem einfachen Holzstuhl rundeten die karge Einrichtung ab. Das wenig Persönliche im Raum reduzierte sich auf ein paar Fotos und Bilder seiner syrischen Heimat. Die Bilder zeigten das schöne Euphrattal mit seiner Heimatstadt Rakka im Hintergrund. Die vergilbten, zerknitterten Fotos, mit Stecknadeln über seinem Bett angeheftet, waren die einzigen Erinnerungsstücke an seine Familie. Auf der Schreibtischoberfläche lagen ein funkelnagelneuer Samsung Laptop-Computer sowie mehrere Schulbücher. In der Ecke, neben dem Kleiderschrank, befand sich ein kleiner, grüner, aufgerollter Gebetsteppich, den Mohammed, als gläubiger Moslem, fünfmal am Tag ausrollte, um darauf seine Gebete zu verrichten.

Es war schon spät in der Nacht und wie so oft konnte er nicht so recht schlafen. Er lag schweißgebadet auf seinem Bett, obwohl es im Zimmer recht kühl war. Die Erinnerungen an Rakka quälten ihn heute immer noch. Seine eigenen durchlebten Qualen und die schrecklichen Schreie der Gefolterten in den Folterkellern ließen ihn einfach nicht los. Mohammed hatte seit den schrecklichen Tagen der Folterhaft immer wieder diese fürchterlichen Alpträume. Wenn er dann träumte, sah er seine erschlagene Familie, seinen geliebten Vater, die Mutter, die kleine Schwester und die Brüder. Sie alle standen in seinem Traum blutüberströmt über ihm und klagten ihn lautlos an. Er stand dann meistens auf und betete zu Allah um Stärke. So war es auch in dieser Nacht, anschließend legte er sich nach dem Beten wieder aufs Bett und dachte, um sich abzulenken, an die vergangenen Tage seiner langen Reise von Syrien bis nach Emden.

Es war Mitte 2015 gewesen, als er sich entschlossen hatte, seinen Dschihad nach Europa zu tragen. Über den Grenzübergang Bab al-Hawa kam er in die Türkei, zu einer Stadt namens Izmir. Die Stadt war überfüllt mit jungen Syrern, die alle so wie er auch nach Europa wollten. Hassan Abbas, sein Mentor und Ausbilder, hatte ihn gut auf die Reise vorbereitet, ihm genaustens erklärt, über welche Route er am besten nach Europa kommt. Vor Mohammeds Abreise aus Idlib hatte er ihm Namen von Gleichgesinnten genannt, die ihm auf seiner Reise sowie an seinem Zielort helfen konnten. Er musste sich Telefonnummern merken, die er anrufen sollte, wenn er in Deutschland, seinem Wunschland, angekommen war. Zum Abschied steckte ihm Hassan noch mehrere Tausend Dollar zu, die er in seine Wäsche einnähen musste. 1.000 Dollar war der übliche Preis, der ihm am Bahnhof, durch einen von Hassan genannten Mittelsmann, für eine Überfahrt nach Griechenland angeboten wurde. Mohammed zahlte die Summe und ein Taxi brachte ihn am späten Abend aus der Stadt zu einem wartenden Transporter. Mit fast vierzig Frauen, Kindern und Männern in dem stinkenden Laderaum des Transporters eingepfercht, fuhren sie circa fünf Stunden in Richtung Mittelmeer. Dort wurden sie an einem einsamen, abgelegenen Strand abgesetzt. In Strandnähe, im Wasser, wartete schon ein mit zwei Männern besetztes, brandneues graues Schlauchboot auf die Gruppe. Es dauerte eine Zeit lang, bis sich alle Flüchtlinge in das riesige Boot gezwängt hatten. Es war trotz seiner Größe dennoch total überfüllt und es gab kaum genug Platz für all die verängstigten Heimatvertriebenen. Die beiden enorm großen, 150 PS starken Außenbordmotoren wurden gestartet, das mächtige Schlauchboot entfernte sich mit langsamer Fahrt vom Ufer aufs Meer hinaus. Neben ihnen tauchte plötzlich ein kleineres Motorboot aus der Dunkelheit auf, es lief in paralleler Fahrt zum größeren Boot. Zu ihrer Verwunderung wurde den Flüchtlingen dann erklärt, wie sie selber das Boot zu bedienen hatten. Nach der Beendigung der Einweisung wurde ihnen noch die Richtung, die sie anzusteuern hatten, mithilfe eines kleinen Kompasses angegeben. Danach sprangen die ursprünglichen zwei Besatzungsmitglieder, nachdem sie die Flüchtlinge ihrer Meinung nach genügend instruiert hatten, über Bord. Mit kräftigen Zügen schwammen sie zum wenige Meter entfernt wartenden zweiten Motorboot. Deren Crew fischte die beiden Männer aus dem Wasser, bevor das Begleitboot dann mit schneller Fahrt zurück zum Ufer fuhr. Es verschwand, genauso wie es gekommen war, alsbald in der Dunkelheit der Nacht.

Das Meer roch nach Fisch und Salz, war aber, inshallah, ruhig in dieser Nacht und der leuchtende Sternenhimmel mit einem hellen

Dreiviertelmond gab ihnen ausreichend Licht zum Navigieren. Männer, Frauen und Kinder an Bord des Schlauchbootes waren trotz des niedrigen Wellengangs zu Tode verängstigt. Keiner von den zusammengepferchten Passagieren war jemals auf dem Meer gewesen, doch alle hatten schon viele schreckliche Geschichten über gesunkene Boote gehört. Allah blieb ihnen aber gnädig in dieser nicht enden wollenden Nacht. Nach fast siebenstündiger Fahrt entdeckten sie endlich Land am Horizont. Alle Flüchtlinge an Bord des Gummibootes weinten vor lauter Freude. Bevor sie aber sehnsüchtig den Strand am Horizont erreichen konnten, wurden sie ihrerseits von einem Schiff der griechischen Marine entdeckt. Der erste Schreck, der allen beim Anblick des grauen, gewaltigen Küstenkreuzers durch die Knochen fuhr, verwandelte sich schnell in eine große Freude. Entgegen ihrer Befürchtung, versenkt zu werden, nahm das Schiff der Marine die Männer, Frauen und Kinder an Bord und versorgte sie mit Decken, etwas zu essen sowie mit warmen Getränken. Dann brachte der Kreuzer die Flüchtlinge unverzüglich auf das mittlerweile in nahe Sichtweite geratene Festland. Das erlösende Festland entpuppte sich als die griechische Insel Kos. Im Hafen angekommen wurden sie in einem Polizeirevier der Insel erkennungsdienstlich behandelt und registriert. Währenddessen brachten ihnen Einheimische sowie internationale Helfer von Hilfsorganisationen Wasser, Tee, warmes Essen, Zigaretten, sogar einige frische Kleidung. Die Helfer waren ausnahmslos zuvorkommend, freundlich, hilfsbereit, menschlich und stellten, zu Mohammeds großer Verwunderung, keinerlei Fragen. Nach einer kurzen Registrierung bekam er seine Papiere mit einem Zusatzpapier der griechischen Behörden zurück. Ihm wurde dann erklärt, er müsste in die Hauptstadt Athen reisen und Griechenland binnen drei Tage wieder verlassen. Wie viele andere Syrer auch kaufte er sich ein Ticket am Hafen und fuhr am nächsten Tag mit einem Fährschiff nach Athen. Das Schiff war, neben ein paar wenigen Urlaubern, voll mit Flüchtlingen, die genau wie er in die Freiheit wollten. Es war schon spätabends, als die Fähre endlich in Athen einlief. Am Hafen schloss sich Mohammed zwei jungen Syrern an, die er auf der Fähre kennengelernt hatte. Es waren die Brüder Aadil und Hajid Musa aus Aleppo. Zu dritt fanden sie schnell eine billige Bleibe. Für 20 Euro pro Person und Nacht bekamen sie ein gemeinsames Zimmer mit Dusche auf dem Gang. Total erschöpft von ihrer ganz persönlichen Odyssee, die einer modernen Version von Homers Epos gleichkam, fielen sie alsbald in einen tiefen Schlaf. Ohne die geschichtsträchtige griechische Metropole eines weiteren Blickes zu würdigen, fuhren sie am nächsten Tag mit der Bahn weiter, über Thessaloniki, in Richtung mazedonischer Grenze. Am Bahnhof nahmen Mohammed und seine zwei neuen Reisebegleiter ein Taxi nach Avazunoa, das direkt an der mazedonischen Grenze lag. Wie nicht anders zu erwarten, war das kleine Grenzstädtchen übersät mit Flüchtlingen, Männer, Frauen, Kinder, Alte und Junge. Von Avazumoa wanderten sie, gemeinsam mit tausend anderen, über die Grenze nach Mazedonien. Nach tagelanger Wanderung wurden ihnen, in Tabanovce an einem Bahnhof in Mazedonien, von den dortigen Grenzbeamten ihre griechischen Papiere wieder abgenommen und neue mazedonische Papiere ausgestellt. Sie wurden anschließend aufgefordert, mit dem Zug zur serbischen Grenze zu fahren. Es wurde ihnen direkt zu verstehen gegeben, in Mazedonien könnten sie nicht bleiben.

Nach mehrstündiger Zugfahrt wurden sie dort an der Grenze aber von unfreundlichen serbischen Beamten zurückgewiesen. In ihrer Not suchten sie nach einem abgelegenen Weg, einem illegalen Grenzübergang. Bisher war ihre Flucht aus Syrien fast als einfach zu bezeichnen, jetzt wurde es schwieriger für die Flüchtlinge, ihr nächstes Ziel zu erreichen. Die Grenzen wurden plötzlich stärker bewacht und mit vielen neuen Stacheldrahtzäunen abgeschottet. Zusätzlich patrouillierten bewaffnete Soldaten mit Hunden an den Grenzanlagen. Mohammed und die Musa-Brüder hatten aber Glück, Allah war ihnen auch weiterhin gewillt. Nach mehreren Stunden Fußmarsch gelangten sie schließlich zu einem der wenigen Hilfezentren für Flüchtlinge in Serbien. Dort bekamen sie ein weiteres Mal neue Papiere, diesmal serbische, die dritten auf ihrer im Verhältnis kurzen Reise. Mit diesen Papieren wurde es ihnen gestattet mit dem Bus nach Belgrad, der Hauptstadt Serbiens, zu fahren. In Belgrad, der ehemaligen Hauptstadt Jugoslawiens und aktuellen Hauptstadt Serbiens, angekommen mieteten sie sich wieder zu dritt ein kleines, billiges Zimmer und verbrachten in der schönen Stadt an der Donau zwei Tage zur Erholung. Dann ging es mit dem Bus weiter nach Cengiza an die ungarische Grenze. Hier erwartete sie eine weitere Hürde auf ihrem Weg zu ihrem endgültigen Ziel, Deutschland. Andere Asylsuchende hatten sie in Belgrad darüber informiert, dass sie, falls sie von den ungarischen Behörden aufgegriffen werden, ihren Asylantrag in Ungarn stellen müssen. Das wollte aber keiner von ihnen, sie hatten sich alle drei, seit ihrem ersten Treffen auf der Athen-Fähre, Deutschland auf die Fahne geschrieben. Sie waren bereit alles dafür zu tun, jegliches Hindernis zu überwinden. Mohammed wartete zusammen mit den Musa-Brüdern in der Nähe von Cenginza bis zum Sonnenuntergang. Von dort machten sie sich durch die Wälder auf nach Ungarn. Sie marschierten die ganze Nacht hindurch, bis sie zu einem Ort mit dem Namen Szeged kamen. In der kleinen Ortschaft hielt ihr Glück weiter an, sie konnten einen lokalen Taxifahrer überreden, sie nach Budapest weiterzufahren. Die Überredung hatte natürlich ihren Preis, erst für 250 Euro pro Nase war der Taxifahrer zu überzeugen, sie nach Budapest zu bringen. Mohammed zahlte für die drei, da die Musa-Brüder kein Geld mehr besaßen. Stunden später erreichten sie die ungarische Hauptstadt. Der geschäftige Taxifahrer musste solche Fahrten schon öfter gemacht haben, denn einschlägige Hotels, wo ihnen für ihre illegale Weiterreise geholfen werden konnte, waren ihm auch keineswegs fremd. Sie blieben für eine Nacht in Budapest und tauschten sich mit anderen Flüchtlingen, die überall in der Stadt herumlungerten, aus. Für weitere 500 Euro pro Person fanden sie schnell einen Mann, der bereit war, sie am nächsten Tag nach Deutschland zu schleusen. Mit sechs weiteren Personen stiegen Mohammed und die Musa-Brüder in einen Kleintransporter und ihnen wurde gesagt, in fünf Stunden seien sie in Deutschland. Die Fahrt dauerte am Ende knapp sechs Stunden. In der Nähe eines Waldwegs wurden sie am frühen Morgen aus dem Transporter gelassen und in Richtung eines kleinen Ortes namens Haidmühle geschickt. Das Dorf lag in Deutschland, sie waren endlich an ihrem Ziel angekommen. Im Ort selber begaben sie sich, wie ihnen von den Schleppern geraten worden war, auf direktem Wege zum Bürgermeisteramt. Im Amt befragte sie eine junge Amtsgehilfin nach ihren Namen, Herkunft, Alter und woher sie gekommen waren. Nach der ersten Aufnahme der Personalien wurden sie mit einem Bus weiter nach Deggendorf gebracht. Die Behörden der bayrischen Kleinstadt machten dort neue Passfotos, nahmen ihre Fingerabdrücke und teilten ihnen mit, dass sie am nächsten Tag woanders hingebracht würden. Es war Mohammed eigentlich total egal, Hauptsache, er war heil in Deutschland angekommen. Er hatte sein Ziel erreicht und ihm war nicht ganz so wichtig, wohin in Deutschland man ihn schicken würde. Am nächsten Morgen in der Flüchtlingsaufnahme erklärte man ihm und den Musa-Brüdern, dass der anhaltende Zustrom von Flüchtlingen alle Kapazitäten in Süddeutschland erschöpft hatte. Der Dolmetscher sagte ihnen, sie würden deshalb unverzüglich in eine Stadt Norddeutschlands geschickt werden. Zwei Tage später erreichten Mohammed Bari, Aadil und Hajid Musa dann per Bus, zusammen mit 80 weiteren Flüchtlingen aus Syrien, die ruhige Seehafenstadt Emden.

Hier lebte Mohammed jetzt schon seit fast anderthalb Jahren mit den Musa-Brüdern unauffällig sein Dasein. Sie hatten nach einiger Zeit zusammen eine Wohnung zugewiesen bekommen und teilten sich die Küche sowie ein Badezimmer. Untereinander sprachen sie viel arabisch, am Abend lernten sie zusammen die deutsche Sprache. Sie teilten ihren Schmerz vom Verlust der Heimat, erzählten sich gegenseitig die Geschichten, wie sie ihre Familien im Syrienkrieg verloren hatten. Im Gegensatz zu Mohammed waren die Musa-Brüder harmlose junge Männer, eine verlorene Generation. Für ihn, den erfahrenen Dschihadisten, waren sie eine perfekte Tarnung für sein wirkliches Vorhaben. Mohammed hatte, wie es ihm von seinen Anführern aufgetragen worden war, ohne Zögern in Emden einen Asylantrag beantragt. Er studierte fleißig die deutsche Sprache und machte sich bei Ausfahrten mit seinem Fahrrad vertraut mit der Umgebung. Er war speziell viel mit dem neuen Fahrrad in den Hafenanlagen unterwegs. Er liebte es, durch den Hafen zu radeln, aber es gab noch einen anderen Grund für sein Interesse. Schiffsverladeanlagen, Schleusen und Fähren interessierten ihn dabei ganz besonders. Mit seinem Smartphone machte er viele Fotos, die er dann in seinem Zimmer auf seinen Laptop lud. Aufmerksam studierte er anschließend die Fotos, es formte sich langsam ein teuflischer Plan in seinem Kopf.

Mohammed dachte an seine Zeit in Idlib zurück. Er war an vielen Kampfeinsätzen gegen den IS beteiligt gewesen, hatte mehrfach Gegner getötet. Doch der Kampf mit der Waffe war nicht das Einzige, was er in den Trainingslagern gelernt hatte. In Idlib hatte er unter dem Einfluss seines Kommandeurs Abin al-Saad eine intensive politische Ausbildung erhalten. Ihm wurde dabei immer wieder sehr deutlich glauben gemacht, dass allein der Westen die Hauptschuld am Untergang seines Landes und dem Tod seiner Familie hatte. Die Kämpfer des IS, hatte man ihm gesagt, waren nur Werkzeuge, verlorene, manipulierte Söhne des wahren Islams, irregeführt durch korrupte Politik und falsche Propheten. Der Westen mit seiner unendlichen Dekadenz und Ungläubigkeit wäre der wahre Feind des Islams, hatte man ihm wieder und wieder eingehämmert. Die dschihadistische Doktrin, der zufolge es seine religiöse Pflicht sei, islamischen Boden gegen ausländische und Ungläubige zu verteidigen, wurde Mohammeds tägliches Gebet. Er studierte intensiv dazu alle Lehren des Al-Kaida-Führers

Aiman az-Zawahiri. Es verfestigte sich für ihn die These, der Feind musste auch auf seinem eigenen Boden bekämpft werden. Damit hatte sich Mohammeds Weg für die Zukunft erleuchtet, er wollte unbedingt ins Ausland gehen, um Terror und Tod in die Länder des Westens zu bringen. Sie sollten ein wenig von ihrer eigenen Medizin des Grauens kosten.

Er hatte seiner toten Familie heilig geschworen für ihren Tod am ungläubigen Westen Rache zu nehmen, im Namen Allahs und seines Propheten Mohammed.

Kapitel IV

Montag, 8. Mai, frühmorgens

Er war an diesem regnerischen Morgen in seiner Wahlheimatstadt Emden sehr früh aufgestanden. Anschließend hatte er eine Runde gejoggt und auf dem Rückweg noch schnell ein paar frische Brötchen gekauft. Jetzt hing das unverkennbare Aroma frisch gebrauten Kaffeegenusses in der Luft. Durch eine kalte Dusche nach dem Jogging erfrischt, saß Peter nun gemütlich beim Frühstück in seinem Apartment am Schreyers Hoek in Emden und las die lokale Tageszeitung. Im Hintergrund spielte das neue Lied Shape of You von Ed Sheeran im Radio, ein leichter Regen trommelte dazu unablässig den Rhythmus des Songs an die Fenster seiner Wohnung. Er liebte diese Zeit am Morgen, wenn er gemütlich bei frischen Brötchen, Frühstücksei und Kaffee den Tag in aller Ruhe beginnen konnte.

Hauptkommissar Peter Streib war vierundvierzig Jahre alt, 1,90 Meter groß mit vollen, blonden, halblangen Haaren, Dreitagebart und stechend stahlblauen Augen. Er war augenscheinlich ein muskulöser Mann, schlank, durchtrainiert ohne ein einziges Gramm Fett zu viel am Körper. Überdies machte ihn sein harter maskuliner Gesichtszug mit den strahlend weißen Zähnen zum Typ Mann, der auch ohne Weiteres auf jedem Titelbild eines Modemagazins abgebildet werden konnte. Viele Frauen fanden Peter sehr attraktiv. Er war sich seiner positiven Ausstrahlung auf das weibliche Geschlecht bewusst, dennoch, Arroganz oder Überheblichkeit war ein Fremdwort für ihn. Im Inneren seines Wesens war er Frauen gegenüber meist eher etwas scheu und zurückhaltend.

Peters Interesse wurde plötzlich geweckt, als sein Blick auf einen Artikel über die Gerichtsverhandlung einer Schlägerei vom Januar des Jahres in einer Emder Diskothek am Neuen Markt fiel. Er war fassungslos, wollte zuerst seinen Augen nicht trauen, als er das Gerichtsurteil des Emder Amtsgerichts las. Das Strafverfahren gegen drei ausländische Schläger, wegen einer mutmaßlichen vorsätzlichen Körperverletzung mit Todesfolge, war zu Ende. Auch wenn Peter es nicht glauben wollte, in der Zeitung stand schwarz auf weiß geschrieben, dass der Prozess nach vier langwierigen Verhandlungstagen mit sage und schreibe insgesamt dreiunddreißig Zeugenbefragungen mit teils sehr widersprüchlichen Aussagen für die drei Angeklagten mit einem Freispruch endete. Das Schöffengericht fand weder stichhaltige Anhaltspunkte noch eindeutige Beweise dafür, dass die Angeklagten im Alter von achtundzwanzig, einundzwanzig und zwanzig Jahren drei junge deutsche Diskothekenbesucher angegriffen und schwer verletzt hatten. Der Vorsitzende Richter Alwin Münkhof argumentierte in seiner Urteilsbegründung mit dem abgedroschenen Satz der Rechtsprechung.

„Im Zweifel für den Angeklagten.“

„Das darf doch einfach nicht wahr sein“, stieß Peter lauthals und entrüstet hervor. „Ich glaube, mich tritt ein Pferd. Hör mal zu, Lena“, rief er in Richtung des Badezimmers, wo seine Freundin, Lena Holtmann, mit ihrer Morgentoilette beschäftigt war. „Kannst du dich an den Totschlag mit diesen drei ausländischen Schlägern erinnern? Du weißt schon, die Typen, die im Januar den jungen Mann am Neuen Markt vorm Mozo zusammengeschlagen haben und der nach drei Monaten im Koma verstorben war? Du wirst es nicht für möglich halten, aber der Richter hat doch tatsächlich in seiner Urteilsbegründung gesagt, es gebe für die Tatbeteiligung des achtundzwanzigjährigen Arabers weder Zeugen noch Anhaltspunkte. Weiter behauptete er in seinem Urteil, der zweiundzwanzigjährige Mitangeklagte habe für die Tatzeit ein klares Alibi und die Zeugenaussagen gingen für eine Beteiligung des zwanzigjährigen dritten Arabers an der Schlägerei so weit auseinander, dass ein Urteil hier nicht möglich sei. Ich kann es nicht fassen, da stimmt doch was nicht, das schreit doch einfach nur zum Himmel!"

Er wusste ganz genau, wovon er sprach, er konnte sich solch eine Aussage auch erlauben. Denn seit November 2014 arbeitete Peter Streib als Erster Hauptkommissar in der Fachabteilung K1 der Polizeiinspektion Leer/Emden. Die Fachabteilung K1 war nichts anderes als die Mordkommission der Städte Leer und Emden. Peter arbeitete in Mordfällen der Seehafenstadt als leitender Ermittler. Seine Abteilung hatte den Fall vom Januar, da es sich um eine Schlägerei mit Todesfolge handelte und kein Mord war, nicht direkt bearbeitet. Er und sein Team waren einfach nicht zuständig gewesen, aber er hatte den Fall trotzdem mit sehr viel Aufmerksamkeit verfolgt. Der brutale Totschlag wurde damals heftig unter den Kollegen diskutiert. Peter hätte sich gerne eingemischt, es lag in seiner Natur. Er hatte sogar kurzzeitig mit dem Gedanken gespielt, sich die drei Araber einmal aus der Nähe anzuschauen. Peter hatte schon seit Jahren sein verlorenes Vertrauen in den Rechtsstaat in eine Neigung zur Selbstjustiz transformiert. Die Bürger fühlten sich, seiner Meinung nach verständlicherweise, in ihrem eigenen Land nicht mehr sicher. Haftbefehle wurden nicht vollstreckt, schwerkriminelle Straftäter im Verhältnis zu ihren Taten viel zu gering, dagegen kleine Sünder mit der vollen Härte des Gesetzes bestraft. Kriminelle, die auf frischer Tat erwischt wurden, mit dem Verweis, sie hätten ja einen Wohnsitz, von Richtern einfach wieder laufen gelassen. Peter passte das alles ganz und gar nicht und er hatte sich dem eigenen Vigilantentum verschrieben. Er löste gewisse Dinge auf seine Art und Weise. Als ein ausgebildeter Experte in verschiedensten Kampfsportarten wie Krav Maga und Systema machte es ihn zu einem gefährlichen Mann. Peter ging gewalttätigen physischen Auseinandersetzungen, nur weil er Polizist war, nicht unbedingt aus dem Weg. Ganz im Gegenteil, er nutzte bewusst seine polizeilichen Kenntnisse und physischen Stärken, um seiner Meinung nach auf diese Weise für mehr Gerechtigkeit zu sorgen. Neben seinem Kampfsporttraining hielt er sich durch intensives Lauftraining zusätzlich fit, es half ihm beim Denken, um sich bei schwierigen Fällen den Kopf freizulaufen, behauptete er immer.

Er war aber auch als ein Hitzkopf mit manchmal unkontrolliertem Temperament bekannt. Zwecks dienstlicher Amtsbedürfnisse, so lautete damals die offizielle Begründung, war Hauptkommissar Peter Streib vor etwas mehr als zwei Jahren von Hannover nach Emden versetzt worden. Die Wahrheit, die sich hinter der offiziell vagen Aussage verbarg, war wesentlich delikaterer Natur. Peter hatte im Affekt einem eitlen Generalstaatsanwalt wegen einer Liebesaffäre das Nasenbein gebrochen. Vor der unglücklichen Nasenbeinbruchaffäre, die für ihn mit einer Strafversetzung endete, war Peter der erfolgreichste Ermittler der Mordkommission Hannover gewesen. Er hätte es auf seiner Karriereleiter in der Landeshauptstadt weit bringen können, denn er war zusätzlich bei seinen Vorgesetzten sogar einigermaßen beliebt gewesen. Sie mochten Peter damals natürlich mehr aus eigennützigen Motiven. Seine Chefs konnten glänzen, wenn er mit seinen unorthodoxen Methoden wichtige und spektakuläre Fälle löste. Die taten dem Ansehen der Polizei gut, halfen dem Image in der Öffentlichkeit und ihren eigenen Karriereambitionen. Leider hatten sein undiszipliniertes Verhalten sowie parallel sein ungezügeltes Temperament die Weichen für ihn anders gestellt.

Peters Erfolgsserie als ergebnisreicher Ermittler war durch die etwas unfreiwillige Versetzung aber noch lange nicht am Ende. Auch in seiner neuen Position in Emden hatte er sich schon beweisen können. Gleich in den ersten sechs Monaten in seinem neuen Job löste er einen wichtigen Mordfall in Emden. Der Fall war unter dem Namen Hieve-Morde landesweit publik geworden und hatte für einiges Aufsehen in den Medien gesorgt. Auch sein zweiter Fall ging gleich bundesweit durch die Presse. Er und sein Team lösten den Fall einer Mordserie an ostfriesischen Bauern, die mit illegaler Gülle aus Holland einem Umweltskandal in Ostfriesland reichlich Nahrung geboten hatten. Zusätzlich legten sie dabei auch noch gleich einer Drogenbande das Handwerk, die mit der illegalen Gülle Drogen nach Deutschland schmuggelte.

Peter sah zu seiner Freundin Lena rüber, die inzwischen aus dem Bad gekommen war und am gedeckten Frühstückstisch Platz genommen hatte. Mit einem halb geöffneten Bademantel und einem um ihren Kopf geschlungenen Handtuch studierte sie den Sportteil der Zeitung. Peters Blick fiel dabei auf ihre wohlgeformten Brüste. Er dachte unweigerlich an die vorangegangene Nacht, in der sie sich lange und leidenschaftlich geliebt hatten. „Stell dir diese Ungerechtigkeit mal vor, Lena, nicht einer der drei Totschläger ist verurteilt worden. Von dreiunddreißig Zeugenbefragungen hat keine einzige etwas Belastendes ergeben. Ich kann mir das nur so erklären, dass da Zeugen ganz schön eingeschüchtert worden sein müssen. Wenn unsere Justiz so richtet, verkommen wir, wenn das so weitergeht, noch zu einer echten Bananenrepublik, einem unfähigen Mafiastaat", erregte sich Peter weiter.

Lena legte ihre Zeitung beiseite, weil sie bemerkte, wie sehr ihn das Urteil beschäftigte. Sie betrachtete Peter mit einem ernsten Blick, bevor sie ihm antwortete: „Wundern würde mich das nicht, Peter. Es kann gut sein, dass in Emden mittlerweile auch schon organisiertes Verbrechen Einzug gehalten hat. Gerade die arabischen Clans befinden sich stark auf Expansionskurs. Ich habe von einem Kollegen in Aurich zwischen Tür und Angel erfahren, dass die mit direkter Einschüchterung von Zeugen in solchen Fällen allein bei Weitem nicht aufhören. Die bedrohen sowohl Polizisten als auch Richter, kaum einer ist davon mehr ausgenommen. Wenn den Amtsträgern und ihren Familien gedroht wird, hört der Spaß jedoch auf, es wird richtig ernst.

Noch nie haben die Kollegen erlebt, dass in einem so hohen Maße Leute beeinflusst, unter Druck gesetzt und bedroht werden. Zu groß ist die Angst vor einer Rache dieser Familien arabischer Clans. Die gehen unheimlich brutal, rücksichtslos vor und schrecken auch vor Mord nicht zurück. Zeugen lassen sich lieber wegen einer erwiesenen Falschaussage verurteilen, als dass sie genau sagen, wie und von wem sie bedroht worden sind. Wir haben es in diesen Fällen hier fast immer mit kurdischen Familienclans zu tun. Aus Großstädten sind einzelne Sippen auch schon bis hier nach Ostfriesland in die Provinz gekommen und sie breiten sich massiv in der kriminellen Szene aus. Insbesondere im Kokainhandel haben sie schnell die führende Rolle übernommen, aber auch Prostitution, Schutzgelderpressung, Körperverletzung und andere Delikte werden ihnen immer wieder zugeschrieben.“

Peter hörte Lenas Vortrag aufmerksam zu, denn sie wusste ganz genau, wovon sie redete, schließlich arbeitete sie als Oberstaatsanwältin bei der Staatsanwaltschaft in Aurich an der Quelle. Lena Holtmann war Peters große Liebe und sie waren jetzt schon seit fast einem Jahr zusammen.

Lena Holtmann war dreiundvierzig Jahre alt, etwas über 1,75 Meter groß, hatte blassgrüne Augen, einen vollen Mund, makellose Haut und eine weibliche athletisch betonte Figur. Ihre langen, blonden Haare trug sie meistens zu einem Ponytail zusammengebunden. Aus Berufsgründen kleidete sie sich mehr konservativ schick als modern oder lässig. Sie hatte stets ein natürliches freundliches Lächeln und war auch sonst eine reine Frohnatur. Lena kannte Peter aus seiner Zeit in Hannover, sie hatten dort ein kurzes, aber sehr intensives Liebesverhältnis gehabt. Ihretwegen hatte Peter dem Staatsanwalt auch das Nasenbein gebrochen. Lena war der personifizierte Grund, warum Peter nach Emden strafversetzt worden war. Durch Peters gewalttätige Aktion kam es damals zum Bruch ihrer Beziehung. Peter war in seiner Verletztheit auch froh gewesen, Hannover zu verlassen. Er versuchte, in der Provinz Lena zu vergessen. Monate später, ohne sein Wissen, hatte Lena, als sich die Gelegenheit bot und um in seiner Nähe zu sein, sich für einen Job bei der Staatsanwaltschaft in Aurich beworben.

So kam es natürlich unweigerlich auch, dass bei Peters erstem großen Fall, den Hieve-Morden, die beiden sich wiedertrafen. Erst nur beruflich, Lena war die leitende Staatsanwältin in dem Fall und Peter der ermittelnde Hauptkommissar, aber es kam, wie es kommen musste. Ihre Versöhnung, nach anfänglichen Reibereien und Missverständnissen, war unausweichlich, die beiden wurden wieder ein Liebespaar.

Das alles ging ihm in Sekundenbruchteilen durch den Kopf, als er Lena mit liebevollen Augen anschaute. „Ja, ich habe davon schon gehört, wir hatten vor nicht allzu langer Zeit in Bad Bentheim ein Seminar über organisiertes Verbrechen. Da ging es unter anderem auch um diese arabischen Clans. Das war hochinteressant und erschreckend informativ. Wenn ich mich recht erinnere, entstammt die Mehrheit der arabischen Clans einer Volksgruppe, den Mhallamiye-Kurden, die aus etwa vierzig bis fünfzig Dörfern der südanatolischen Provinz Mardin in der Türkei kommt. Ende der 1920er Jahre wanderten viele von ihnen, auf der Suche nach besseren Lebensbedingungen, in den Libanon aus. In den 1970ern und 1980ern flüchteten wiederum sehr viele vor dem dortigen Bürgerkrieg aus den libanesischen Gettos nach Deutschland. Zurückblickend sprach der Kursleiter von ungefähr 15 000 Migranten, die nach Deutschland geflüchtet waren. Das ging aber auch nicht ganz sauber über die Bühne, die meisten, um neue Identitäten anzunehmen, vernichteten einfach vorher ihre Papiere. Viele der Kurden gelten seither als staatenlos und werden in der Bundesrepublik nur geduldet. Andere sind mittlerweile deutsche Staatsangehörige geworden. Sie habe sogar ihre eigene Sprache beibehalten. Während ethnische Kurden die Dialekte Zaza oder Kermanji sprechen, haben die Mhallamiye ihren eigenen Dialekt. Dem Glauben nach sind sie meist sunnitische Muslime und in Großfamilien organisiert. Innerhalb ihrer Sippe gelten eigene

Regeln. Hier in Deutschland leben sie, wenn ich mich recht erinnere, meist in Großstädten wie Berlin, Essen und Bremen."

„Wow, da hat aber jemand richtig aufgepasst, Eins plus, setzen. Ergänzend kann ich dir dazu sagen, Peter, dass allein mehr als 2500 Mitglieder des Miri-Clans mittlerweile schon in Bremen leben. Laut Berichten der dortigen Staatsanwaltschaft begehen sie bis zu 900 Straftaten pro Jahr, also rund drei pro Tag. Immer häufiger begehen diese kurdischen Clanmitglieder auch Straftaten in Städten wie Oldenburg, Leer, Aurich, Norden oder jetzt, wie es den Anschein hat, auch in Emden. Sie breiten sich wie ein Geschwür immer weiter aus."

„Ich glaube, so ganz schuldlos sind wir, als Staat, aber nicht, Lena, denn zurückschauend ergab sich durch die fehlende Integration eine starke Abhängigkeit untereinander, was die Sippenkultur stärkte und durch die Asylgesetze in Deutschland weiter gefestigt wurde. Man erzählte uns, es bestand Arbeitsverbot und die Kinder mussten nicht zur Schule gehen, alles geschieht innerhalb des jeweiligen Clans. Es gibt ein Oberhaupt und klare Hierarchien. Die Solidarität der Clanmitglieder untereinander bringt Schutz, Verschwiegenheit und Fürsorge für Hinterbliebene sowie für die Familien von Inhaftierten. Es geht aber auch um Geld, es geht um Macht, es geht um Ehre. Prinzipiell ähnelt die Familienstruktur derer der italienischen Mafia."

„Du solltest vielleicht mal abchecken, Peter, ob es hier in Emden schon einen Ableger eines der weniger normal lebenden Familienclans gibt. Falls das der Fall ist, kann es für die Polizei in Emden in Zukunft nur noch schlimmer werden."

„Ja, das ist eine gute Idee, Lena. Ich werde mich einmal mit den Kollegen austauschen, was die so wissen, wer hier in Emden sein Unwesen treibt."

Die beiden beendeten ihr Frühstück und machten sich fertig für die Arbeit. Arm in Arm, wie zwei frisch verliebte Teenager, verließen sie gemeinsam die Wohnung und gingen den kurzen Weg zu ihren Autos. Es war mittlerweile ein schöner Frühlingstag geworden, der Regen hatte aufgehört zu fallen, die Sonne schien jetzt kräftig und es versprach dazu, auch noch ein relativ warmer Tag zu werden. Sie küssten sich zum Abschied. Lena stieg in ihren Audi und fuhr mit ihrem Wagen zu ihrem Arbeitsplatz, der Staatsanwaltschaft in Aurich. Peter zündete sich erst einmal eine Zigarette an und rauchte gemütlich, bevor er anschließend in Ruhe das Verdeck seines Triumph Stag öffnete. Sein Oldtimer war sein einziges Hobby und er liebte den britischen Sportwagen über alles. Er hatte das Fahrzeug vor ein paar Jahren liebevoll restauriert sowie einigen bekannten technischen Verbesserungen unterzogen. Der kraftvolle Achtzylindermotor empfing ihn beim Starten mit einem saftigen Brummen. Danach schaltete er in den ersten Gang und gemächlich setzte sich sein Cabrio in Bewegung. Auf der Fahrt, hinterm Lenkrad, zündete sich Peter, um seinen Nikotinspiegel auf das richtige Niveau zu bringen, eine weitere Zigarette an. Rauchen war sein Laster, aber so richtig ans Aufhören wollte er auch nicht denken, es schmeckte ihm halt. Leider war die Fahrt zum Emder Polizeirevier am Hauptbahnhof viel zu kurz, um sie so richtig genießen zu können, aber wer weiß, vielleicht gab es ja heute noch einen Einsatz, dachte er sich.

Kapitel V

Montag, 8. Mai, vormittags

Peter spazierte durch die Eingangstür des Polizeireviers in Emden. Im Eingangsbereich erwarteten ihn schon ungeduldig seine beiden Kollegen Klaus Marquart und Anja Kappels. „Moin, Peter", riefen beide gleichzeitig. „Du brauchst gar nicht erst zum Büro zu gehen, sondern kannst gleich wieder umdrehen und mitkommen. Es wurden zwei männliche Leichen in einem kleinen Waldstück an der Jarßumer Hafenstraße, gleich bei der Abzweigung, die zur Borssumer Schleuse führt, gefunden."

Peters vorhergehender Wunsch nach einem Einsatz bekam plötzlich Realität. „Na, der Tag fängt ja gut an, wisst ihr denn schon, wer die Toten sind und wer den Fund gemeldet hat?", erwiderte Peter und folgte Anja und Klaus aus dem Revier nach draußen.

„Das kann Anja dir alles auf der Fahrt erzählen, die fährt sowieso lieber mit dir als mit mir", antwortete ihm Klaus und grinste Peter dabei frech an.

Hauptkommissar Klaus Marquart war achtundvierzig Jahre alt und fast 1,80 Meter groß. Seine unverkennbaren Erscheinungszeichen waren seine etwas ungeschickt überkämmte Halbglatze und die buschigen Theo-Waigel-Augenbrauen. Er war nicht fett, hatte aber einen gut sichtbaren Bauchansatz. Um sein leichtes Übergewicht unter Kontrolle zu behalten, verordnete seine Frau ihm deshalb ständig neue Diäten. Rollkragenpullover und Cordhosen waren Klaus' Retrobeitrag zur Erneuerung der 1970er-Jahre-Mode. Die bunten Karosakkos, die er mit Vorliebe dazu trug, ließen dabei sein äußerliches Erscheinungsbild als einen letzten Hilfeschrei nach modischer Ästhetik interpretieren. Einmal abgesehen von Klaus' verunglücktem Zeitstil, war er ein echter Familienmensch und seit fast zwanzig Jahren mit seiner Frau Ingrid glücklich verheiratet. Er hatte zwei fast erwachsene Kinder, einen achtzehnjährigen Sohn, Toben, und eine fünfzehn Jahre alte Tochter, Marlene. Die Familie bewohnte ein Einfamilienhaus in Borssum, einem im Kern alten, fast dörflichen Stadtteil Emdens.

Klaus war kein Draufgängertyp, sondern ein eher zurückhaltender Mensch, der manchmal sogar fast etwas ängstlich wirkte. Vor nicht allzu langer Zeit aber hatte Klaus ganz im Alleingang, per Zufall muss man dazu sagen, in Emden einen Mädchenhändlerring ausgeschaltet. Bei seiner großen Heldentat lieferte er sich mit den Verbrechern darüber hinaus einen ausgiebigen Schusswechsel. Seitdem nannten die Kollegen im Revier ihn nur noch Shooter. Klaus erzählte heute noch mit Heldenstolz, dass er damals vom Polizeipräsidenten Niedersachsens öffentlich für seine heroische Tat ausgezeichnet worden war. Ansonsten hatte Klaus, was seine berufliche Karriere anbelangt, nie große Ambitionen gehabt. Er liebte seinen ruhigen Job bei der Emder Polizei, wollte in Frieden, ohne viel Stress, seinen Beruf ausüben. Man sagte von ihm, dass er ein guter Kriminalist war, aber die Welt auch immer nur in Schwarz oder Weiß aufteilte. Manchmal machte er sich damit die Dinge etwas zu einfach, er mochte keine Komplikationen. Peter schätzte Klaus und hielt ihn für eine gute Ergänzung seines Teams. Klaus Marquart arbeitete akribisch, gewissenhaft und war immer absolut verlässlich. Er grub endlos alle zugänglichen, doch absolut wichtiger, stets auch die unzugänglichen Informationen in einem Fall aus. Es galt die Regel, mit Computer und dem Internet ausgestattet, konnte man vor Klaus nichts verborgen halten.

Anja freute sich ständig, wie ein Kind in Legoland, wenn Peter sie in seinem Wagen mitnahm. Sie liebte das Cabriofahren genauso gerne wie Peter selbst. Vorsorglich hatte Anja schon immer ein Kopftuch oder einen Schal einstecken, um damit ihre langen Haare im wehenden Fahrtwind unter Kontrolle zu behalten. „Hallo, Peter", begrüßte sie ihn ein weiteres Mal, diesmal mit einem breiten Lächeln, und schwang dabei ihre langen Beine galant auf den Beifahrersitz.

Anja Kappels, ihres Zeichens Kommissaranwärterin, war mit ihren siebenundzwanzig Jahren noch recht jung. Sie war unverheiratet, 1,80 Meter groß, durchtrainiert schlank, hatte lange, dunkelbraune Haare und war obendrein noch relativ gut aussehend. Sie trug meistens, wenn sie im Dienst war, dunkle, schicke Hosenanzüge, dazu passende Blusen und flache feste Schuhe. Make-up war ein Fremdwort für Anja und außer etwas Kajal für ihre tollen blass blaugrauen Augen benutzte sie sonst kaum etwas. Anja war ein toller Blickfang für Männeraugen und nicht wenige drehten sich nach ihr um, wenn sie vorbeiging. In ihrer Freizeit hielt sich ihr Sinn für Mode, genau wie bei Klaus, aber stark in Grenzen. Dann kleidete sie sich nach Peters Geschmack immer etwas zu schrill und zu bunt. Peter hatte sich schon oft gefragt, ob es modisch bei den beiden sich um ein ostfriesisches Ding handelte. Anja trug, wenn sie nicht im Dienst war, oft enge Jeans in allen grellen Farben und dazu lange noch buntere Pullis. Außerdem hatte sie ein Faible für auffälligen Modeschmuck und andere Accessoires, die sie manchmal stündlich wechselte. Mindestens drei bis fünf Ringe, geflochtene Armbänder sowie eine Batterie von Ohrringen gehörten dann zu ihrem Freizeitoutfit. Manchmal, aber eher selten, wenn es Anja danach war, kam sie auch in einem ihrer dezenteren Freizeitlooks, aber ohne Schmuck ins Büro. Das war dann immer Anlass für Klaus, irgendeinen frechen Spruch abzulassen. Dabei hatte er es gerade nötig. Anjas Liebesbeziehungen waren meist kompliziert und stressvoll, doch seit einigen Monaten hatte sie einen festen Freund und alles schien gut zu laufen. Während ihres ersten gemeinsamen Falls, den Hieve-Morden, hatte Peter ihr und ihrem Freund geholfen, ein kleines Problem mit ein paar dubiosen Russen zu lösen. Peter hielt große Stücke auf Anja und sah in ihr sehr vielversprechendes Potenzial für eine gute zukünftige Kommissarin. Anja dachte sehr analytisch, aber oft auch aus einer vorgegebenen Struktur eines Falles, was dann wieder zu guten unorthodoxen neuen Theorien verhalf. Sie stand kurz vor ihren Prüfungen zur Kommissarin und Peter hoffte, sie würde danach bei seinem Team bleiben. Er hatte zumindest schon einmal bei den zuständigen Parteien vorgefühlt und es schien so weit keinerlei Einwände zu geben, weder von der Polizeiführung noch von Anja selber.

„Hallo, Anja", grüßte Peter lächelnd zurück. „Der Tag beginnt ja richtig gut. Endlich einmal wieder ein Mord, Klaus sagte mir, du hast, was die beiden Toten betrifft, alle Informationen für mich?"

„Was heißt hier, alle Informationen, der ist gut. So viel wissen wir bis jetzt auch noch nicht. Wir bekamen vor knapp einer halben Stunde einen Anruf von einem gewissen Frank Meier, seines Zeichens Hausverwalter und Immobilienmakler hier in Emden. Der hatte seinen Wagen zufällig am Deich angehalten, um mal kurz pinkeln zu gehen. Dabei hat er zufällig dann die zwei Leichen unter einer Plane nahe dem Waldstück entdeckt. Nach seinen eigenen Angaben hat er sich fast ans Bein gepinkelt, aber sofort die Polizei verständigt. Es sind bereits zwei Streifenwagen der Kollegen vor Ort eingetroffen. Die haben mittlerweile den Fundort der Leichen schon abgesperrt und warten auf unser Eintreffen. Siggi Schmitz ist informiert, wie ich weiß, auch schon unterwegs und die Spurensicherung ist auch verständigt", klärte ihn Anja, in ihrer Art, kurz und präzise, über die Lage auf.

„Na, dann kann ja nichts mehr schiefgehen", bemerkte Peter, gab Gas und der Triumph Stag brummte mit seinem kräftigen Motor in Richtung Außenhafen die Nesserlander Straße entlang. Vorbei am Borkumanleger, der ewigen Nesserlander Schleusenbaustelle ging es dann über die große Seeschleuse die Straße zum Südkai am Seedeich entlang. Das

Ziel lag ganz am Ende des Seedeichs, eine kleine Seitenstraße vor der Borssumer Schleuse an der Jarßumer Hafenstraße. Auf der langen Geraden des Südkais sahen sie auch schon die blinkenden Lampen der Einsatzfahrzeuge der Polizei an der kleinen Geradeausabzweigung zur Borssumer Schleuse. Als Peter und Anja mit dem Stag die kleine Abfahrt fuhren, kamen sie durch ein offenes Absperrgatter bis zu einem großen Steinhaufen und parkten den Wagen neben den anderen Dienstfahrzeugen. Es herrschte wie immer ein reges Treiben am Fundort von Leichen. Mehrere Polizisten in Uniform waren mit der Sicherung des Tatorts beschäftigt. Die Männer und Frauen der Spurensicherung, die mittlerweile auch schon eingetroffen waren, zogen sich ihre weißen Overalls über. Ihre wichtige Aufgabe bestand darin, den Leichenfund sowie die nähere Umgebung bis ins letzte Detail zu untersuchen. Es durfte nicht die kleinste Spur übersehen werden, es ist ihr unabdingbarerJob, auch das noch so unscheinbarste Indiz zu finden.

Kriminaltechniker untersuchen Lacksplitter am Tatort, Faserreste oder Fingerabdrücke, Blutspuren, überführen Erpresser per Spracherkennung. Per se kann man sie als die Stützen jeder Verbrechensaufklärung bezeichnen. Sie sind aus der Aufklärung von Straftaten einfach nicht wegzudenken. Es gibt nahezu sechzig Berufsbilder bei den Experten. Darunter befinden sich Chemiker, Physiker, Biologen, Ingenieure, Phonetiker, Mineralogen, Psychologen, IT-Spezialisten, Elektroniker, Techniker, Laboranten, die alle interdisziplinär zusammenarbeiten.

Kriminaltechniker dürfen sich bei der Arbeit am Tatort keinen Flop leisten. Spurenmaterial ist einmalig, und nur eine entsprechende professionelle, sorgfältige Arbeitsweise ist in der Aufklärung eines Verbrechens hilfreich. Modernste Technologie unterstützt dabei die Arbeit der Kriminaltechniker, zu der man sich nur im Rahmen des Dienstes bei der Polizei ausbilden lassen kann.

Als Peter und Anja um den Steinhaufen herumgingen, sahen sie eine verschmutzte alte Plane, unter der die Beine zweier Menschen herausragten. Sie kamen genau zum richtigen Moment, als die Beamten der Spurensicherung vorsichtig die Plane anhoben und diese in einen großen transparenten Plastiksack, zur weiteren Spurenfeststellung im Labor, sicherten. Die zwei männlichen Leichen, die sich darunter befanden, waren beide eindeutig sichtbar mit mehreren Schüssen getötet worden. Es handelte sich bei den Toten um zwei junge Ausländer. Keiner von ihnen schien älter als zwanzig bis fünfundzwanzig Jahre zu sein und beiden hatte man, in einer schändlichen Weise, vermutlich mit ihrem eigenen Blut, jeweils ein deutlich erkennbares Hakenkreuz auf die Stirn geschmiert.

„Dann wollen wir mal an die Arbeit gehen", hörten sie die Stimme von Sigurd Schmitz, dem Rechtsmediziner der Stadt Emden, der kurz nach Peter und Anja eingetroffen war, hinter ihnen sagen. Sie beobachteten, wie Siggi, wie sie alle ihn der Einfachheit halber nannten, sich ein Paar Gummihandschuhe überzog, seinen Arztkoffer mit den Utensilien für eine erste Untersuchung nahm, sich geschäftig über die beiden Leichname beugte und mit seinem grausigen Werk begann.

Sigurd Schmitz war sechsundfünfzig Jahre alt, und wenn man ihn sah, hatte man ihn auch gleich schon wieder vergessen. Er war ein äußerst unscheinbarer Mensch ohne aufdringliches Äußeres. Ein Mann mit einem typischen Allerweltsgesicht. Doch von seinem unscheinbaren Äußeren durfte man sich nicht täuschen lassen, denn er war ein brillanter Gerichtsmediziner mit Leidenschaft.

Er gab sich nach außen als alter Griesgram, ein Sarkast und Zyniker, dem absolut nichts heilig war. In Wirklichkeit war er aber ein gutmütiger Mensch, mit einer rauen Schale und einem weichen Kern. Siggi war der Inbegriff eines treuen Ehemannes, verheiratet mit seiner etwas rundlichen Frau Klara. Er liebte seine Klara über alles, was auch durch ihre sieben gemeinsamen Kinder klar zum Ausdruck kam.

Peter und Anja gingen rüber zu Klaus, der im Gespräch mit einem Mann mittleren Alters war, der dabei fortwährend gestikulierend auf die beiden Toten zeigte.

„Das ist Herr Frank Meier, der unsere beiden Toten gefunden hat", stellte Klaus den Mann vor. „Er ist heute Morgen um 8 Uhr durch den Hafen gefahren, um seine wöchentliche Inspektion leer stehender Gebäude in der Narvikstraße zu machen. Als er dringend einmal pinkeln musste, hatte er hier schnell angehalten, um sich dort hinterm Steinhaufen zu erleichtern, und ist dabei zufällig, im wahrsten Sinne des Wortes, fast über die Beine der Toten gestolpert."

Der Mann verkörperte für Peter den typischen kleinen Bürokraten. Blasse Hautfarbe, Nickelbrille, schlecht sitzender dunkler Anzug mit unpassender Krawatte, überspitzten Modeschuhen und, was gar nicht ging, weißen Sportsocken. Der Mann schwitzte sichtlich stark, obwohl die Temperaturen am Morgen noch relativ kühl waren. Fahrig und nervös strich er sich seine mit Gel gestylten Haare aus der Stirn. Peter hatte etwas Mitleid mit ihm, Frank Meier musste wohl unter Schock stehen, denn schließlich findet man ja nicht jeden Tag die Leichen von zwei Erschossenen. „Moin, Herr Meier, ich bin Hauptkommissar Peter Streib und das ist meine Kollegin Kommissaranwärterin Anja Kappels. Hauptkommissar Marquart haben Sie ja bereits kennengelernt. Man hat Ihnen die Frage bestimmt schon mehrmals gestellt, aber ich frage Sie trotzdem noch mal. Als Sie heute Morgen in diesen kleinen Seitenweg fuhren, ist Ihnen da irgendetwas aufgefallen oder haben Sie etwas Ungewöhnliches bemerkt? Abgesehen von den beiden Toten natürlich."

„Nein, Herr Kommissar, ich habe nichts Ungewöhnliches gesehen oder bemerkt, erst als ich fast über die Beine, die aus der Plane ragten, gestolpert bin, wusste ich, womit ich es hier zu tun hatte. Ich habe dann sofort die Polizei gerufen und mehr kann ich Ihnen leider nicht berichten."

„Danke, Herr Meier, die Kollegen werden Ihre Aussage später noch zu Protokoll nehmen. Halten Sie sich bitte zur Verfügung, falls wir noch weitere Fragen haben, kommen wir wieder auf Sie zu."

Sichtlich erleichtert, die polizeilichen Befragungen überstanden zu haben, wandte sich der Mann ab und lief zu seinem Fahrzeug. Die Story würde er sein Lebtag nicht vergessen, konnte Peter ihm ansehen. Er blickte rüber zu den Toten, sah, wie Sigurd Schmitz sich gerade auf-richtete, die Gummihandschuhe auszog. Er ging zu ihm rüber, um die ersten Informationen zur Todesursache zu bekommen. „Hallo, Siggi, zwei Leichen zum Frühstück ist ganz schön heftig, oder? Kannst du uns denn schon so weit zu den beiden Toten etwas sagen?", fragte Peter.

„Moin, Peter, Emden mausert sich nicht schlecht, was die Mordrate angeht. Nicht umsonst nannte man Emden schon in früheren Zeiten Klein-Chicago an der Ems. Aber Spaß beiseite, ja, die Todeszeit ist so etwa gegen 10 Uhr gestern Abend, plus minus dreißig Minuten. Beide Männer wurden mit jeweils zwei Schüssen im Exekutionsstil ermordet, sogenanntes Double Tap, ein Schuss in die Brust und ein Schuss in den Kopf. Über die Tatwaffe kann ich dir noch nichts Ge-naues sagen, aber ich denke einmal, es war ein Kaliber 9 Millimeter. Im ersten Moment sieht das ganz nach einer Profiarbeit aus, aber diese Hakenkreuzschmierereien, das ist wieder weniger professionell. Sie sind mit aller Wahrscheinlichkeit, post mortem, mit dem Blut der Opfer auf deren Stirn geschmiert worden. Genaueres kann ich dir aber erst sagen, wenn ich die beiden auf meinem Tisch hatte. Scheußliche Sache, ich beneide euch nicht um eure Ermittlungen", fügte Siggi noch kopfschüttelnd hinzu und begab sich zu seinem Wagen.

Ein Mitarbeiter der Spurensicherung reichte Peter eine Plastiktüte mit den Ausweisen der beiden Toten. Sie hatten die Papiere ein Stückchen weiter neben zwei Fahrrädern im Gras gefunden. Bei den beiden Toten handelte es sich um zwei Brüder, Aadil und Hajid Musa, Asylanten aus Syrien. Peter schwante nichts Gutes, als er die Nachricht vernahm. Bei der im Land anhaltenden, schwer politischen Flüchtlingsdebatte würde es eine sehr heikle Aufgabe werden, die Täter oder den Täter zu finden.

Anja fotografierte mit ihrem Handy die Personalien der beiden Toten, kontaktierte daraufhin sofort die Emder Ausländerbehörde, um zu erfahren, ob die beiden toten Asylanten hier in Emden gemeldet waren. Während sie mit ihrem Telefon in der üblichen Behördenwarteschleife auf eine Antwort wartete, konnte Peter sich eine Bemerkung nicht verkneifen: „Ups, da haben wir ja wieder einmal so richtig in die Scheiße gegriffen. Doppelmord und dazu noch Asylanten, besser hätte es nicht kommen können. Was ist denn jetzt mit der Asylbehörde, Anja?"

Anja mit ihrer ostfriesischen, stoischen Ruhe erklärte Peter erst einmal die Zuständigkeiten. „Ausländerbehörde heißt das, Peter, Asylbehörde gibt es nicht. Die Behörde hat ihren Sitz in der Stadtverwaltung am Frickensteinplatz und regelt hier das Ausländerrecht. Also nun pass mal schön auf, kannst noch was lernen. Das Ausländerrecht betrifft alle Menschen, die die deutsche Staatsangehörigkeit nicht besitzen. Des Weiteren regelt die Ausländerbehörde die Einreise, den Aufenthalt und gegebenenfalls auch die Ausreise. Darüber hinaus ist die Ausländerbehörde für den Aufenthalt und die Unterbringung von Asylbewerbern zuständig. Für die Dauer des Asylverfahrens findet das Asylverfahrensgesetz für die Antragsteller hier ihre Anwendung. Der Aufenthalt wird in den Fällen zunächst gestattet. Sofern das Asylverfahren negativ abgeschlossen wurde, wird der Aufenthalt bis zur Beendigung geduldet. Was auch immer das heißt und wie lange auch immer die Duldung dauert."

„Jawohl, Frau Oberlehrerin", erwiderte Peter auf die Belehrung.

„Moment, ja, danke, gut, alles klar. Noch was, bitte schicken Sie mir die kompletten Unterlagen in die Dienststelle", antwortete Anja noch ins Telefon, bevor sie das Telefongespräch beendete und sich wieder an Peter wandte. „Unsere Toten waren tatsächlich in Emden gemeldet. Es handelte sich hierbei um die zwei einundzwanzig Jahre und dreiundzwanzig Jahre alten Brüder Aadil und Hajid Musa, Asylanten aus Syrien. Beide sind zusammen vor etwas mehr als einem Jahr nach Deutschland eingereist. Sie sind mit einem weiteren Asylanten, namens Mohammed Bari aus Syrien, in einer Wohnung in der Wilhelm-Leuschner-Straße in Borssum untergebracht. Die Stadt hat in der Siedlung gleich mehrere Wohnungen für Asylanten angemietet. Es gibt keine Begeisterung bei den Borssumern, denn die Konzentration von Ausländern hat dort schon richtige Gettoausmaße bekommen. Wenn ihr wollt, können wir gleich hinfahren, denn die Wilhelm-Leuschner-Straße befindet sich nicht sehr weit von hier, etwas weniger als einen Kilometer Luftlinie, würde ich sagen."

„Wenn wir davon ausgehen, Peter, dass dies hier auch der Tatort war, ist er leicht von dort erreichbar", schaltete sich Klaus ein. „Man muss nur über die Schleuse dort drüben, den Weg zum Friedhof hoch, dann die Hans-Böckler-Allee entlanggehen und schon ist man da. Etwas weniger als zwanzig Minuten Fußweg, würde ich sagen. Mit dem Fahrrad geht das natürlich noch wesentlich schneller."

„Na dann würde ich sagen, lasst uns mal zu der Wohnung fahren und uns dort etwas umschauen. Wer weiß, vielleicht kann uns der Mitbewohner ja etwas mehr zu den beiden erzählen. Wie hieß der gleich noch mal?"

„Mohammed Bari", antworteten Anja und Klaus gleichzeitig wie aus einem Munde.

Bevor sie in ihre Fahrzeuge stiegen, stellte Klaus mit einem sorgenvollen Blick an Peter die Frage: „Was denkst du, was es mit den Hakenkreuzschmierereien auf sich hat? Haben wir jetzt eine rechtsextreme Terrororganisation in Emden? So eine wie diesen Nationalsozialistischen Untergrund, kurz NSU genannt, die hier bei uns jetzt die Ausländer umbringt?"

Peter, dem Klaus' Bestürztheit nicht entgangen war, antwortete: „Ich hoffe nicht, Klaus, aber es sieht fast danach aus und wir müssen uns, ob wir wollen oder nicht, mit der rechtsextremen Szene Emdens vertraut machen. Es wird sich dann schon schnell herausstellen, ob wir da unseren Mörder finden."

„Das kann ja heiter werden, ich wusste bis heute gar nicht, dass wir in Emden eine rechtsextreme Szene haben. Ich dachte immer, Ostfriesland, weite Landschaft, friedliebende Kühe, ein wunderschöner Ort zum Leben und Urlaub zu machen. Frische Luft, saubere Umwelt, hohe Deiche und weit und breit keine Nazis, geschweige denn organisierte, rechtsextreme Strukturen", warf Anja ein.

„Da bist du leider auf dem Holzweg, Anja, das ist ein Bild, das leider sehr wenig mit der Realität Gemeinsamkeiten hat. Wir haben zwar friedliche Kühe und weite Landschaften, aber hier sind auch mehr als hundert aktive Neonazis beim Verfassungsschutz registriert. Ostfriesland ist eine Hochburg der westdeutschen Neonaziszene. Es gab schon einmal gewalttätige Übergriffe in der Emder Innenstadt auf Migranten, Entglasung und Verwüstung des Parteibüros der Grünen, ein verhinderter Angriff auf eine DGB-Demonstration in Emden, Übergriffe in Aurich auf vermeintlich linksalternative Jugendliche, Brandanschläge auf Geschäfte von Ausländern in Wilhelmshaven und sogar der Totschlag eines vierundvierzig Jahre alten Mann im ostfriesischen Dorf Detern gehen auf die Konten von rechtsextremen

Elementen", klärte Klaus seine nicht schlecht staunenden Kollegen auf.

„Wow, Klaus, du bist ja richtig gut informiert, arbeitest du nebenbei für den Staatsschutz?", frotzelte Anja.

„Nein, aber ich habe einen Freund, der dort tätig ist, und der hat mir viel von den Machenschaften der Neonaziszene in Ostfriesland erzählt. Die sind hier erstklassig gut organisiert und haben ihre Verbindungen weit über unsere Landesgrenzen hinaus. Mit der neuen Flüchtlingspolitik unserer Regierung und Mama Merkel am Ruder bekommen die Oberwasser. Sie etablieren sich schon politisch in neuen Parteien wie der Alternative für Deutschland oder kurz AfD genannt. Glaubt mir, wir werden bald einen neuen Wind in Deutschland verspüren. Ich bin mir ziemlich sicher, die deutsche Bevölkerung wird sich ganz freiwillig politisch weiter nach rechts orientieren. Vergesst bei der kommenden Bundestagswahl nicht meine Worte, ihr werdet es sehen", orakelte Klaus.

Keine zehn Minuten später erreichten die drei ihr Ziel, das Hochhaus in der Wilhelm-Leuschner-Straße, das die Behörde als Wohnort für die beiden Opfer angegeben hatte.

Klaus, der in Borssum wohnte, konnte dann auch gleich mit seinem lokalen Wissen beeindrucken: „Der hässliche Hochhauskomplex mit drei Gebäuden zu je zehn Stockwerken sowie den umliegenden niedrigeren Wohngebäuden in Blockbauweise wurde in den 1970ern vom ehemals gewerkschaftseigenen Wohnbaukonzern Neue Heimat errichtet. Obwohl das Stadtentwicklungskonzept der Stadt Emden von 2013 für die Wilhelm-Leuschner-Straße einen städtebaulichen umfassenden Handlungsbedarf ausweist, werden dort heute von der Stadt unverständlicherweise weiterhin vorwiegend Migranten einquartiert. Der Handlungsbedarf war damals schon begründet, beruhend auf der

50

Kombination von problematischer Sozialstruktur und der Randlage der Siedlung. Jetzt stellt euch vor, in einer unverantwortlichen Weise wird von den Behörden noch Öl aufs Feuer geworfen, die sozialkritische Misere verschärft. Die so vermeintlich soziale Wohnpolitik der Stadt Emden trägt große Mitschuld an dem negativen Gettoimage der Wohnsiedlung, die im krassen Gegenteil zu einer vernünftigen Integrationspolitik steht. Von dem Verfall von Wohneigentum, dem Wegzug deutscher Bürger aus der Siedlung einmal ganz abgesehen. Die Wilhelm-Leuschner-Straße ist heute überwiegend bewohnt von sozialen Randgruppen, Unterschichten sowie mehrheitlich Nordafrikanern aus den Maghreb-Staaten und Menschen aus dem Mittleren Osten. Dies hat unweigerlich zu einer bewiesenen, stark wachsenden Kriminalitätsrate, häufigen Polizeieinsätzen und dem schlechten Ruf geführt."

Dies alles interessierte Peter im Moment relativ wenig. Das Erste, aber, was er sah, war eine Gruppe von vier arabisch aussehenden Männern, die Zigaretten rauchend auf Stühlen und einem alten Sofa vor einer der Eingangstüren saßen. Ihm fiel sofort auf, dass auch überall sehr viel Unrat herumlag. Vor den Mülltonnen häuften sich achtlos hingeworfene, aufgeplatzte Säcke und Plastiktüten mit Abfällen, in anderen Ecken der Anlage stapelte sich nicht abgeholtes Sperrgut. Niemand fühlte sich verantwortlich für die Sauberkeit der Anlage, es gab keinen Gemeinsinn. Einfache Regeln des deutschen Zusammenlebens wurden hier einfach missachtet. Der Grund, viele der Anwohner waren es von ihrer Heimat gewohnt, mit Unrat um sich herum zu leben, dass überall Dreck herumliegt, war für sie normal.

Peter, Anja und Klaus zückten ihre Dienstausweise und fragten die jungen Männer nach der Wohnung von Aadil und Hajid Musa. Drei der bärtigen Männer zuckten die Schultern und blickten verächtlich auf Anja, aber der vierte, ein junger freundlicher Mann namens Abdul Karrem, sprang sofort auf und bat sie mit dem Hinweis, er würde ihnen die Wohnung zeigen, ihm zu folgen. Er war sichtlich neugierig und freute sich über die Abwechselung in seinem sonst langweiligen Alltag. In gebrochenem Deutsch erzählte er, dass Aadil und Hajid seine Freunde gewesen waren. Ob ihnen etwas Schlechtes passiert sei, wollte er wissen. Ohne ihm darauf sofort zu antworten, setzten die Polizisten ihren Weg fort. Nach wenigen weiteren Metern standen sie am Haupteingang zum Wohnblock der Toten. Eine eingetretene Drahtglasseitenscheibe und reichlich Graffiti an den Wänden verliehen dem Image eines Gettos alle Ehre. Durch den Eingangskorridor, der mit reichlich Unrat vollgestellt war, erreichten sie die Wohnungstür der Opfer, die zufällig auf dem gleichen Flur wie die Wohnung von Abdul Karren, ihrem selbst ernannten Tourguide, lag.

Klaus drückte, ohne zu zögern, den Klingelknopf, aber nichts regte sich. Er drückte ein weiteres Mal den Klingelknopf, klopfte und rief dabei: „Herr Mohammed Bari, hier ist die Polizei, bitte machen Sie auf, wir möchten gerne mit Ihnen reden."

Daraufhin schüttelte Abdul Karrem den Kopf und sagte:
„Mohammed nicht da, er morgens immer in Schule. Kommt immer erst nachmittags wieder zurück, aber Aadil und Hajid müssen sein zu Hause."

„Ne", sagte Klaus trocken, „die sind tot."

Sichtlich geschockt von der Neuigkeit und bestürzt von Trauer, fing der junge Mann an zu weinen.

„Es tut uns leid", sagte Peter, „aber wir müssen Ihnen jetzt ein paar Fragen stellen. Was können Sie uns über Ihre Freunde erzählen, wann haben Sie die beiden zum letzten Mal gesehen?"

Kapitel VI

Montag, 8. Mai, frühnachmittags

Das Beamtentrio war nach einer mühseligen Befragung von Abdul Karrem zurück ins Polizeirevier gefahren. Da es schon Mittagszeit war, hatten sie noch schnell beim Chinesen etwas gegessen. Zurück im Büro machten sie sich daran, die ersten Informationen zum Fall auszuwerten. Die Befragung des jungen Nachbarn, Abdul Karrem, hatte nicht allzu viel gebracht, außer, dass sie jetzt wussten, Aadil und Hajid Musa waren mit ihren Fahrrädern viel durch die Gegend gefahren. Der junge Asylant hatte sie dabei ein paarmal auf ihren Fahrradtouren begleitet. Besonders gerne waren sie zum Seedeich gefahren, konnte er den Beamten berichten. Der Hafen mit den vielen Schiffen hatte ihnen besonders gefallen. Seiner Ansicht nach waren sie gläubige Moslems gewesen, hatten keinen Alkohol getrunken und sich auch sonst sehr bescheiden verhalten. Ihre Familie, hatten sie ihm erzählt, war im Syrienkrieg, in Aleppo, ums Leben gekommen. Ansonsten waren sie immer sehr schweigsam, eher mehr unauffällig gewesen. Sie hatten kaum Kontakt zu anderen Migranten. Weiter konnte er erzählen, Aadil und Hajid Musa waren zur gleichen Zeit wie ihr Mitbewohner Mohammed Bari nach Emden gekommen. Seines Wissens nach stellten sie vor mehr als einem Jahr gemeinsam ihre Asylanträge. Die Brüder hingen immer viel mit ihrem Mitbewohner Mohammed Bari zusammen. Der war ihm aber nicht geheuer, zu religiös, ein Salafist oder Islamist, äußerte er sich verhalten. Damit hatte es sich auch schon, die Quelle seiner Kenntnis war ausgeschöpft. Zuletzt hatte er die beiden Musa-Brüder mit ihren Fahrrädern am Nachmittag des vorhergehenden Tages gesehen. Wie so oft waren sie auf ihrem Weg zum Seedeich und Hafen. Dann weinte er wieder. Sie ließen ihn alleine in seiner Wohnung zurück.

Peter und Anja planten, der Wohnung der beiden Opfer für den Nachmittag einen zweiten Besuch abzustatten. Sie mussten unbedingt mit Mohammed Bari sprechen. Vielleicht wusste der Mann etwas über ein mögliches Mordmotiv. Wieso jemand einen Grund hätte, seine zwei Mitbewohner zu erschießen. Klaus war mittlerweile an seinem geliebten Rechner und druckte die letzten Statistiken zu Emdens Asyl- und Ausländersituation aus. Er hielt einen Ausdruck hoch und las laut vor: „Also hört mal zu, Leute, das ist sehr interessant. In der Stadt Emden gibt es zurzeit aus 104 Nationen 5120 Personen mit einer ausländischen Staatsbürgerschaft, 2451 davon sind EU-Ausländer. Neben den Flüchtlingen ist in den letzten Jahren auch die Zahl der EU-Zuwanderer gestiegen. Asylbewerber haben wir 231, Kontingentflüchtlinge gibt es total 40, geduldete Ausländer, mit anderen Worten, abgelehnte Asylbewerber, die ausreisepflichtig sind, gibt es hier 136, anerkannte Flüchtlinge 642, dann kommen noch die subsidiär Schutzberechtigten, insgesamt 273, dazu, die mit Abschiebeschutz 53 Personen, und direkt Asylberechtigte haben wir 14 weitere. Das ist alles."

„Holladibolla, das sind ja mehr als zehn Prozent der Einwohner Emdens", stellte Anja erstaunt fest. „Die Zahlen sind klar, aber erkläre mir mal, was in aller Welt sind denn Kontingentflüchtlinge oder, wie nanntest du die, subsidiär Schutzberechtigte?"

„Kein Problem, liebe Anja, da hatte ich, ehrlich gesagt, meinen eigenen Erklärungsbedarf. Ich musste das auch erst einmal nachlesen. Also Kontingentflüchtlinge sind hier in Deutschland, Flüchtlinge, die in festgelegter Anzahl (Kontingenten) nach Deutschland übersiedeln dürfen. Dies betrifft Flüchtlinge, die im Rahmen einer humanitären Hilfsaktion, aufgrund von Sichtvermerken (Visa) oder Übernahmeerklärungen des Bundesministeriums des Innern aufgenommen werden. Diese Flüchtlinge durchlaufen kein Asyl- und auch kein sonstiges Anerkennungsverfahren, sondern erhalten mit ihrer Ankunft sofort eine

Aufenthaltserlaubnis aus humanitären Gründen. Sie können ihren Wohnsitz, laut einem Urteil des Bundesverwaltungsgerichts, nicht frei wählen. Alles klar so weit? Subsidiär Schutzberechtigte sind Ausländer, denen, bei fehlender Flüchtlingseigenschaft im Sinne der Genfer Flüchtlingskonvention, ernsthafter Schaden drohen würde, wenn sie in ihr Herkunftsland abgeschoben werden würden. Als ernsthafter Schaden im Sinne dieses Artikels gilt:

die Verhängung oder Vollstreckung der Todesstrafe, Folter oder unmenschliche oder erniedrigende Behandlung oder Bestrafung eines Antragstellers im Herkunftsland, eine ernsthafte individuelle Bedrohung des Lebens oder der Unversehrtheit einer Zivilperson infolge willkürlicher Gewalt im Rahmen eines internationalen oder innerstaatlichen bewaffneten Gewaltkonflikts.

So, liebe Kollegen, jetzt wisst ihr Bescheid, Flüchtling ist nicht gleich Flüchtling, Asylant nicht gleich Asylant. Es gibt hier jede Menge Unterschiede, die die normale Bevölkerung aber kaum versteht oder verstehen will. Wie denn auch, wenn diese Unterschiede nicht publiziert werden. Aber auch wenn sie publik gemacht würden, wie soll einer diese Legalitäten begreifen? Für den Otto Normalbürger sind es einfach Wortspielereien und ein Ausländer bleibt für sie ein Ausländer. Sonst noch Fragen, ihr Lieben?"

Peter war nachdenklich geworden, der bürokratische Dschungel mit seinen oft unverständlichen Formulierungen, Paragraphen entscheidet über die Schicksale der Menschen, wer bleiben darf und wer gehen muss. Der tragische Tod der zwei Asylanten ging ihm nahe. Sie kamen hierher, um vor Krieg und Verfolgung sicher zu sein, dann werden sie hier, in Deutschland, ermordet. Seine Gedanken streiften dabei auch unweigerlich den Artikel aus der morgendlichen Zeitung. Der Gerichtsprozess über die drei freigesprochenen arabischen Totschläger, die einen jungen Deutschen zu Tode geprügelt hatten, beschäftigte ihn. Was ist bloß los in Deutschland, all diese stumpfe, sinnlose Gewalt?

Das hat es doch früher nicht gegeben. Eine unbehagliche Vorahnung befiel ihn bei der Überlegung. Er hatte zu dem Zeitpunkt aber bei Weitem keine Vorstellung davon, inwieweit sein Mordfall an den zwei Asylanten damit im Zusammenhang stand. Wie ihn eine menschliche Tragödie in einen Sumpf von Hass, Ablehnung, Rache und Gewalt ziehen würde. Mit viel Anstrengung riss er sich aus seinen düsteren Gedanken. Er musste wieder funktionieren, einen Fall lösen. „Klaus, wie sieht es denn mit der Verteilung der Flüchtlinge im Stadtgebiet aus, hast du dazu auch Zahlen und weitere Erklärungen?"

„Gut, dass du das ansprichst, Peter. Ein Fachbereichsleiter der Stadt hatte auf die Anfrage eines bekannten Emder Politikers in einer öffentlichen Erhebung Auskunft über die Verteilung unserer Flüchtlinge in Emden gegeben. Demzufolge wohnen derzeit im Stadtzentrum und in Borssum/Hilmarsum die meisten Flüchtlinge. Mit Stand vom 31. März sind insgesamt 822 Hilfeempfänger nach dem Asylbewerberleistungsgesetz in Emden registriert. 263 im Bereich Stadtmitte und 249 im Bereich Borssum, der Rest verteilt sich auf die umliegenden Stadtteile. Das sind allein für Borssum ganze 4,12 Prozent auf die Gesamtbevölkerung. Mit dem Rest aller Ausländer haben wir jetzt einen Gesamtanteil von fast neun Prozent Ausländern in Borssum, eine stolze Zahl für die Vorstadt. Du weißt, ich lebe mit meiner Familie in Borssum und ich kann dir aus eigener Erfahrung sagen, das Bild unseres Stadtteils hat sich in den letzten Jahren sehr gewandelt. Seit langer Zeit gilt die Geschosswohnsiedlung der Wilhelm-Leuschner-Straße aufgrund ihrer problematischen Sozialstruktur, der hohen Mieterfluktuation, städtebaulichem Handlungsbedarf und der isolierten Lage als ein sozialer Brennpunkt in Emden. Ohne Rücksicht auf die schon bestehenden Probleme zu nehmen, hat die Stadt auch noch verstärkt Asylbewerber dort untergebracht. Jeder halbwegs vernünftige Menschenverstand kann sich ausrechnen, dass es die brenzlige Situation nicht gerade entschärft, sondern nur noch verschlimmert.

Diese Konzentration heimatloser Asylanten, von den bestehenden sozialen Randgruppen ganz zu schweigen, schürt natürlich zusätzliche Probleme, wie Gewalt und Drogenkriminalität im Gettomuster. Auch wenn unsere lieben Verantwortlichen dies vehement bestreiten, es ist die nackte Realität, Fakt! Die Borssumer befürchten zu Recht, dass sich in der Zukunft diese Problematik nicht nur auf die Wohnblocks der Wilhelm-Leuschner-Straße beschränken wird, sondern eine Ausweitung in ihre bisher noch friedlichen Wohnstraßen folgen wird. Sie machen sich große Sorge um ihre Kinder. Ich schließe mich da nicht aus, muss ich ehrlich dazu sagen."

„Wow! Frau Merkels unbedachte Flüchtlingspolitik ist offensichtlich so langsam auch im letzten Zipfel der Bundesrepublik, im schönen Ostfriesland, angekommen", kam es zynisch von Peter. „Ich glaube, wir sind uns einig darüber, dass Deutschland verpflichtet ist, Flüchtlinge aufzunehmen. Das Problem, über das im Moment aber nicht offen gesprochen wird, ist, dass man zwischen Kriegsflüchtlingen, Asylbewerbern, illegalen Einwanderern aus Armutsgründen und legalen Einwanderern strikt unterscheiden muss. Kein Land in der Welt kann es sich erlauben, eine vollkommen ungeplante Einwanderung zu haben. Das Endresultat der Konflikte, die sich daraus für Deutschland ergeben werden, ist politisch, sozial sowie auch religiös noch gar nicht abzusehen. Die Folgen dieser verfehlten Politik kommen jedoch mehr und mehr zum Vorschein und ich persönlich glaube, dass die Kanzlerin einen riesigen Fehler gemacht hat, als sie so pauschal sagte, es könne jeder kommen. Des Weiteren bin ich es leid, ständig diese Schwätzer über richtige Integration reden zu hören, die gibt es einfach nicht."

„Es würde mich nicht wundern, wenn so rechte Parteien wie die AfD plötzlich sehr viel Zulauf erhalten. Wenn man sich die aktuellen Flüchtlingszahlen ansieht, ist die soziale Komponente das größte Problem. Mach doch mal den Bürgern klar, dass die Regierung allein 2017 ungefähr 11 Milliarden Euro Steuergelder für die Flüchtlingskrise ausgeben wird. Der Bund übernimmt künftig pro Flüchtling und Monat 670 Euro vom Tag der Registrierung bis zum Ende des Asylverfahrens. Zur Versorgung der Flüchtlinge will der Bund bis 2020 circa 93,6 Milliarden Euro zur Verfügung stellen. Das sind die Steuergelder der deutschen hart arbeitenden Bevölkerung. Erkläre das mal einer alten Oma mit nur 750 Euro Rente, die ihr Leben lang gearbeitet hat!", warf Anja ein.

„Das ist aber noch lange nicht das Ende der Fahnenstange, Peter, derzeit befinden sich nach Angaben der UNO-Flüchtlingshilfe weltweit knapp 60 Millionen Menschen auf der Flucht. Über eine Million Flüchtlinge sind 2015/2016 allein nach Deutschland gekommen. 2016 wurden 745 545 Erst- und Folgeasylanträge gestellt und in diesem Jahr sind es bisher schon 37 074 Asylanträge. Es wird geschätzt, dass 2017 ungefähr mit weiteren 350 000 Neuankömmlingen zu rechnen ist", fügte Klaus noch hinzu.

„Mensch Leute, hört auf, da wird mir richtig schwindelig bei all diesen Zahlen. Wie soll ein normaler Mensch dies alles noch verarbeiten? Ich glaube, viele werden es einfach nicht mehr tragen wollen. Pflegenotstand, zu niedriger Mindestlohn, Altersarmut und eine desolate Infrastruktur sind nur einige der Probleme, die von den Politikern ignoriert werden. Und kann man es den Bürgern verdenken? Dieses Jahr, im September, ist die Bundestagswahl. Glaubt mir, da wird es richtig hoch hergehen, die wird so einiges an Zündstoff in sich haben."

„Da kannst du dich drauf verlassen, Peter. Hast du die letzten Berichte zur Migrantenkriminalität gelesen? Da wird direkt von der Politik eine Informationssperre verhängt und der Bürger für dumm verkauft. Statistiken werden verfälscht, um ja nicht die Wahlen zu gefährden. Trotzdem kam jetzt heraus, laut Bundeskriminalamt verübten Migranten im Jahr 2015 fast 209 000 Verbrechen, im ersten Halbjahr 2016 waren es schon 142 500 Fälle. Die Informationspolitik der Polizei ist oft in der Kritik, da wird massiv manipuliert. Viele relevante Ereignisse werden der Öffentlichkeit, weil es der Bundesregierung unbequem ist, vorenthalten. Die meisten Polizisten klagen bereits seit Längerem hinter vorgehaltener Hand darüber, Straftätern im Asylverfahren machtlos gegenüberzustehen. Unsere Kollegen erleben hier doch selber, wie schnell der eine oder andere Flüchtling eine Straftat begeht. Wer eine Geldstrafe bekommt, kann die nicht bezahlen, kann wieder gehen, andere Täter tauchen einfach unter. Und wer wiederholt auffällig wird, muss noch lange nicht befürchten, Deutschland verlassen zu müssen. Das nutzen zunehmend die richtig Kriminellen aus, um Einbrüche zu begehen oder mit Drogen zu handeln. Pass auf, der Hammer kommt noch, der Anteil der ausländischen Tatverdächtigen ist um 305 Prozent höher als der entsprechende Anteil deutscher Straftäter. Sogar unser lieber Innenminister Thomas de Maiziére, der Clown, hat öffentlich zugegeben, die Kriminalität ist durch Flüchtlinge überproportional angestiegen."

Peter pfiff leise durch seine Zähne. Es gefiel ihm alles ganz und gar nicht, was er da hörte. Ihm war natürlich vieles bekannt, wenn auch nicht so im Detail. In den Medien ging es drunter und drüber mit Meldungen zur Ausländerkriminalität. Es verging kaum ein Tag mehr, wo nicht irgendwelche Berichte wegen Vergewaltigung, Raub oder Körperverletzung in Verbindung mit Ausländern Schlagzeilen machten. Peter hatte aber auch Augen im Kopf und sah vermehrt in der Stadt Gruppen junger Ausländer, vornehmlich islamischer Kultur. Frauen, die verschleiert, Kinder an der Hand einen Kinderwagen vor sich herschoben. Er wusste nur zu gut, dass der Anteil der Ausländer an der Emder Bevölkerung schon mehr als zehn Prozent ausmachte. Er hatte bemerkt, wie neue Shisha-Bars, Dönerläden und orientalische

Barbershops das Stadtbild Emdens veränderten. Peter wusste nicht mehr, was er von alldem halten sollte. Er war, wie der Großteil der Bevölkerung, weder ausländerfeindlich noch hatte er sonst irgendwelche Vorurteile gegenüber anderen Menschen, egal woher sie kamen. Aber er war auch mit Leib und Seele Polizist und hatte ein starkes Rechtsempfinden. Für ihn gab es strikte Regeln für das gesellschaftliche Zusammenleben. Jeder hatte sich an Recht und Gesetz zu halten, wer sich nicht daran hielt, musste den Preis dafür zahlen.

„Genug von der Politik! Wir haben einen Doppelmord zu lösen. Die beiden Asylanten, auch wenn sie für einige nur unbequeme Flüchtlinge waren, hatten ein Recht zu leben. Sie sind nach den ganzen Strapazen ihrer Flucht hier, im sonst so friedlichen Ostfriesland, angekommen, hier grausam und brutal ermordet worden. Ich will den oder die Täter kriegen. Anja und ich fahren jetzt noch mal zur Wilhelm-Leuschner-Straße nach Borssum. Wollen wir hoffen, dass der Mitbewohner, dieser Mohammed Bari, dort mittlerweile eingetroffen ist. Vielleicht kann er uns mehr über die Aktivitäten der Toten erzählen. Die Hakenkreuze deuten auf eine Spur in die rechtsradikale Liga. Klaus, sei du so gut, finde in der Zwischenzeit alles über die Neonaziszene hier in Emden und Umgebung raus. Ich will jedes Detail über die Typen wissen, wie sie organisiert sind, wer ihre Anführer sind, wo sie hier aktiv sind, die ganze Bandbreite eben."

„Okay, Peter, ich mach mich gleich an die Arbeit", antwortete Klaus und begann auf der Tastatur seines Computers zu hämmern.

Kapitel VII

Montag, 8. Mai, nachmittags

Peter drückte den Klingelknopf neben der Wohnungstür und nach zweimaligem Klingeln hörten er und Anja, wie im Inneren der Wohnung sich jemand vorsichtig der Tür näherte. Eine Person schaute durch den trüben Türspion.

„Wer da, was Sie wollen?", drang eine Stimme durch die immer noch verschlossene Wohnungstür.

„Hier ist die Polizei", antwortete Peter. „Herr Bari, bitte öffnen Sie die Tür, wir hätten Sie gerne gesprochen, um Ihnen ein paar Fragen zu Ihren Mitbewohnern zu stellen."

Sie hörten, wie sich von innen ein Schlüssel im Schloss drehte und eine Sicherheitskette vorgelegt wurde. Die Tür öffnete sich einen kleinen Spalt und Peter sah einen jungen bärtigen Mann, der ihnen scheinbar ängstlich entgegenblickte. „Dürfen wir reinkommen, Herr Bari?", fragte Peter.

„Erst möchte ich Ausweis sehen, bitte?", kam die zögerliche Antwort des jungen Mannes im gebrochenen Deutsch.

„Natürlich, selbstverständlich", antwortete Peter. Anja und er zogen daraufhin ihre Dienstausweise und hielten sie dem Mann durch den Türspalt vor die Nase. Daraufhin hörten sie das Geräusch der Sicherheitskette, die abgehängt wurde, die Tür öffnete sich vollends.
Der junge Mann, der vor ihnen stand, war von kräftiger Figur, circa 1,75 Meter groß, trug halblange schwarze Haare und wie für Moslems

üblich einen vollen Bart. Gekleidet war er dafür weniger konservativ, eher relativ modern mit Jeans und T-Shirt. Doch das Erste, was Peter auffiel, waren die harten Gesichtszüge und die leblosen, dunklen, fast schwarzen Augen von Mohammed Bari. Diese Augen beobachteten ganz genau jede Bewegung, die Peter machte, ohne Anja auch nur einmal mit einem Blick zu bedenken. Peters erster Eindruck über den Mann bestand aus gemischten Gefühlen. Er wusste aus den Berichten seines Asylantrages von Ende 2015, dass Mohammed Bari ein zweiundzwanzigjähriger syrischer Flüchtling aus Rakka war. Dieser Antrag war bislang aber immer noch nicht von den Behörden vollends bearbeitet worden. Woran es lag, dass der Asylantrag bisher nicht genehmigt wurde, war Peter nicht bekannt. Er machte aber einen mentalen Vermerk, sich darüber etwas genauer zu informieren. Peter und Anja betraten die Wohnung. Es war eine Vier-Zimmer-Küche-Bad-Wohnung und jeder der Bewohner hatte sein eigenes Zimmer. Die Küche war mit alten aufgearbeiteten Küchenmöbeln ausgestattet und es roch nachhaltig nach gekochtem Hammelfleisch mit exotischen Gewürzen. Im Mittelpunkt des Wohnzimmers stand eine breite moderne Sitzgarnitur. Ein heller, teilweise abgenutzter Buchenschrank mit einem passenden, niedrigen Wohnzimmertisch komplettierte das Inventar. Ins Auge fiel ihnen ein neuer riesiger Flachbildschirmfernseher, der neben etlichen Bildern syrischer Landschaften an der vorderen Wand angebracht war. Anderer typischer arabischer Wandschmuck rundete die Einrichtung ab. In der Wohnung wirkte es ordentlich, sauber und sehr aufgeräumt. Mohammed Bari zeigte Peter und Anja, welche der Zimmer von den Musa-Brüdern bewohnt waren. Als sie die Räume betreten wollten, stellten sie fest, dass die Zimmertüren verschlossen waren. Die Polizei hatte jedoch am Morgen mehrere Schlüssel bei den Toten sichergestellt und mit diesen konnte Peter die Zimmer aufsperren. Beide Zimmer der Musa-Brüder waren fast identisch eingerichtet. In ihnen befanden sich jeweils ein einfaches Holzbett, ein Kleiderschrank und ein kleiner Schreibtisch vor dem Fenster. Ein einfacher

Holzstuhl komplettierte die karge Ausstattung. In beiden Räumen, gleich neben den Kleiderschränken, war auch jeweils ein aufgerollter Gebetsteppich auszumachen. Anja bemerkte ganz nebenbei, dass es, abgesehen von ein paar Familienfotos, die mit Nadeln an die Tapete gespickt waren und wahrscheinlich Familienmitglieder zeigten, wenig Persönliches in den Zimmern gab. Auf dem kleinen Schreibtisch von Aadil Musa befand sich neben einem Apple-iPad ein Koran auch ein halb voller Aschenbecher. Im Raum seines Bruders dagegen gab es im Unterschied zum iPad einen neuen Samsung-Laptop auf dem Schreibtisch. Peter fragte sich insgeheim, woher die beiden Brüder wohl das Geld für die ziemlich kostspieligen Computer hatten. Sie durchsuchten die Schränke und Schubladen der Schreibtische, aber außer ein paar amtlichen Dokumenten gab es nichts. Sie nahmen den Samsung-Laptop sowie das iPad mit, den Rest konnte sich die gerade eingetroffene Spurensicherung vornehmen. Peter hatte aber große Zweifel daran, dass sie hier irgendetwas finden würden, was sie im Fall weiterbringt. Es gab in beiden Räumen keinerlei Anzeichen oder Hinweise, die in irgendeiner Weise auf einen Zusammenhang mit den Morden schließen ließen. Nach der kurzen Durchsuchung ging Peter mit Anja in die Küche, wo Mohammed Bari mit einem versteinerten Gesicht auf sie wartete. Peter fand es recht seltsam, dass der junge Mann noch keinerlei Fragen gestellt hatte, zum Beispiel, warum die Polizei in seine Wohnung eindrang und wieso sie die Zimmer seiner Mitbewohner durchsuchte. Er konnte sich es nur so erklären, dass in seinem Heimatland man nicht die Polizei befragt, sondern wartet, bis man selbst befragt wird, oder er hatte Wissen vom Tod der beiden.

Peter begann ohne weitere Umschweife und beobachtete das Verhalten von Mohammed Bari dabei ganz genau: „Herr Bari, Sie wundern sich sicherlich, warum wir hier sind und Ihre Wohnung durchsuchen? Wir haben leider sehr schlechte Nachrichten für Sie, gestern Nacht sind Ihre Mitbewohner Aadil und Hajid Musa nicht unweit von hier erschossen worden. Verstehen Sie, was ich sage, Herr Bari? Ihre Mitbewohner sind ermordet worden. Können Sie uns sagen, wann Sie die Brüder zuletzt gesehen haben oder können Sie uns zu den beiden sonst etwas erzählen?"

„Allah möge ihnen gnädig sein", sagte er in einem ruhigen Ton, ohne allzu große Gefühlsregung zu zeigen. Dennoch war es offensichtlich, die Nachricht hatte ihn erkennbar geschockt. „Ich leider nicht wissen, was passiert, ich habe nichts getan. Aadil und Hajid Nachmittag weggegangen, nicht mehr wiedergekommen. Oft bleiben ganze Nacht weg, keine Ahnung, wo hingegangen und was gemacht. Ich geschlafen und dann Schule gegangen", erwiderte Mohammed Bari und schaute dabei immer nur Peter an, Anja würdigte er keines Blickes.

Er wirkte bei seinen Antworten unterwürfig, wie ein Lamm auf dem Weg zur Schlachtbank, aber Peter traute irgendwie den Augen seines Gegenübers nicht. Das ganze Verhalten des jungen Mannes passte auch irgendwie nicht zu der Tragweite der Nachricht vom Tod seiner Mitbewohner. Peter konnte weder eine ehrliche Bestürzung noch echte Trauer feststellen, Mohammed Bari wirkte mehr ungerührt, teilnahmslos. Er wurde das Gefühl nicht los, als ob der Mann ihn belauerte, seine Reaktionen sehr genau analysierte. „Herr Bari, haben Sie irgendeine Ahnung, wieso Ihre beiden Mitbewohner erschossen wurden, oder haben Sie eine Vorstellung davon, wer das gemacht haben könnte?"

„Nein, ich nichts wissen. Musa-Brüder anderes Leben geführt, ich nicht viel zusammen gewesen, außer in Wohnung."

„Das hat so alles keinen Zweck", sagte Anja. „Wir brauchen einen richtigen Dolmetscher mit arabischen Sprachkenntnissen. Nicht nur für ihn, sondern wir müssen hier einfach alle Asylanten bzw. Ausländer im Haus vernehmen. Irgendeiner von denen wird schon etwas wissen. Was die beiden so gemacht haben oder wohin die Musa-Brüder am gestrigen Nachmittag gegangen sind. Das wird uns dann hoffentlich etwas weiterhelfen können."

Peter nickte zustimmend und antwortete: „Du hast recht, Anja, ich denke, am besten ersuchen wir den Chef in diesem Fall nach Unterstützung eines Dolmetschers für die Befragungen der Ausländer. Wir brauchen auch eher einen Mann dafür, denn aufgrund der Religion und Kultur, glaube ich, werden die meisten sowieso nur mit einem Mann als mit einer Frau sprechen. Von dir brauche ich die Personalien der Flüchtlinge, die hier im Haus bzw. in dem Wohnblock wohnen. Natürlich auch von denen, die mit unseren beiden Toten zusammen in Emden oder Deutschland angekommen sind. Ich schaue mich hier noch etwas um, fahre dann zurück ins Büro. Die Kollegen der Spusi haben hier noch eine Zeit lang zu tun und du kannst ja schon mal anfangen, die Personalien aufzunehmen. Einer der Kollegen nimmt dich dann bestimmt mit zurück zum Revier."

Anja warf Peter einen schmollenden Blick zu. Ihr war es gar nicht recht, dass er ohne sie zurück ins Revier fuhr, aber natürlich sah sie auch die Notwendigkeit für eine Aufnahme aller Personalien der Anwohner. Es war ein lästiger Job, der auch gemacht werden musste.

Kapitel VIII

Montag, 8. Mai, später Nachmittag

Peter parkte seinen Wagen auf dem Mitarbeiterparkplatz, nahm dann den kurzen Weg durchs Treppenhaus zu seinem Büro der Mordkommission im vierten Stock. Er hatte sich mittlerweile an das Gebäude gewöhnt. Der unschöne, gelbe, fünfstöckige Klotz des Emder Polizeireviers befand sich am Hauptbahnhof der Stadt. Es war ein ohne architektonische Schnörkel eher zweckmäßiger Bau aus den 1970er Jahren. Im Frühsommer 2013 war die Polizeiwache anerkennend, mit viel Eigenaufwand der Emder Polizisten, erneuert und auf den neusten Stand der Technik gebracht worden. Die meisten Emder Beamten mochten, trotz der Unansehnlichkeit des Gebäudes, ihr Revier. Die Lage direkt neben den schönen Wallanlagen lud bei schönem Wetter, während der Pausen, immer auch mal zu einem kurzen Spaziergang ein. Die zentrale Lage des Gebäudes machte außerdem auch viel wett, es befand sich so gut wie im Stadtzentrum. Alle anderen städtischen Behörden sowie die gemütliche Innenstadt, mit ihren perfekten Einkaufsmöglichkeiten, waren zu Fuß in ein paar Minuten gut erreichbar.

Bevor Peter sein Büro erreichte, drehte er noch einmal um und machte noch einen Abstecher zum Büro des Staatsschutzes. Schon vor längerer Zeit hatte Peter erfahren, dass in der Polizeiinspektion Leer/Emden der Kollege Anton Jakobs mit den Aufgaben beauftragt war. Die Abteilung 4, polizeilicher Staatsschutz, befasst sich im Bereich der Polizeidirektion Osnabrück mit der Bekämpfung der politisch motivierten Kriminalität in Niedersachsen. Diese Abteilung wird innerhalb der Polizei auch PMK-Links-Rechts-Ausländer genannt, wobei PMK für politisch motivierte Kriminalität stand. Interessant für Peter war dabei, dass das Aktionsfeld der Mitarbeiter des polizeilichen Staatsschutzes sich sowohl auf die strafrechtliche Verfolgung politisch

66

motivierter Straftaten als auch auf die Prävention zur Vermeidung rechtsextremer Aktionen und Gewalttaten erstreckt.

Er war Anton Jakobs schon ein paarmal in der Polizeiwache begegnet, aber sie hatten bisher niemals direkte berufliche Berührungen gehabt. Das sollte sich aber jetzt, durch die blutigen Schmierereien der Hakenkreuze in den Gesichtern der Toten, grundlegend ändern. Peter traf den Kollegen Anton Jakobs in seinem Büro leider nicht an, hinterließ aber eine Nachricht, dass er ihn gerne später noch treffen möchte, sowie seine Telefonnummer, wie er erreichbar sein würde. Dann ging er zu seinem Büro, wo Klaus Marquart schon voller Neugier auf ihn wartete.

„Na, wie war es, habt ihr etwas in Erfahrung bringen können, was uns bei unserem Fall weiterhilft?", empfing er Peter, bevor der noch ganz im Zimmer war und überhaupt Luft holen konnte.

„Fehlanzeige, Klaus, der Mitbewohner wusste von nichts. Ich bin mir zwar nicht ganz sicher, ob er lügt, aber das werden wir schon noch herausbekommen. Hier, ich habe etwas für dich zum Spielen mitgebracht", antwortete Peter und legte dabei seinem Kollegen den Samsung-Laptop und das iPad auf den Schreibtisch. „Check die Dinger mal durch, du weißt schon, E-Mails, Chatrooms, soziale Netzwerke, versteckte Dokumente und so weiter, wie üblich das ganze Programm. Vielleicht findest du ja etwas, was uns weiterhilft, wer die Musa-Brüder waren und was sie in ihrer Freizeit so gemacht haben. Und wie sieht es bei dir aus, wie weit bist du mit deiner Recherche über die ostfriesischen Neonazis gekommen?"

„Wow, das sind ja ganz schön teure Dinger, woher haben die Asylanten nur so viel Kohle, um sich so teure Laptops zu leisten?", fragte Klaus, anerkennend durch die Zähne pfeifend. „An der Sache mit den Nazis bin ich dran. Es geht aber ziemlich schleppend, da ist nicht sehr viel Brauchbares im Internet, oder besser gesagt, das meiste ist schon ziemlich veraltet."

„Tröste dich, ich habe gerade beim Staatsschutz um zusätzliche aktuellere Informationen gebeten. Die müssten eigentlich ganz gut informiert sein, ist ja schließlich ihr Aufgabenbereich."

„Wie, Staatsschutz, geht's noch?", kam es mit erstauntem Gesichtsausdruck zurück von Klaus.

„Um die Jungs werden wir wohl nicht herumkommen, Klaus. Das mit den Hakenkreuzen können wir nicht so einfach untern Tisch schieben. Wir müssen sie einschalten, das ist nun einmal ihr Aufgabenbereich. So und jetzt muss ich mal hoch zum Chef."

Das gesagt, verließ Peter das gemeinsame Büro, um seinem Vorgesetzten und Leiter der Dienststelle Emden, Polizeirat Ewald Theesen, einen ersten Bericht zu erstatten. Als Peter im Büro seines Chefs eintrat, saß Ewald Theesen an seinem Schreibtisch und telefonierte.

Er winkte Peter zu, sich zu setzen. In den Telefonhörer sprach er mit untergebungsvollem Ton: „Ja, selbstverständlich, natürlich, Herr Polizeidirektor, ja, ohne Frage werde ich Sie auf dem Laufenden halten. Sie können sich auf mich verlassen, Herr Polizeidirektor, ich werde mich sofort melden, wenn es Neuigkeiten gibt. Keine Frage, natürlich informiere ich Sie umgehend. Gut, so verbleiben wir, wird gemacht, auf Wiederhören, Herr Polizeidirektor", und damit legte er, sichtlich erleichtert, dass das Gespräch beendet war, den Hörer auf.

Mit einer umständlichen Geste kramte Theesen sein Taschentuch hervor, wischte sich leicht perlenden Schweiß aus dem wie immer glatt rasierten Gesicht sowie von seiner Glatze. Dann schaute er Peter entschuldigend mit seinen kleinen, ständig wachsamen Augen, die unter seiner Brille mit dem modischen, silbernen Gestell glänzten, augenverdrehend an. Es war ihm sichtlich peinlich, dass Peter seinem Gespräch mit Polizeidirektor Lütjens zugehört hatte. „Moin, Herr Hauptkommissar Streib, Sie brauchen gar keine Umschweife zu machen, ich bin schon informiert, wir haben wieder zwei Leichen. Ich muss schon sagen, es ist wirklich sehr eigenartig, Streib, seit Sie in Emden sind, häufen sich die Mordfälle geradezu auffällig in meiner Stadt. Ich hoffte, nach diesen unseligen Güllemorden wäre wieder so schön die Ruhe eingekehrt, und nun geht das hier schon wieder los. Nicht nur, dass wir diesmal gleich zwei Tote haben, nein, zusätzlich sind die Morde diesmal auch noch politisch hochbrisant. Es handelt sich bei den Toten um zwei ermordete Asylanten, wie mir mitgeteilt wurde. Mensch, Streib, wissen Sie, was das bedeutet? Bei der momentanen politischen Lage ist das schlimmer, als wenn das gesamte Emder Rathaus in die Luft geflogen wäre. Die Medien werden sich, wie die Geier, auf uns stürzen, eine Katastrophe. Wissen wir denn schon was Näheres, oder gibt es irgendwelche Anhaltspunkte? Ach, und all das ausgerechnet gerade jetzt, wo ich meine schöne Feier plane, es ist ein Kreuz, Streib, glauben Sie mir."

Ewald Theesen war neunundfünfzig Jahre alt und seine Feier zu seinem vierzigjährigen Dienstjubiläum stand ins Haus. Es ging für ihn zurzeit um nichts anderes mehr im Revier. Er verkörperte die wandelnde Unruhe und war zusätzlich dazu ein Nervenbündel in Person. Die Kollegen frotzelten hinter vorgehaltener Hand, dass, wenn Ewald Theesen so weitermacht, er noch vor Erreichen seines Dienstjubiläums einem Herzinfarkt erliegen würde. Denn mit Ewalds nur 1,70 Meter Körpergröße, mindestens dreißig Kilo Übergewicht, die ihn schwer atmen ließen, war er auch nicht gerade der Fitteste sowie der beste Kandidat für solche Prognosen, dachte Peter, ohne den Teufel gleich an die Wand malen zu wollen. Schon allein der Familie wegen, Theesen war seit über dreißig Jahren verheiratet, hatte vier Kinder, drei waren erwachsen und das vierte, ein Nachzügler, war gerade erst dreizehn geworden. Seine Ehe verlief glücklich, wenn man das so von außen beurteilen konnte, auch wenn er immer klagte. Seine Frau war eine dieser überaus frommen Kirchengängerinnen. In letzter Zeit aber war sie äußerst aktiv in der Flüchtlingshilfe tätig und ging ihm mit ihrem samaritischen Getue etwas auf den Nerv. Man konnte Ewald Theesen als launenhaft charakterisieren. Nicht ganz unschuldig daran waren seine Magengeschwüre, die er, wie er nie vergaß zu behaupten, dem Job zu verdanken hatte. Seine Mitarbeiter liebten ihn trotzdem, sie standen ihm loyal zur Seite. Er galt als ein sehr umgänglicher Chef, delegierte gerne die schwierigen Aufgaben an Untergebene und hatte meistens damit ein gutes Händchen. Theesen mochte es am liebsten, wenn es in seinem Revier ruhig und gemächlich zugeht. Alles schön, ohne Komplikationen, seinen gewohnten Gang nimmt, wie man so sagt. Es überforderte ihn, schwierige Entscheidungen zu treffen, und mit internen Problemen mochte er schon ganz und gar nicht gerne umgehen. Peter, dem das bisweilen alles gut bekannt war, mochte ihn dennoch vom ersten Augenblick und hatte schnell gelernt, wie man Theesen zu nehmen hatte.

„Moin erst mal, Herr Polizeirat Theesen, tut mir leid, aber es gibt leider noch nichts Konkretes im Fall der toten Asylanten. Halten Sie sich fest, es kommt sogar noch krasser, die beiden wurden nicht nur einfach point-blank erschossen, ihnen wurde außerdem auch noch ein kleines blutiges Hakenkreuz ins Gesicht geschmiert.

Damit ist das entweder eine Tat mit rechtsradikalem Hintergrund oder jemand möchte uns glauben machen, dass es der Fall sei."

„Was? Das ist ja entsetzlich. Jetzt haben wir in der Stadt auch noch einen Mord mit eventuellem rechtsradikalem Hintergrund. Oh Gott, das ist ein gefundenes Fressen für die Presse, ganz Deutschland wird über uns berichten. Ich sehe schon all die fürchterlichen negativen Schlagzeilen: ‚Neonazis erschießen Asylanten in Emden, Ostfriesland', oder: ‚Asylantenmord in Nazihochburg Emden'. Hauptkommissar

Streib, ich bitte Sie, wir müssen sofort etwas dagegen unternehmen, das darf so auf keinen Fall an die Öffentlichkeit dringen."

„Beruhigen Sie sich, Herr Polizeirat, ich bin schon dran. Wir lassen erst einmal nichts über die Einzelheiten an die Presse raus. Der Kollege Jakobs vom Staatsschutz ist schon von mir kontaktiert worden, aber Sie sollten die zuständige Staatsanwaltschaft in Aurich verständigen. Außerdem sollten Sie sofort die Initiative ergreifen und Polizeidirektor Lütjens den Vorschlag unterbreiten, ganz offiziell den Staatsschutz dazuzubitten. Wir werden sowieso nicht darum herumkommen, mit dem Staatsschutz zu kooperieren. Nur sollten wir aber gleich von Anfang an klar die Kompetenzen abstecken. Ich möchte den Fall hier mit meinen Leuten lösen und nicht, dass uns der Staatsschutz zu viel darin herumfunkt. Noch was, Chef, wir brauchen auch ganz dringend einen zusätzlichen Kriminalbeamten, und zwar einen, der fließend arabisch spricht. Wir müssen wichtige Befragungen durchführen, die von normalen Dolmetschern, ohne polizeilichen Hintergrund, nicht geführt werden können."

„Ja, Sie haben recht, Streib, ich verlasse mich da ganz und gar auf Ihre Erfahrung und Spürsinn. Was das andere angeht, da verlassen Sie sich mal schön auf mich. Die richtigen Leute an einen Tisch zu bringen ist eine Kleinigkeit für mich. Ich würde sagen, wir treffen uns morgen früh mit allen Parteien auf dem Revier zu einem Meeting. Und um Ihren Dolmetscher kümmere ich mich auch sofort", sagte Theesen und griff, sich mit dem guten Plan erleichtert fühlend, zum Telefonhörer.

Peter verließ Theesens Büro, er war zufrieden. Er wusste genau, Ewald Theesen würde die Dinge in Gang bringen. Man musste ihm nur sagen, was er tun sollte. Genau das hatte Peter getan. Er schaute auf sein Handy und sah die SMS von Anton Jakobs, der ihm mittlerweile geantwortet hatte. Es blieben Peter genau zehn Minuten bis zur Verabredung mit dem Mann vom Staatsschutz. Er lief noch schnell zurück in sein Büro und instruierte Klaus, die Protokolle der Spurensicherung, soweit schon vorhanden, für die morgige Besprechung auszuwerten. Außerdem sollte er Anja anhalten, ihm bei den notwendigen Auswertungen zu helfen. Sie sollte auch dringend den Gerichtsmediziner Sigurd Schmitz um eventuelle schon fertige Autopsiebefunde vorab bitten.

Peter steckte sich eine Zigarette zwischen die Lippen und begab sich zur Ausgangstür. In der warmen Frühlingsluft wartete Anton Jakobs auf Peter. Sie begrüßten sich kurz und entschieden sich gemeinsam rüber zum Bahnhof zu gehen, um im Bahnhofscafé gemeinsam etwas zu trinken.

Peter hatte sich schon im Vorfeld etwas über den Kollegen Jakobs informiert. Hauptkommissar Anton Jakobs war sechsundvierzig Jahre alt, was man ihm wirklich nicht ansah. Er war 1,80 Meter groß, wirkte sehr durchtrainiert, hatte volle braune kurze Haare und grüne Augen. Er war gebürtiger Oldenburger, geschieden, hatte zwei Töchter und lebte seit seiner Scheidung vor fünf Jahren getrennt von seiner Familie hier in Emden. Jakobs war ein Einzelgänger und keiner wusste so richtig, was er wirklich machte. Alle wussten nur, dass er beim Verfassungsschutz war. Den Job beim Staatsschutz hatte er schon sehr früh in seiner Laufbahn bei der Polizei begonnen und er mochte seine Sonderstellung im Emder Polizeirevier.

Nachdem die beiden den kurzen Weg vom Revier gegenüber zum Bahnhof gelaufen waren, gesellten sie sich im Café an einen ruhigen, freien Fensterplatz. Als sie Platz genommen hatten, sah Anton Peter mit einem lauernden Blick an und fragte mit ruhiger, sonorer Stimme: „Dann mal raus mit der Sprache, womit habe ich das Vergnügen, von dir zum Kaffee eingeladen zu werden? Ich denke doch, es steckt etwas mehr dahinter als nur eine nette Plauderei unter Kollegen. Wir sagen doch einfach du zueinander, oder?"

„Sicher, Anton, das Du ist vollkommen in Ordnung, ich finde es auch wesentlich persönlicher als immer das ganze Siezen. Du hast natürlich recht, es ist keine normale Einladung zum Kaffee. Lass mich gleich zur Sache kommen. Wie du sicherlich schon gehört hast, haben wir zwei Mordopfer, es gibt zwei erschossene Asylanten hier in Emden. Die Indizien zeigen, der Täter, oder die Täter, sind im Umfeld radikaler Neonazis zu suchen. Du bist doch hier der Experte, was das anbelangt. Wir benötigen dringend deine Hilfe sowie alle verfügbaren Informationen, die du über die rechtsradikale Szene in Emden hast", antwortete Peter.

„Wie kommst du denn darauf, dass es Neonazis waren, Peter? Nur weil es zwei tote Asylanten gibt, heißt das doch noch lange nicht, dass es Rechtsextremisten waren. Da steckt doch noch mehr dahinter, was sind das für Indizien, also rück schon raus mit der Sprache", antwortete Anton.

„Ich seh schon, du kombinierst schnell, und ja, es ist mehr dahinter. Ich verschweige dir nichts, wäre schon noch darauf zu sprechen gekommen. Also den beiden Toten wurde jeweils ein Hakenkreuz mit ihrem eigenen Blut ins Gesicht geschmiert", erwiderte Peter darauf kurz und knapp.

Anton pfiff leise durch die Zähne und sagte: „Mann, das ist starker Tobak, das verändert die Sachlage gehörig. Damit liegen deine beiden Toten klar in meiner Kompetenzzugehörigkeit und wir sollten erst einmal klären, wer ermitteln darf und wie wir weiter vorgehen wollen."

„Ist schon geregelt, habe ich schon angeleiert, Anton. Bevor wir hier um Zuständigkeiten rangeln, haben wir morgen früh eine Besprechung im Revier. Deine sowie meine zuständigen Vorgesetzten und die Staatsanwaltschaft sind schon informiert. Dort wird dann abschließend geklärt, wer ermitteln darf und wer zuständig sein wird. Aber jetzt erzähl mir erst einmal, was geht hier in der Emder rechtsradikalen Szene eigentlich so ab? Ich habe keinerlei Ahnung. Ich habe hier in der Stadt noch nie auch nur einen Neonazi gesehen, gibt es hier überhaupt welche?"

„Hast du 'ne Ahnung, na, dann pass mal gut auf und staune, Peter. Ich erkläre dir erst einmal die simplen, weitläufigen Strukturen und organisatorischen Verhältnisse unserer rechtsextremen Neonaziszene in Emden, Ostfriesland, Niedersachsen und Deutschland. Die sind alle miteinander verbunden und du musst die Zusammenhänge zwischen den einzelnen Gruppen verstehen, um ein besseres Bild der Verhältnisse im Kontext zu bekommen.

In Deutschland haben wir etwa 22 000 Rechtsextreme, Tendenz steigend. Davon sind wiederum fünfzig Prozent gewaltbereit. Die Nationaldemokratische Partei Deutschland, NPD, ist die Mutterpartei der Rechtsextremen und ist mit geschätzten 6 000 Mitgliedern als der offizielle und legitime Dachverband zu verstehen. Sie ist sogar 2012 in Mecklenburg-Vorpommern mit fünf Prozent in den Landtag gewählt worden und hat, halt dich fest, einen Abgeordneten im Europaparlament. Es gibt zwar immer wieder von der Politik Bemühungen, die NPD als verfassungsfeindlich darzustellen und offiziell zu verbieten, aber man ist bisher immer gescheitert.

Neben der NPD gibt es noch einige kleinere Parteien wie Die Rechte, Pro NRW, Der III. Weg und sonstige rechtsextreme Organisationen."

„Hört sich schlimm an", bemerkte Peter beiläufig.

„Warte, es kommt dicker, die meisten Rechtsextremisten sind aber in sogenannten freien Kameradschaften organisiert und dort wird das

Gewaltpotenzial als sehr hoch eingestuft. Laut unseren Recherchen gibt es in Niedersachsen derzeit rund 2 000 Rechtsextreme, von denen ungefähr die Hälfte als gewalttätig gilt. Knapp 700 dieser Typen werden der rechtsextremistischen Subkultur zugerechnet, die nun durch die Flüchtlingspolitik und die in der Vergangenheit vermehrten Brandanschläge auf Flüchtlingsheime verstärkt in unseren Fokus geraten ist."

„Was ist mit Ostfriesland und Emden?"

„Die Region Ostfriesland gehört zu dem NPD-Unterbezirk Wilhelmshaven. Es gibt auch Hinweise auf NPD-Stützpunkte in Aurich, Emden, Leer und Wittmund, aber die sind bisher noch nicht öffentlich in Erscheinung getreten. Außerdem agieren hier in Ostfriesland die den Autonomen Nationalisten zuzurechnenden Aktionsgruppen AG Wiking und Autonome Nationalisten Ostfriesland. In Ostfriesland sind uns circa 200 Rechtsextreme namentlich bekannt, wir kennen ihre Anführer sehr genau und diese stehen teilweise auch unter unserer Überwachung. Du kannst dir ja sicherlich sehr gut vorstellen, dass wir im Moment sehr sensibilisiert sind, was rechtsextreme Aktionen sowie die Übergriffe auf Flüchtlinge angeht, und wir befürchten bald einen weiteren Anstieg von rechter Gewalt."

„Wie sieht es denn mit der AfD aus, da ist doch auch extrem viel rechtes Gedankengut vereint?"

„Das ist jetzt etwas problematisch geworden. Mit der NPD hatten wir den klaren Neonazi im Visier, die AfD ist komplizierter. Die AfD-Anhänger sind gesellschaftsfähig, tragen keine Springerstiefel und haben keine Glatzköpfe. Sie haben aus den Fehlern der NPD gelernt, sie nutzen die politische Stimmung der Bevölkerung für eine radikale Kehrtwende in der Einwanderungspolitik, für Euroaustritt, mehr nationale Identität. Wer extrem rechte nationalistische, zuweilen völkische

Positionen vertritt, hat mit der AfD eine Partei, die diese Interessen inzwischen in zwölf Länderparlamenten vertritt und voraussichtlich ab September auch im Bundestag. Wer braucht da noch eine NPD? Die Überläufer von der NPD zur AfD sind groß in ihrer Anzahl, denn sie wollen raus aus ihrer öffentlichen Neonaziecke."

„Was denkst du, könnten die beiden Toten auf das Konto einer rechtsextremen Zelle hier in Emden oder Ostfriesland gehen?", fragte Peter.

„Das kann ich dir so auch nicht beantworten, aber möglich ist das schon, wenn du nur an die NSU-Morde denkst. Wer weiß, vielleicht ist es auch erst der Anfang einer neuen Terrorwelle von Rechts und wir haben es bald mit noch mehr Opfern zu tun. Seitdem die Flüchtlingswelle nicht abreißt, die Kriminalität zunimmt, ist die Stimmung in der Bevölkerung innerhalb weniger Monate total umgeschwungen, von einer anfangs sehr freundlichen Willkommenskultur zu einer neuen, überwiegend ablehnenden Fremdenfeindlichkeit", kam es nachdenklich von Anton zurück.

„Mal den Teufel bloß nicht an die Wand, Anton. Egal, was kommt, wir müssen hier zusammenarbeiten und den oder die Mörder unschädlich machen, bevor sie weitere Flüchtlinge in Emden und Ostfriesland umbringen", erwiderte Peter mit einem sehr mulmigen Gefühl in der Magengegend.

„Ja, du hast da sicherlich recht, Peter, und Kompetenzrangeleien werden niemandem dabei helfen. Lass uns mal sehen, was unsere Chefs und die Staatsanwaltschaft dazu sagen", erwiderte Anton.

Peter winkte der jungen Bedienung zu, zahlte die Rechnung und war ganz zuversichtlich mit Anton Jakobs zusammenarbeiten zu können. Er mochte ihn gleich von Beginn an und ihr Gespräch hatte seine gute

Meinung über ihn nur noch bestärkt. Er hielt Anton Jakobs für einen No-Nonsense-Typ, der genau wusste, wovon er redet. Peter war sich auch bewusst, dass er, falls es sich wirklich um eine Tat von Neonazis handelte, dringend Antons ganzes Wissen und Erfahrung über die rechtsextremen Elemente benötigte. Über eins war er sich dennoch sicher, früher oder später würde er die Täter oder den Täter schon finden und seiner gerechten Strafe zuführen. Natürlich wäre ihm früher lieber als später, aber es kam ihm bei seinen Gedanken in keinster Weise in den Sinn, dass er nicht auch die Zuständigkeit für die Klärung der Morde zugeschrieben bekommen würde.

Kapitel IX

Dienstag, 9. Mai, morgens

Der Vortag hatte zu keinen weiteren neuen Erkenntnissen geführt. Alle waren mit den unterschiedlichsten Gedanken zum Fall in den Feierabend gegangen. Peter hatte am Abend noch lange mit Lena über die doch sehr zwiespältigen Meinungen in der Bevölkerung, die die vielen Flüchtlinge in Deutschland auslösten, diskutiert. Es ging um die unausweichlichen Konsequenzen einer Asylpolitik, die viele für verfehlt hielten. Die Veränderungen, die durch den unkontrollierten Zustrom von Flüchtlingen in der deutschen Gesellschaft hervorgerufen worden waren, erzeugten unzählige Probleme, die es vorher so nie gegeben hatte. Lena und Peter diskutierten bis in die späte Nacht darüber, ohne zu einem Ergebnis zu kommen. Eins wussten sie aber beide sehr genau, die Ereignisse der letzten Monate würden Deutschland lange negativ beeinflussen, politisch wie gesellschaftlich.

Die Besprechung war für 10 Uhr vormittags angesetzt worden. Der Besprechungsraum im vierten Stock füllte sich nach und nach mit den zu erwartenden Personen. Von der Polizeiführung, neben Polizeidirektor Johann Lütjens Polizeirat Ewald Theesen, war auch der extra aus Osnabrück angereiste leitende Kriminaldirektor für Staatsschutz, Jochen Liebert, im Raum. Von der hiesigen Staatsanwaltschaft in Aurich war Oberstaatsanwältin Lena Holtmann anwesend. Anton Jakobs vom Staatsschutz, Erster Hauptkommissar Peter Streib, Hauptkommissar Klaus Marquart sowie Kommissaranwärterin Anja Kappels komplettierten die Teilnehmer der Polizeiinspektion Leer/Emden.

Als der leitende Hausherr übernahm der Polizeidirektor Johann Lütjens die Führung des Meetings. Er war sechsundfünfzig Jahre alt und bekannt als ein beinharter Polizist mit einer leider traurigen Vergangenheit. Sein einziger Sohn, auch Polizist gewesen, war vor zwölf Jahren im Dienst während eines Einsatzes von einem Unbekannten erschossen worden. Seine Frau war niemals über den Verlust des Sohnes hinweggekommen und lebte seitdem mit schwersten Depressionen in einer psychiatrischen Anstalt in Aurich. Johann Lütjens hatte sich danach ganz seinem Beruf verschworen, sein einziger Ausgleich war die gelegentliche Runde Golf in seinem Klub.

„Liebe Kollegen, ich möchte euch alle hier und heute herzlichst begrüßen", begann er seine Ansprache. „Die meisten von euch kennen sich ja schon untereinander. Des Weiteren möchte ich Kriminalhauptkommissar Anton Jakobs vom Staatsschutz aus unserer Direktion und seinen Chef, den leitenden Direktor für Staatsschutz aus Osnabrück, Herrn Jochen Liebert, vorstellen. Den Grund für unser Meeting und eure Anwesenheit brauche ich euch nicht weiter zu erklären. Wie wir alle ja wissen, haben wir es hier mit den Morden an zwei Asylanten zu tun. Vermutlich handelt es sich dabei um eine Tat mit einem rechtsextremen Hintergrund. Ich brauche euch auch nicht weiter zu erklären, dass solche Taten normalerweise direkt in den Zuständigkeitsbereich des Staatsschutzes fallen. Meine Betonung liegt aber auf den Worten vermutlich und normalerweise, denn noch wissen wir nicht, ob es sich bei den Morden um die Tat einer rechtsradikalen Gruppe oder um die eines kranken Einzeltäters handelt. Für Mordfälle in unserer Stadt ist in erster Instanz immer noch unsere eigene Mordkommission Emden zuständig. Ich bin mir aber ganz sicher, wir kommen zu einer vernünftigen Regelung, wie wir in diesem speziellen Fall vorgehen wollen, und erteile das Wort an unsere Kollegin von der Staatsanwaltschaft Aurich, Oberstaatsanwältin Lena Holtmann."

Lena Holtmann erhob sich von ihrem Stuhl, blickte in die Runde der Anwesenden und begann ohne weitere Umschweife: „Liebe Kollegen, ich freue mich sehr, euch alle heute hier zu sehen, und ganz besonders möchte ich Kriminaldirektor Jochen Liebert begrüßen, der sich extra die Mühe gemacht hat, aus Osnabrück anzureisen, um bei unserer Besprechung persönlich dabei zu sein. Ich hatte heute schon einige klärende Telefonate mit der Generalstaatsanwaltschaft in Osnabrück und Hannover und wir sind dort einstimmig zu dem Entschluss gekommen, dass wir diesen Fall in einer koordinierten, gemeinschaftlichen Ermittlung bearbeiten werden. In anderen Worten, der Staatsschutz sowie das Landeskriminalamt Hannover werden, wegen der Hochbrisanz des Falles, in enger Kooperation mit der Emder Mordkommission zusammenarbeiten. Ich übernehme persönlich als zuständige Oberstaatsanwältin die Gesamtverantwortung der Ermittlungen. Falls irgendwelche Unklarheiten bestehen, bin ich gerne bereit diese hier und jetzt zu diskutieren und, wenn möglich, im Vorfeld aus dem Weg zu räumen."

Nach dieser Ansage herrschte im ersten Augenblick Schweigen im Raum. Jochen Liebert, einundfünfzig Jahre alt und seit drei Jahren der leitende Direktor für Staatsschutz in Osnabrück, war es nicht gewohnt, gesagt zu bekommen, was er mit seiner Behörde zu tun und zu lassen hatte. Er war in seinem Umfeld als harter Hund bekannt und führte seine Abteilungen mit strenger Autorität. In seiner Arbeit war er bisher sehr erfolgreich und der Staatsschutz in Niedersachsen hatte einen erstklassigen Ruf. Lenas klare Direktive schmeckte ihm so ganz und gar nicht und er empfand einen gewissen Unmut darüber, dass er und sein Team nicht die Federführung in dem Fall bekommen hatten. Man konnte ihm anmerken, wie er sich zusammennehmen musste, aber auch wie sehr er sich im Griff hatte und die Emotionen erst einmal abklingen ließ, bevor er sich kurz räusperte und antwortete: „Liebe Frau Oberstaatsanwältin Holtmann, liebe Kollegen, ich danke für die freundliche Begrüßung in Emden. Es ist mir eine Freude, hier zu sein, auch wenn der Anlass für meinen Besuch nicht von erfreulicher, sondern mehr unerfreulicher Natur ist. Meine Behörde und ich werden alles unternehmen, um die Schuldigen dieser grässlichen Tat ihrer gerechten Strafe zuzuführen. Es steht natürlich außer Frage und selbstverständlich sind wir in diesem Fall zu einer Kooperation mit der Emder Mordkommission bereit. Unser Hauptkommissar Anton Jakobs vor Ort wird dies mit Ihren Mitarbeitern der Mordkommission in entsprechender Weise praktizieren. Wir werden, wenn notwendig, auch zusätzliche weitere Mitarbeiter vom Staatsschutz zur Unterstützung nach Emden schicken. Es steht weiterhin außer Frage, dass wir alle unsere verfügbaren Erkenntnisse und Informationen über potenzielle rechtsextreme Gewalttäter im Raum Ostfriesland mit Ihnen teilen werden."

„Ich danke für Ihr Kooperationsangebot, Direktor Liebert, und bin froh, dass wir die Frage der Zuständigkeit so schnell und unbürokratisch erledigen konnten", erwiderte Lena, sich sehr bewusst darüber, dass es Jochen Liebert viel Überwindung gekostet hatte und nur durch den Druck der übergeordneten Staatsanwaltschaften zustande gekommen war. Danach fuhr sie fort: „Liebe Kollegen, ich brauche euch ja nicht extra darauf hinzuweisen, dass wir die allgemeine politische Lage bei unseren Ermittlungen zu berücksichtigen haben, wir aber gleichzeitig mit aller Konsequenz und Härte gegen die Straftäter vorgehen müssen. Ich muss euch auch nicht erzählen, dass wir zurzeit immer noch einem zwar mehr kontrollierten, aber dennoch ungebremsten, teils chaotischen Flüchtlingszustrom nach Deutschland entgegensehen. Unsere deutsche Bevölkerung ist sehr sensibilisiert, was die Kriminalität im Zusammenhang mit Flüchtlingen anbelangt. Natürlich viel mehr an den von Flüchtlingen ausgeführten als an den an Flüchtlingen begangenen Straftaten. Ich habe vom Landeskriminalamt Hannover einen Kollegen angefordert, der fließend Arabisch und einige andere Sprachen bzw. Dialekte aus dem Mittleren Osten spricht. Sein Name ist Faris Marzouk und er wird morgen früh in

Emden eintreffen. Kriminalkommissar Faris Marzouk ist einunddrei-ßig Jahre alt, im Irak geboren und kam als Dreijähriger mit seiner Familie nach Deutschland. Er ist hier aufgewachsen und zur Schule gegangen, mit siebzehn Jahren in den Polizeidienst eingetreten. Er hat sehr erfolgreich lange als verdeckter Ermittler in der Abteilung für organisiertes Verbrechen gearbeitet und kennt sich auch bestens mit der Neonaziszene aus. Herr Polizeirat Theesen hat dies Hilfeersuchen vorgeschlagen, da wir bei den Untersuchungen ohne Dolmetscher nicht weit kommen werden. Für die Zeit, bis der Fall gelöst ist, haben wir beschlossen, besser einen eigenen Polizisten mit entsprechenden Sprachkenntnissen im Team zu wissen. Die neu geformte Einsatz-gruppe, die den Fall bearbeitet, wird mit der Bezeichnung Soko Asyl, unter der Leitung von Hauptkommissar Streib, geführt. Falls niemand weitere Fragen zur Kompetenzstruktur hat, bitte ich Hauptkommissar Streib uns eine erste Zusammenfassung der Geschehnisse und Fakten zum Fall zu präsentieren."

Peter hatte vor dem Meeting alle Informationen über die beiden Toten, die vorläufigen Befunde der Spurensicherung und sogar schon den Obduktionsbericht von Sigurd Schmitz vorliegen. Auch ihm war in der Besprechung schnell bewusst geworden, dass dieser Fall interne politische Kompetenzquerelen ausgelöst hatte, und er überlegte sorgfäl-tig seine Worte. „Ich denke, wichtig ist nicht so sehr, wer die Führung des Falles übernimmt, sondern wichtig ist, dass wir die oder den Täter sehr schnell fassen werden. Ich werde die mir übertragene Aufgabe nach bestem Wissen und mit all meinen Fähigkeiten wahrnehmen und freue mich sehr auf die gute Kooperation mit unseren Kollegen vom Staatsschutz und des Landeskriminalamtes.

Zum Fall, viel wissen wir bisher noch nicht. Bei den Toten handelt es sich um die beiden Brüder Aadil und Hajid Musa, nach ihren ei-genen Angaben bei der Asylantragsstellung einundzwanzig und drei-undzwanzig Jahre alt, aus Aleppo, Syrien. Sie sind ohne Papiere im

Jahre 2015 mit dem damaligen unkontrollierten Flüchtlingsstrom über die Türkei-Griechenland-Route nach Bayern, Deutschland eingereist. Von dort wurden sie zur Asylaufnahme weiter nach Emden geschickt. Beide Syrer haben dann bei der Emder Ausländerbehörde offiziell Asyl beantragt, die Anträge laufen noch. Ihnen war von der Stadt Emden, in Borssum, ganz in der Nähe des Fundortes ihrer Leichen, der Borssumer Schleuse, eine Wohnung zugewiesen worden. Dort wohnten die Brüder bis zu ihrem Todestag mit einem weiteren Mitbewohner, einem gewissen Mohammed Bari, auch aus Syrien stammend, zusammen. Die Brüder wurden jeweils mit zwei Schüssen, einen in die Brust und einen weiteren in den Kopf, erschossen. Die Tatwaffe war laut dem Obduktionsbericht aller Voraussicht nach eine Luger P08, denn die 9 mm-Parabellum-Vollmantelgeschosse, die aus den Körpern entfernt wurden, zeigen alle Charakteristiken dieser Waffe auf. Die Todeszeit war ungefähr Sonntag um 10 Uhr abends, plus minus zwanzig Minuten. Der oder die Täter waren nicht gerade zartbesaitet. Mit ihrem eigenen Blut wurde den Opfern, post mortem, ein Hakenkreuz ins Gesicht geschmiert. Das führte uns auch zu der Annahme, dass es sich um eine Tat von rechtsextremen Elementen handeln könnte. Es besteht natürlich auch die Möglichkeit, dass man uns mit den Hakenkreuzen auf eine falsche Spur lenken möchte. Wir wissen es noch nicht genau und müssen die Ermittlungen nach allen Seiten offen halten. Die Morde sind eine gezielte Hinrichtung, es steht außer Frage, der Mord geschah nicht im Affekt. Leider hat die Spurensicherung keinerlei verwertbare Spuren am Tatort gefunden, die Hinweise auf den oder die Täter zulassen. Auch die erste Befragung ihres einzigen Mitbewohners Mohammed Bari, ohne Dolmetscher, hat nichts Konkretes erbracht. Wir müssen daher unbedingt das weitere Umfeld der Brüder durchleuchten. Wer ihre Freunde waren, was sie den ganzen Tag mit ihrer Zeit gemacht haben. Dafür benötigen wir dringend die Sprachkenntnisse sowie die Erfahrung des Kollegen vom LKA. Ich hoffe auch, dass uns das bei der Befragung der anderen Asylanten weiterbringen wird. Des Weiteren werden wir unsere Bemühungen auf die bekannte Neonaziszene in Emden und Umgebung konzentrieren. Der Kollege Hauptkommissar Anton Jakobs und ich haben schon ein erstes Gespräch diesbezüglich geführt. Das ist alles, was ich Ihnen so weit zum Fall sagen kann, und ich glaube, ich brauche auch nicht extra darauf hinzuweisen, dass wir erst ganz am Anfang unserer Ermittlungen stehen."

Nachdem Peter seinen kurzen Bericht vorgetragen hatte und alle Beteiligten auf dem gleichen Stand waren, beriet man gemeinschaftlich die weitere Vorgehensweise und einigte sich auf eine schnelle gezielte Aktion gegen die rechtsradikale Szene in der unmittelbaren Umgebung von Emden. Zum Abschluss der Besprechung wurde von Polizeidirektor Johann Lütjens und Oberstaatsanwältin Lena Holtmann noch besprochen, welche Informationen zum Fall man bei der anstehenden Pressekonferenz verlautbaren lassen wollte. Damit war eigentlich alles gesagt und man ging zum gemütlichen Teil der Besprechung über, trank Kaffee, aß ein paar belegte Brötchen. Man tauschte sich über die letzten Vorkommnisse in den einzelnen Behörden aus und diskutierte die Zahlen der Regierung über den Flüchtlingsstrom, der in 2015/2016 ungebremst über Deutschland hereingebrochen war. Jochen Liebert, der Direktor des Staatsschutzes, warnte noch eindringlich über die zunehmende Gefahr von Terroranschlägen. Der Verfassungsschutz bezeichnet den Salafismus als die dynamischste islamische Bewegung. Mittlerweile werden dem Spektrum in Deutschland 10 330 Menschen zugeordnet. Die Sicherheitsbehörden stuften viele davon als sehr gefährlich ein. Rund 1 800 Menschen ordnen sie dem extremen islamistischen, terroristischen Umfeld zu, darunter seien auch etwa 700 sogenannte Gefährder. Einige von ihnen waren Rückkehrer aus Dschihadgebieten. Unter Gefährdern versteht man Menschen, denen die Polizei einen Terrorakt zutraut. Bei solchen Neuigkeiten konnte man bei allen Beteiligten eine Sorge für die Sicherheit im Staat und für die Bevölkerung ausmachen. Es gab gemischte Gefühle und Meinungen zur Politik der regierenden Parteien und der bevorstehenden Bundestagswahl im September, aber in einem waren sie sich alle einig, die Flüchtlingskrise war auch ein großes Problem für die Polizei.

Die anschließende Pressekonferenz war für 12.30 Uhr mittags angesetzt worden und dauerte alles in allem nur rund zehn Minuten. Es wurde nur der Fund zweier männlicher Leichen bestätigt, ohne auf die genaueren Umstände weiter einzugehen. Zusätzliche Fragen von Journalisten wurden keine zugelassen.

Kapitel X

Ein Teil der Ermittlungen musste für den heutigen Tag erst einmal warten, bis die neue Soko Asyl vollständig war. Jochen Liebert, der Direktor des Staatsschutzes, hatte ihnen neben Hauptkommissar Anton Jakobs noch einen zusätzlichen Beamten aus Osnabrück, Oberkommissar Frank Wilken, zur Unterstützung versprochen. Der vom LKA angeforderte Arabisch sprechende Dolmetscher, Kriminalkommissar Faris Marzouk, sollte am späten Nachmittag aus Hannover eintreffen. Anja hatte von Peter den Auftrag bekommen, ihn in Empfang zu nehmen und ihn für die Dauer seines Aufenthaltes im Upstalsboom Hotel in der Friedrich-Ebert-Straße einzuquartieren. Alle einigten sich auf ein Meeting für den nächsten Morgen um 9 Uhr im Revier. Den Nachmittag nutzte die kleine Gruppe noch alle verfügbaren Informationen zu ordnen, die Vorgehensweise im Fall zu bestimmen.

Nach dem anstrengenden Tag im Büro ließ Peter seinen Triumph Stag an der Wache stehen und entschied sich lieber für einen kurzen Spaziergang zu seiner Wohnung. Ihm war irgendwie nach Laufen und frischer Luft zumute. Der widerliche Mord an den zwei Asylanten machte ihm gedanklich mächtig zu schaffen. Außerdem hatte er auch noch ein paar Besorgungen in der Innenstadt zu machen. Als er so durch die Straßen Emdens spazierte, konnte er nicht aufhören, ständig über die zwei toten jungen Männer nachzudenken. Dabei fiel ihm zum ersten Mal so richtig auf, wie multikulti Deutschland in den letzten Jahren schon geworden war. Überall sah er die Einflüsse fremder Kulturen, angefangen bei McDonald's, gleich mehreren Pizzerien, einem jugoslawischen Restaurant, dem obligatorischen Griechen, dem Asiengeschäft und natürlich dem nirgendwo fehlenden Dönerladen an der Ecke. Wohin er sich auch wandte, in den Straßen begegneten ihm hier und da überall Menschen verschiedenster Herkunft, Aussehen und Religionen.

Deutsche waren eigentlich wenig fremdenfeindlich, dachte er sich, als er sich so umschaute. Er registrierte eine gesunde Toleranz, die den meisten Fremden, Ausländern, entgegengebracht wurde.

Auf den ersten Blick war das erst mal richtig erfreulich, aber die Balance erschien ihm in letzter Zeit irgendwie gestört zu sein. Gibt es auf einmal doch zu viel Fremde hier, wird Deutschland plötzlich überfremdet oder sind wir das schon und was bedeutet das für uns? Peter schoss plötzlich dieser sehr skurrile Vergleich mit dem menschlichen Körper durch den Kopf. Er musste unwillkürlich an seinen alten Chemielehrer denken, der ihm den Zusammenhang von Basen und Säuren erklärt hatte. Er münzte den Vergleich auf Deutschlands Einwohner um. Wenn unser Körper zu achtzig Prozent aus Basen und zu zwanzig Prozent aus Säuren besteht, ist der Säure-Basen-Haushalt des menschlichen Körpers ausgeglichen. Bei falscher Verteilung kann das Zusammenspiel von Säuren und Basen aus dem Gleichgewicht geraten und Gesundheitsstörungen können die Folge sein. Ergo, dachte Peter seinen absolut bizarren, surrealen Gedankengang weiter, wenn er jetzt die Deutschen mit den Basen und die Ausländer mit den Säuren gleichsetzt, ist eine Überfremdung wie eine Übersäuerung. Es kann Deutschland aus dem Gleichgewicht bringen und zu krankhaften Gesundheitsstörungen im Körper bzw. in diesem Fall in der Gesellschaft führen. Durch ein ungesundes Verhältnis zwischen Säuren und Basen kann es auch leicht zu einer Eskalation und eventuell auch ganz schnell mal zu Mord und Totschlag kommen. Wer weiß, was eine aus den Fugen geratene Überfremdung noch alles auslösen könnte. Peter schüttelte seinen Kopf, musste laut über sich lachen und sprach leise zu sich selbst: „Mann, Peter, wenn jemand jetzt deine absonderlichen Gedanken lesen könnte, die würden dich sofort in die Irrenanstalt einweisen."

Aber warum ermordet jemand zwei arme Asylanten, die ihm nichts getan hatten? Was steckt dahinter, grübelte er weiter. Es kann nicht allein an Europas unkontrolliertem Flüchtlingsproblem liegen. Natürlich schafft das Ängste in großen Teilen der Bevölkerung, aber deshalb bringt man doch niemand gleich um, oder? Angst ist aber sehr mächtig, gestand sich Peter. Waren die Morde vielleicht in irgendeiner Weise im Zusammenhang mit Angst erklärbar? Geschah es aus Ängstlichkeit um die Sicherheit der eigenen Familie, die Sorge um den Arbeitsplatz, die Panik vor dem Verlust der eigenen Kultur und Religion, aus Angst vor unbekannten Krankheiten, Terrorismus oder Furcht vor allem Fremden generell? Angst kann unser Leben beherrschen, sie hat große Macht, ängstliche Menschen sind leichter zu beeinflussen, sie wehren sich seltener. Die Politik und die Wirtschaft manipulieren die Menschen ganz bewusst, sich ständig Sorgen um ihre doch so schöne heile Welt zu machen. Sie schüren dadurch gewollt die Ängste in der Bevölkerung. Was, Sie wollen mehr Lohn? Sorry, dann müssen wir die Produktion ins Ausland verlegen. Sie möchten eine bessere Gesundheitsversorgung? Dann müssen wir die Beiträge erhöhen. Sie wollen saubere Autos? Die würden aber mehr kosten, der Export würde das nicht akzeptieren, Werke müssten geschlossen, Arbeitsplätze reduziert werden. Eine saubere Umwelt geht auch nicht, dann würden ja zum Beispiel die Arbeiter der Kohleindustrie ihre Jobs verlieren. Irgendwo wird immer mit der erpresserischen Angst gerechtfertigt. Die Medien erledigen dabei in ihrer ganzen Vielfalt wie Fernsehen, Zeitungen oder Internet ihr Zusätzliches. Sie hämmern tagtäglich, oft unzensiert und ohne jegliche Feinfühligkeit über die Konsequenzen ihrer Pressefreiheit, Informationen dieser Befürchtungen in die Bevölkerung. Der Anteil an negativen, Angst verbreitenden und sensationslüsternen Informationen prasselt im Minutentakt ungefiltert auf uns ein und reflektiert leider oft auch die Oberflächlichkeit des heutigen Journalismus. It is Business as usual. Je grausamer und spektakulärer eine Nachricht, um so größer ist das Interesse, um so größer die Einschaltquoten, mehr Klicks, oder um so höher die verkauften Auflagen. Sensationslust verkauft sich gut, Angst verkauft sich gut! Es geht, wie immer, bei allem nur noch ums Geld. Wer fragt, was das mit den Menschen macht, wie reagiert der Einzelne auf ein Dauerbombardement seiner Gefühlswelt? Der Beruf des Psychiaters brummt, sechs bis acht Monate Wartezeit sind die Norm, Psychopharmaka finden reißenden Absatz, man dopt die Ängste einfach weg, mit dem kleinen positiven Nebeneffekt, der Pharmaindustrie geht es gut. „Oh, fuck", fluchte Peter leise vor sich hin. Er hatte diesen zynischen Sarkasmus in letzter Zeit schon häufiger bei sich festgestellt. Auch, wie emotionsarm und abgestumpft er mittlerweile schon geworden war. Zum Beispiel immer, wenn er von einem Bombenattentat oder sonst einem terroristischen Anschlag hörte oder las, interessierte es ihn kaum noch, wie viele Tote es bei dem Anschlag gegeben hatte. Er vernahm die Zahl wie so viele andere auch und dann hatte er die Nachricht am nächsten Tag meistens schon wieder vergessen. Was ihn dann noch kurz bewegte, waren die verschiedenen Gedenkveranstaltungen ein Jahr, fünf Jahre oder zehn Jahre später nach terroristischen Anschlägen. Warum, weil es ihn erschreckte, wie schnell die Zeit vergangen war und vom Terror am Ende nur noch eine kleine Bilanz des Schreckens übrig geblieben war. Das Traurige daran war, wenn die Menschen ehrlich wären, würden sie zugeben, dass es mittlerweile schon fast allen genauso ergeht. Bei dieser emotionalen Abgestumpftheit der Menschen sollte sich heutzutage ein Terrorist ironischerweise wirklich schon fragen, ob es sich überhaupt noch lohnt, für die fünf Minuten Schlagzeilennachricht oder, ganz sarkastisch gesagt, for the five minutes of fame, Menschen in die Luft zu jagen, einmal ganz davon abgesehen, dass es sich noch nie gelohnt hat, andere Menschen in die Luft zu sprengen. „Ach was, jetzt ist aber genug, Schluss mit dem Quatsch." Peter war mit seinen Gedanken in eine düstere Stimmung geraten und er musste sich aus seiner dunklen, negativen Weltanschauung herausreißen. Der Gedanke, dass die Morde in irgendeiner Weise mit der Angst eines Menschen zu tun hatten, ließ Peter aber nicht mehr los. Er nahm sich vor, auch diesem Aspekt der Ermittlungen zu folgen.

Als er über den Marktplatz lief, entschloss er sich spontan für einen Kaffee im Maxx und in der Vorfreude auf den Genuss des aromatischen Getränkes war die Welt für ihn schon fast wieder ein Stück in Ordnung.

„Moin, Peter, na, sieht man dich auch mal wieder?", kam es von der immer freundlichen Bedienung hinter der Theke. „Kaffee für dich, wie immer?"

„Ja bitte", antwortete Peter und lächelte freundlich zurück. Immer noch seinen düsteren Gedanken nachhängend zündete er sich eine Zigarette an und inhalierte genüsslich den Rauch in seine Lunge. Er blickte nach draußen und sah vor dem Fenster eine Gruppe junger Männer vorbeigehen. Sie sahen aus wie Nordafrikaner, wahrscheinlich eine weitere Gruppe von neu angekommenen Asylanten.

„Die werden auch jeden Tag mehr", sagte ein älterer Gast an der Theke verächtlich und nahm einen Schluck Bier aus seinem Glas.

„Pass mal auf, Joke, in ein paar Jahren ist einer von denen dein Schwiegersohn", frotzelte ein anderer von der gegenüberliegenden Seite der Theke.

„Das ganze Pack sollte man so wieder zurückschicken, dahin, wo sie hergekommen sind. Was wollen die hier eigentlich? Doch nur unsere Kohle und sich ins gemachte Nest setzen", äußerte sich ein Dritter.

Die Zustimmung von sechs, sieben anderen Gästen im Raum kam unverhohlen und lautstark. Wow!, dachte sich Peter, von den fünfzehn Gästen in der Kneipe sind das schon mehr als fünfzig Prozent, die

90

nicht gerade positiv von den Fremden angetan waren, um es einmal vorsichtig auszudrücken. „Die wollen auch nur in Frieden leben", sagte er und schaute mit einem vorwurfsvollen Blick in die Runde. Peter hatte sich aufgrund der ständig größer werdenden Flüchtlingswelle nach Europa seit einiger Zeit mit dem historischen Ein- und Auswanderungsthema intensiv beschäftigt. Dank des Internets hatte er viel über Migrationsbewegungen in der Geschichte Deutschlands lesen können. Er war erstaunt gewesen über die vielen Parallelen mit dem heutigen Zeitgeschehen der Flüchtlingsströme aus Afrika und dem Mittleren Osten. Peter war sauer darüber, was die Leute so von sich gaben, und er verspürte den innerlichen Drang danach, den Oberlehrer zu spielen, und er musste auch irgendwie Druck ablassen. „Wisst ihr eigentlich, dass Deutschland vor nicht allzu langer Zeit selber einmal ein Auswanderungsland war und Millionen Deutsche wegen Krieg, Armut und aus politischen Gründen das Land verlassen haben? Ja, ihr habt ganz richtig gehört, im 19. Jahrhundert haben in drei großen Auswanderungswellen mehr als 6 Millionen Deutsche aus den gerade genannten Gründen Deutschland den Rücken gekehrt. Im Zweiten Weltkrieg nochmals 350 000 und nach dem Krieg, als mehr als 20 Millionen in Europa ihre Heimat verloren hatten, sind nochmals Hunderttausende abgehauen. Die Reise dauerte oft vier bis sechs Monate. Zu Fuß oder auf Pferdefuhrwerken begaben die Menschen sich allein, in der Gruppe, manchmal in einer Karawane auf den Weg. Genauso seht ihr das heute im Fernsehen tagtäglich, mit dem Unterschied, Migranten kommen über die Balkanroute zu uns. Wir Deutsche sind mit Schiffen aus unserer Heimat geflüchtet, haben den Kapitänen, heute nennen wir sie Schlepper, teures Geld für die Überfahrt bezahlt. Einige Schiffe sind damals so wie heute gesunken, wie zum Beispiel die Austria mit 538 Seelen an Bord. Na, kommt euch das bekannt vor? In Amerika haben Deutsche dann auf Ellis Island warten müssen, bis sie ihre endgültige Aufenthaltsgenehmigung bekamen. Heute sind das die griechischen Inseln wie Kos, Lesbos oder vielleicht kennt ihr die Insel Lampedusa in Italien besser? Dämmert es euch jetzt ein wenig? Deutsche waren sogar maßgeblich daran beteiligt die einzigen Ureinwohner Amerikas, die Indianer, auszurotten. Schaut euch unsere eigene Vergangenheit an und eventuell könnt ihr dann verstehen, dass hier wirklich nichts Neues passiert, sondern sich die Geschichte nur mit umgekehrten Vorzeichen wiederholt."

Die anwesenden Gäste sowie die Bedienung schauten Peter nach seiner ungewöhnlichen Rede verwundert und nachdenklich an, einige sahen beschämt zu Boden. Ohne ein weiteres Wort zu verlieren, trank Peter seinen Kaffee aus, bezahlte und verließ das Maxx.

Kapitel XI

Dienstag, 9. Mai, spätnachmittags

Die letzten warmen Sonnenstrahlen nutzend, fuhren Peter und Lena noch für einen kurzen Spaziergang durch die Krummhörn. Sie hatten nach Lenas Dienstschluss Peters Triumph Stag für eine spontane Spritztour vom Revier geholt und waren für eine Weile durch die Krummhörn gefahren, bis sie sich per Zufall an der Knock wiederfanden.

Die Knock ist die südwestlichste Landecke der historischen Landschaft Krummhörn am Dollart und befindet sich ungefähr zehn Kilometer nordwestlich vor der Seehafenstadt Emden. Südlich der heutigen Landspitze Knock lag bis etwa zum 16. Jahrhundert der namensgebende alte Siel- und Fährort Knock, der nach etlichen Sturmfluten ausgedeicht wurde und im heutigen Emslauf versunken ist. Nur ein kleiner eiserner Leuchtturm erinnert noch an den Ort. Für die Emder laden der lange Deich und ein kleiner Sandstrand in fast völliger Abgeschiedenheit zum Spazieren oder zum Entspannen in der Sonne ein.

Die frische Seeluft tat gut nach dem anstrengenden Tag. Peter atmete ein paarmal tief durch, ließ die sauerstoffreiche, jodhaltige Luft durch seine Lungen fließen und sagte zu Lena: „Ich mag es hier an der Küste, es macht mich entspannter als in Hannover und ich fühle mich irgendwie gesünder hier."

„Ja, du hast recht", stimmte ihm Lena zu. „Ich bin hier auch wesentlich ausgeglichener als in der Großstadt und mir fehlt der ewige Verkehrslärm und Stress nicht die Bohne. Was denkst du, bleibst du in Ostfriesland oder wirst du wieder in eine größere Stadt ziehen wollen?"

„Nein, auf keinen Fall, mich kriegen hier keine zehn Pferde mehr weg. Ich werde mir hier ein Haus kaufen und eine Familie gründen. Ich muss nur noch die richtige Frau finden."

„Oh, du hinterhältiger Lump, und ich dachte, du wärst ein Ehrenmann und nicht so ein mieser Gigolo, der alleinstehenden Oberstaatsanwältinnen das Herz bricht", schmollte Lena und boxte Peter dabei in die Seite.

Sie mussten beide lachen, Peter nahm Lena in den Arm. Sie küssten sich lange und leidenschaftlich. Nachdem sie eine halbe Stunde lang gelaufen waren, wurde es dann doch merklich kühler. Sie gingen zurück zum Wagen und fuhren in Richtung Emden.
Vorbei am Radarturm und Schöpfwerk hielt Peter nochmals kurz bei den bronzenen Denkmälern vom Alten Fritz und dem Großen Kurfürsten an. Er zeigte auf die beiden Statuen und sagte zu Lena: „Es ist eine Schande, dass die schönen alten Statuen nicht mehr in der Stadt am Rathaus stehen, sondern hier an der Knock der Witterung und der salzigen Meeresluft ausgesetzt sind; aber wer weiß, vielleicht ist das der Preis, den der Alte Fritz für seinen ostfriesischen Teekrieg mit den Ostfriesen zahlen muss?"

„Wie, Teekrieg?", fragte Lena und schaute Peter skeptisch an.

„Der wollte den Ostfriesen ihren über alles geliebten Teegenuss verbieten, mein Schatz, aber er hatte die Rechnung ohne die Ostfriesen gemacht. Das ist aber eine lange Geschichte, erinnere mich, wenn wir wieder zu Hause sind, dass ich dir ein Buch darüber gebe, dann kannst du es in aller Ruhe nachlesen. Die ostfriesische Geschichte ist sehr interessant und du glaubst gar nicht, wie stolz die hier alle drauf waren."

Peter und Lena stiegen noch mal aus dem Auto auf die lange Deich-mauer und blickten im letzten Abendrot über die Außenems rüber zu Holland. Auf der anderen Seite des Flusses Ems konnten sie den hol-ländischen Hafen Delfzijl ausmachen und mehr nach Süden streckte sich eine etwa hundert Quadratkilometer große Meeresbucht in der Emsmündung, der Dollart.

Peter zeigte mit dem Finger nach Süden und sagte: „Der Dollart ent-stand etwa im 13./14. Jahrhundert durch mehrere Sturmfluten der Nordsee. Kannst du dir vorstellen, Lena, dass bei der Entstehung des Dollarts über dreißig Dörfer untergegangen sind? Der Sage nach hat schon so mancher Schiffer, der bei ruhigem Wellengang mit seinem Boot über den Dollart fährt, auf dem Meeresgrund Häuser und Türme erkennen können, und andere haben bei stillem Abendwetter ein Glo-ckenklingen aus der Tiefe gehört."

„Ja, und bei Nebel kommen die Piraten mit ihrem Geisterschiff, dem Fliegenden Holländer, und ihrem Kapitän Jack Sparrow", kam es spöt-tisch von Lena zurück.

„Nein, Spaß beiseite, tatsächlich tauchen manchmal immer noch Fundstücke aus den alten Orten wieder auf, die einen daran erinnern, dass man über versunkene Dörfer fährt. Übrigens wird der Dollart von der deutsch-holländischen Grenze durchschnitten, aber mit etwas unklarem Verlauf. Von Holland münden der Fluss Westerwoldse Aa und von Deutschland der Fluss Ems in die große Meeresbucht. Diese Flüsse machen den Dollart so einzigartig. Sie transportieren Süßwasser heran, welches sich langsam mit dem Salzwasser des Wattenmeeres mischt. So bildet sich ein Brackwassergebiet. Es gibt nur noch wenige Gebiete, in denen Süß- und Salzwasser sich langsam vermischen. Dies ist dann auch eines der besonderen Merkmale des Wattenmeeres."

Lena schaute Peter an und runzelte die Stirn dabei leicht, bevor sie sagte, „Wow, mein lieber Peter, ich wusste gar nicht, dass du solche Seiten an dir hast. Du bist ja regelrecht ein wandelndes Lexikon über Ostfriesland, Mensch und Land! Du hättest nicht Kriminalist, sondern Lehrer für Heimatkunde werden sollen."

„Ja und wer fängt dann all die bösen Verbrecher?", lachte Peter und sprang mit einem Satz, ohne groß die Tür zu öffnen, in sein geliebtes Cabrio. „Komm, Lena, lass uns nach Hause fahren, es wird spät und ich habe Hunger. Wir sollten uns vorher noch eine Pizza von Elio holen und die dann gemütlich vorm Fernseher mit einem Glas Wein verspeisen. Was hältst du von dem Vorschlag?"

„Sehr gut, ich ruf schon mal an und bestelle uns die Pizza, damit sie fertig ist, wenn wir in der Stadt ankommen!", antwortete Lena.

Eine halbe Stunde später in Peters Wohnung angekommen machten es sich die beiden vorm Fernseher gemütlich und verspeisten mit großem Genuss ihre Pizza. Die Nachrichten berichteten wieder einmal von gesunkenen Flüchtlingsbooten im Mittelmeer, gestrandeten Flüchtlingen in Griechenland und zeigten die Bilder Tausender Flüchtlinge in Lagern in Libyen und der Türkei.

„Wenn das nur gut geht", resignierte Peter und fügte dann gleich hinzu. „Ich habe da so meine Bedenken. Europa wird hier zu schnell und ohne gefragt zu werden, vor eine Zerreißprobe gestellt. Dazu kommt der Riesenaufwand, die kaum zu bewältigende bürokratische Abwicklung für alle Länder, Flüchtlinge zu registrieren und zu verteilen. Bei der Verteilung stößt die Europäische Union schon an ihre Grenzen. Länder wie Ungarn und Polen wollen keine Asylanten mehr aufnehmen. Dann haben wir noch die Bekloppten hier bei uns, die die wenigen Flüchtlingsunterkünfte niederbrennen oder wie hier in Emden einfach zwei Asylanten erschießen."

„Ich glaube nicht, dass es bei den zwei Toten bleiben wird. Die Lage wird immer komplizierter und vom Innenministerium sind wir schon gewarnt worden, dass damit gerechnet werden muss, dass sich in der deutschen Bevölkerung vermehrt Widerstand breitmacht. Gewalttätige rechte Elemente sind bereit, wie sie es nennen, zurückzuschlagen. Sie wollen Rache für jedes der Anschlagsopfer nehmen. Schau dir Paris am 13. November 2015 mit 129 Toten, Brüssel am 22. März 2016 mit 38 Toten, Nizza am 14. Juli 2016 mit 85 Toten, Berlin am 19. Dezember 2016 mit 12 Toten, an, um nur die spektakulären Anschläge zu nennen", wandte Lena dazu ein.

„Obwohl ich kein Pessimist bin, denke ich, dass du recht hast, Lena. Wir werden in Deutschland in Zukunft einen Anstieg von Gewaltverbrechen und Terror verspüren. Ich habe mich schon gewundert, wann der Fremdenhass einiger Rechtsextremisten mit Toten enden wird."

„Du solltest dir nicht zu viele Sorgen machen, Peter, es wird schon alles gut werden. Am Ende, wirst du sehen, haben wir unseren Täter in festem Gewahrsam. Ich geh noch schnell duschen und komm dann gleich ins Bett", das gesagt, stand Lena auf und verschwand hüfteschwingend ins Badezimmer.

„Wie, duschen, ohne mich? Das gibt's nicht", lachte Peter, sprang vom Sofa und folgte ihr mit eilenden Schritten ins Bad.

Kapitel XII

Am nächsten Morgen um 10 Uhr trafen sich die Beteiligten der Soko Asyl zu ihrer ersten gemeinsamen Lagebesprechung im Polizeirevier. Neu hinzugekommen waren Kriminalkommissar Faris Marzouk, Oberkommissar Frank Wilken, von der Wache Emden zusätzlich der Polizeihauptkommissar Unno Tjaksen und Polizeioberkommissar Gerold Meier.

Lena Holtmann begrüßte die Anwesenden und stellte die alten und neuen Teilnehmer einander vor. Oberkommissar Frank Wilken, der das Team verstärkte, war einundvierzig Jahre alt, ein Beamter mit großer Erfahrung im rechtsradikalen Umfeld. Er war von Direktor Liebert kurzfristig, als zusätzlicher Staatsschutzmann, zur Soko Asyl beordert worden. Seine Aufgabe war es, seinen Kollegen Anton Jakobs zu unterstützen, aber hauptsächlich die Präsenz des Staatsschutzes im Fall der ermordeten Asylanten zu erhöhen.

Weiter neu im Team war Faris Marzouk, einunddreißig Jahre alt, ein Mitarbeiter des Landeskriminalamtes in Hannover. Faris hatte in den letzten Jahren als verdeckter Ermittler mit Schwerpunkt organisiertes Verbrechen viel Erfahrung gesammelt. Er sprach fließend Arabisch, Farsi und einige weitere Dialekte aus dem Mittleren Osten. Seine Hauptaufgabe sollte darin bestehen, die Befragungen der Asylanten, ohne fremden Dolmetscher, schneller und direkter vorzunehmen. Man erhoffte sich, dadurch bessere und schnellere Ergebnisse zu bekommen. Es war eine einfache, logische Konsequenz, um genauere Angaben von Flüchtlingen zu bekommen, musste ein Beamter sie in ihrer eigenen Sprache befragen.

Nachdem sich alle Beteiligten kennengelernt hatten, übernahm Peter die Einführung und brachte die Teilnehmer auf den neusten Stand der

Ermittlungen. Er schaute in die Runde der Kollegen und begann seinen Bericht vom Vortag zu wiederholen. Er fasste am Ende noch mal zusammen: „Nach neusten Erkenntnissen beweisen die Blutspuren mit hundert Prozent Sicherheit, dass die Opfer dort auch ermordet wurden. Bei den im Körper der Toten gefundenen Projektilen handelt es sich um das Kaliber 9 mm Parabellum, den Vermutungen nach stammen die Kugeln aus einer Luger P08 aus dem Zweiten Weltkrieg. Die Mordopfer waren an Händen mit handelsüblichen Plastikbändern gefesselt und wurden im Hinrichtungsstil exekutiert. Im ersten Anschein sieht es nach einer Profiarbeit aus, aber das steht im Widerspruch zu den anschließend mit ihrem eigenen Blut beschmierten Gesichtern der Toten. Es handelt sich dabei nicht einfach um irgendwelche Schmierereien, sondern um jeweils ein Hakenkreuz und daher weist alles in die Richtung, dass es sich bei den Morden um eine Tat von Rechtsextremisten handelt. Wir sollten aber nicht gänzlich ausschließen, dass es auch ein vorgetäuschtes Ablenkungsmanöver der Täter oder des Täters sein könnte, und wir müssen nach allen Seiten ermitteln. Ich übergebe jetzt das Wort an unseren Kollegen vom Staatsschutz, Hauptkommissar Anton Jakobs, der uns eine kleine Präsentation über Rechtsextremismus in Ostfriesland vorbereitet hat."

Anton Jakobs erhob sich, schaltete den Projektor an und auf der Wand erschien das Foto eines Mannes. Er räusperte sich kurz, zeigte mit einem Laserpointer auf das Bild und sprach: „Liebe Kollegen und Kolleginnen, ich werde euch heute einen Überblick verschaffen über die organisatorischen Strukturen und Mitglieder der rechtsradikalen Gruppen in Ostfriesland mit Schwerpunkt Emden und Umgebung. Der Mann, den ihr auf diesem Bild seht, ist Gerhard Konrads, der Kopf der NPD in Ostfriesland ..."

Antons Vortrag dauerte etwa eine gute Dreiviertelstunde und er informierte die Anwesenden über alle Details im Zusammenhang der

Organisation von Neonazis in Norddeutschland. Er zeigte viele Fotos von polizeilich einschlägig bekannten Personen, ihre Strafregister und Berichte von Observationen des Staatsschutzes. Es gab in Emden und Umgebung mehr als ein Dutzend Neonazis oder autonome Nationalisten, wie sie sich auch gerne nannten, und davon war nach letzten Berichten und Einschätzungen mehr als die Hälfte auch gewaltbereit.

Frank Wilken blickte in die Runde, nachdem sein Kollege den Vortrag beendet hatte, und sagte: „Wir haben seit Längerem einen V-Mann in der Szene, der uns vor wenigen Wochen über eine große geplante Aktion gegen Asylanten berichtet hat. Einzelheiten dazu konnte er aber leider keine in Erfahrung bringen. Daraufhin haben wir mit einer Telefonüberwachung verdächtige Gespräche abgehört. Es ging dabei aber meistens um Waffen, offensichtlichen Ausländerhass, wie Asylanten abklatschen, das Übliche halt. Einen direkten Mordaufruf auf Band haben wir leider nicht, aber so blöd sind die Neonazis nun auch wieder nicht, das am Telefon zu besprechen. Trotzdem bin ich dafür, dass wir mit einer gezielten schnellen Aktion die verdächtigen Personen aus der rechtsradikalen Szene, die für solch eine Tat infrage kommen könnten, kurzfristig aus dem Verkehr ziehen. Bei den folgenden Verhören sehen wir dann ganz schnell, ob einer von ihnen für die Morde verantwortlich sein könnte oder welche Gruppierung eventuell dahintersteckt. Am besten wäre es, die Aktion ohne große Verzögerung schnellstmöglich durchzuführen."

Anja Kappels, die dem Ganzen aufmerksam zugehört hatte, klopfte mit ihrem Kaffeelöffel gegen ihre Tasse. Nachdem sie sich vergewissert hatte, die Aufmerksamkeit aller Beteiligten auf sich gezogen zu haben, ergriff sie das Wort: „Was ist, Leute, wenn wir alle falsch liegen und es gar keine Neonazis waren, sondern nur die Tat eines einzelnen Wahnsinnigen, der mit den ekeligen Hakenkreuzschmierereien uns glauben machen möchte, dass die Schuldigen Neonazis sind? Einen kleinen Moment, ich habe hier eine Facebook-Seite", und damit begann sie, ihren Laptop an den Projektor anzuschließen. Als sie damit fertig war, erschien auf der Wand eine Facebook-Seite mit dem Namen Sandra Benninga Memorial, auf der viele Menschen aus Emden und Umgebung gepostet hatten. Unter anderem waren dort einige Posts zu lesen, die öffentlich, aber indirekt, zu Racheakten an Ausländern aufforderten. „Für die, die neu hier sind, Sandra Benninga aus Larrelt wurde im letzten Jahr vermutlich von drei Nordafrikanern vergewaltigt und dabei fast totgeschlagen. Die Täter konnten leider nicht ermittelt werden. Das Mädchen hat sich letzte Woche vor einen Zug geworfen und Selbstmord begangen. Vielleicht hat ja jemand einen Racheakt begangen, indem er wahllos die Asylanten ermordet hat. Es muss nicht unbedingt etwas an meiner Theorie dran sein, aber wir sollten nicht nur in eine Richtung ermitteln und offenbleiben für andere Möglichkeiten."

Peter fand Anjas Theorie sehr gut und ihr Gedankengang kam ihm sehr plausibel vor. Er war sogar richtig stolz auf sie, dass sie als Einzige aus der Box gedacht hatte. Sie hatte Mut aufgebracht, sie alle darauf hinzuweisen, dass der Mörder auch jemand außerhalb des rechtsextremen Umfelds sein könnte. Er lächelte in ihre Richtung und sagte: „Du hast vollkommen recht, Anja, ich habe den Fall des armen Mädchens verfolgt und er ist wirklich tragisch. Ich finde deine Theorie sogar sehr gut und wir sollten uns mal die Facebook-Posts etwas genauer anschauen, vielleicht kommt ja etwas dabei heraus. Warum ergreifen du und Klaus nicht die Initiative und nehmt die Aufrufer zur Rache einmal etwas genauer unter die Lupe. Wenn ihr dann schon dabei seid, könnt ihr euch auch gleich die Familie, Vater, Bruder, Freund usw. vornehmen. Das Übliche halt, Alibi für die Tatzeit, die ganze Bandbreite, ihr wisst schon. Es gibt da auch noch den Fall des jungen Mannes, der im Januar vor der Diskothek Mozo halb totgeschlagen wurde und später verstarb. Die Schuldigen waren drei junge Araber, habe ich in der Zeitung gelesen, konnten aber nicht verurteilt werden. Hängt euch auch da mal rein, das gleiche Programm. Dann überlegt euch, wer könnte außer den Verwandten sonst noch ein Motiv haben, Asylanten umzubringen?"

Anja freute sich über Peters öffentliche Anerkennung und begann schon gedanklich einen Plan zu entwerfen, wen sie als Erstes befragen würden. Ihr Kollege, Klaus Marquart, blickte zu ihr rüber und zeigte ihr mit der Geste seines erhobenen Daumens Respekt. Anja und Klaus konnten ganz gut miteinander, auch wenn sie sich ab und zu etwas stritten und Klaus gerne seine Späße mit Anja trieb. Sie waren ein gutes, eingespieltes Team und Peter wusste, er konnte sich auf die beiden zu jeder Zeit hundertprozentig verlassen.

„Hat sonst noch jemand von euch Vorschläge oder möchte etwas zur Vorgehensweise im Fall sagen? Falls nicht, schlage ich vor, wir machen eine kurze Kaffeepause und essen eine Kleinigkeit, bevor wir hier weitermachen."

Beim kleinen zweiten Frühstück wurden die Neulinge ein wenig beschnuppert und man unterhielt sich angeregt mit den Kollegen. Die Atmosphäre im Raum war locker, sogar relativ gut, konnte man feststellen. Es schien sich in der Gruppe ein richtiger Teamgeist zu entwickeln. Nach der Kaffeepause wurde ein Plan entworfen, um die rechtsextreme Szene ordentlich durchzurütteln. Der Beschluss wurde gefasst, bei verdächtigen, eventuell für eine Beteiligung an den Morden infrage kommenden Neonazis in einer gezielten, koordinierten Aktion eine Razzia durchzuführen. Das Team einigte sich, insgesamt fünf rechtsextreme Personen, die abgehört worden waren und ein Motiv haben könnten, festzunehmen. Alle von ihnen hatten einen auffallend ausländerfeindlichen Hintergrund. Die fünf waren außerdem schon einschlägig mehrfach durch Gewalttaten gegen Ausländer in Erscheinung getreten. Zwei der vom Team ins Visier genommenen

Extremisten wohnten direkt in Emden, ein weiterer hatte ein Haus in Riepe, einer wohnte in Oldersum und der Fünfte in Leer. Als Haftgrund wurde Verdacht auf Mord sowie Paragraf 112 StPO Fluchtgefahr und Verdunklungsgefahr angegeben. In Wirklichkeit war es mehr ein Schuss ins Blaue, aber irgendwo musste die Gruppe ja anfangen. Sie brauchte dringend einen Erfolg!

Bei den fünf Zielpersonen handelte es sich um:

1) Walter Peters, Emden, vierunddreißig Jahre alt, Mitglied der Autonomen Einheitsfront, mehrfach vorbestraft wegen Körperverletzung und Volksverhetzung, extrem gewaltbereit und gefährlich.

2) Jürgen Nanninga, Riepe, achtundzwanzig Jahre alt, Mitglied der Nordischen Aktionsfront, enorme radikale Einstellung und destruktive Energie gegen Fremde. Vorbestraft wegen eines Brandanschlags auf eine Moschee und mehreren Körperverletzungen.

3) Christian Grave, Oldersum, siebenundzwanzig Jahre alt, Mitglied des Bündnisses Ostfriesische Freiheit, äußerst gewalttätig und verdächtigt in der rechtsradikalen Szene auch illegalen Waffenhandel zu betreiben.

4) Andreas Janssen, Emden, achtunddreißig Jahre alt, Mitglied der Autonomen Einheitsfront, extrem gewaltbereit und radikal. Vorbestraft wegen illegalen Waffenbesitzes und schwerer Körperverletzung, Anstiftung zur Volksverhetzung und Gewaltaktionen.

5) Thorsten Schmidt, Leer, einunddreißig Jahre alt, Mitglied der Aktionsfront Nord, aktiver Veranstalter von Demonstrationen gegen Ausländer, dem außerdem Verbindungen zum NSU nachgesagt

wurden. Er war mehrfach wegen Körperverletzung angeklagt, aber bisher nur einmal verurteilt.

Es wurde beschlossen, entsprechend separate Teams zu bilden, um an allen Orten gleichzeitig zuzuschlagen. Man einigte sich weiterhin, telefonisch mit Polizeidirektor Lütjens abgesprochen, die fünfte, in Leer ansässige Zielperson durch Beamte der Polizeiinspektion Leer festnehmen zu lassen. Lena Holtmann, als zuständige Oberstaatsanwältin für den Fall, erstellte die Anträge für Haftbefehle und entsprechende Durchsuchungsbeschlüsse beim Richter im Amtsgericht Emden.

Nach einer Mittagspause begann dann die detaillierte Planung des Einsatzes. Mithilfe von Google Earth war es einfach, die Lage der Wohnungen und Häuser der Zielpersonen auf eine Leinwand zu projizieren. Das erleichterte, die eventuellen Fluchtmöglichkeiten zu analysieren, einzugrenzen sowie die Anzahl der dafür zusätzlichen begleitenden Einsatzkommandos festzulegen.

Peter bildete die verschiedenen Teams für die Einsätze. Jedem Team wurde jeweils eine Zielperson zugewiesen. Peter und Anja waren zuständig für die erste Zielperson, Walter Peters, in Emden. Anton Jakobs und Unno Tjaksen für die zweite, Jürgen Nanninga, in Riepe. Klaus Marquart und Gerold Meier für die dritte, Christian Grave, in Oldersum. Frank Wilken und Faris Marzouk für die vierte, Andreas Janssen, in Emden. Die fünfte und letzte Zielperson, Thorsten Schmidt aus Leer, sollte von einem zusätzlichen Team der Kollegen aus Leer, das mittlerweile auch per Videokonferenz dazugeschaltet war, direkt vor Ort verhaftet werden. Fünf weitere Zivilfahnderteams zur Observation der Zielpersonen wurden inzwischen schon vorab rausgeschickt. Die Informationen über den Aufenthalt jeder Zielperson sollten stündlich ausgewertet werden. Der Zugriff wurde akribisch bis in die letzte Einzelheit durchgegangen, die verschiedenen Ablaufphasen des Einsatzes wieder und wieder besprochen. Erst nachdem alle mit dem geplanten Ablauf einverstanden waren, bekam der Einsatz den bezeichnenden Namen Walküre in Anspielung auf Hitlers Lieblingskomponisten, Richard Wagner. Der gleichzeitig stattzufindende Zugriff wurde für alle Teams für den nächsten Tag um exakt 6 Uhr frühmorgens festgelegt.

Es war ein langer Tag geworden. Zum Abschluss des ersten gemeinsamen Tages der neuen Soko Asyl verabschiedeten sich alle Teilnehmer mit gemischten Gefühlen im Hinblick auf den schweren vor ihnen liegenden Tag. Sie wussten, ein jeder für sich, dass es kein Spaziergang werden würde. Man musste bei diesem Kaliber von ultrarechten Neonazis mit gewalttätiger Gegenwehr rechnen. Schusssichere Westen waren ein absolutes Muss!

Die Kollegen verabredeten sich für den Morgen um 4.30 Uhr, anderthalb Stunden bevor der eigentliche Zugriff erfolgen sollte, zu einer letzten, kurzen Lagebesprechung auf der Polizeiwache Emden.

Kapitel XIII

Mittwoch, 10. Mai, abends

Peter war nach dem Dienst noch eine Runde über den Wall gejoggt. Im Anschluss hatte er sich noch gute zwei Stunden seiner ganz eigenen Krav-Maga-Trainingsgruppe gewidmet. Seit etwas mehr als einem Jahr unterrichtete er in Emden interessierte Kollegen und Freunde in Kampfsport. Krav Maga war dabei sein Element, eine moderne hocheffektive Methode zur persönlichen Selbstverteidigung. Sie besticht durch die vielen einzigartigen Abläufe und ist für jede Frau und jeden Mann extrem schnell erlernbar. Krav Maga ist ohne erforderliche Vorkenntnisse, auch unter extremem Stress, leicht anwendbar, individuell anpassbar sowie immer und überall trainierbar. Es repräsentiert ein wirksames Selbstverteidigungssystem in einer Zeit, in der die persönliche Sicherheit immer mehr zur Sorge des Einzelnen wird. Das Prinzip, die Anzahl und Schwierigkeit der Techniken niedrig zu halten, sorgt dafür, dass eigentlich jeder Krav Maga lernen kann. Peter war weltweit einer der besten Krav-Maga-Spezialisten, die es gab. Er hatte schon mit vielen Eliteeinheiten, wie der israelischen Sajeret Matkal, dem britischen SAS, der russischen SpezNas, dem deutschen KSK oder der GSG 9, trainiert. Peter war in den einschlägigen Kreisen überall anerkannt. Faris Marzouk, der Peter aus seiner Zeit in Hannover flüchtig kannte, war bei dem Training dabei. Peter hatte Faris beim Mittagessen beiläufig kurz erzählt, dass er in Emden eine Trainingsgruppe unterhielt. Faris, auch ein begeisterter Krav-Maga-Anhänger, bat daraufhin, sich dem Training anschließen zu dürfen, was Peter wiederum hoch erfreute. Auch Anja Kappels trainierte seit einigen Monaten mit Peter und der Gruppe, sie war ein Naturtalent. Die fortgeschrittenen, mehr komplexeren Techniken erlernte sie so schnell wie keine andere. Nach dem Training und Duschen verabschiedeten sie sich, jeder bereitete sich auf den schwierigen nächsten Tag auf seine Weise vor. Peter fuhr zu seiner Wohnung im Schreyers Hoek im Zentrum der Stadt. Sein Plan war, sich bei Musik und Lesen noch etwas zu entspannen, bevor er sehr früh schlafen gehen wollte. Lena empfing ihn zu Hause mit einem leckeren Abendessen. Sie hatte Fisch mit Gemüse auf thailändische Art gekocht.

„Wow, das riecht ja richtig gut", rief er ihr schon in der Eingangstür zu, nahm sie daraufhin in den Arm und küsste sie zärtlich. „Was du nicht alles für versteckte Talente in dir schlummern hast? Das ist jetzt genau das Richtige für einen ausgehungerten Mann wie mich."

„Ich hoffe, es schmeckt dir auch gut, ich wünsche dir einen guten Appetit. Morgen wird ein harter Tag werden, und dass du mir ja vorsichtig bist", erwiderte Lena mit sorgenvoller Miene.

„Natürlich, Schatz, mach dir nur keine Sorgen um mich, ich pass schon auf mich auf, versprochen."

„Ich habe ein ungutes Gefühl, Peter, diese militanten Rechten werden wegen der sichtlich steigenden Überfremdung immer gewaltbereiter. Es mobilisiert sich ein feindlicher Widerstand, wo Körperverletzung keine Rolle mehr spielt. Der Flüchtlingsstrom reißt auch nicht ab, es geht so weiter. Die Behörden haben dieses Jahr einen enormen Anstieg an Asylanträgen zu bearbeiten und es werden täglich mehr. Die Mitarbeiter sind seit Monaten total überfordert und um ihren Job wirklich nicht zu beneiden. Mit der immer noch nicht unerheblichen Anzahl der täglich nach Deutschland strömenden Flüchtlinge denkt der Staat, wegen mangelnden Wohnraums, sogar über Aufnahmelager nach. Die sprunghaft steigende Zahl der Asylbewerber stellt die Stadt Emden, was sag ich, ganz Deutschland, vor ernste Probleme. Hier in Emden ist, wenn die Zahl der Flüchtlinge weiterhin gravierend steigt, die Sprache von einer dezentralen Unterbringung in einem Asylbewerberheim in Larrelt. Die Kapazitäten für eine Aufnahme werden schon bald erschöpft sein. Ich mache mir aber wesentlich mehr Sorgen, wie weit die Akzeptanz der Emder Bürger dabei noch geht. Ich hoffe, es werden nicht noch mehr Morde in unserer Stadt geschehen. Wie schon erwähnt, wir haben von der Generalstaatsanwaltschaft beunruhigende Hinweise bekommen und sollen uns auf kollektive gewalttätige Übergriffe von einigen rechtsextremen Teilen der Bevölkerung auf die Flüchtlinge einstellen. Die in der Bevölkerung als äußerst undurchdachte Flüchtlingspolitik der Bundesregierung angesehene Situation in Deutschland heizt die negative Stimmung im Land mehr und mehr an und es könnte bald noch schlimmer kommen, als wir es jetzt mit einigen Brandanschlägen auf Asylunterkünfte schon haben", erwiderte Lena.

Peter nickte zustimmend, er verstand Lenas Sorge nur zu gut. „Ich kann deine Sorge gut verstehen. Was den Rechtsextremismus unserer Neonazis anbelangt, ist da in Zukunft noch einiges an Zündstoff drin. Wenn sich solche Vorfälle wie in der Kölner Silvesternacht wiederholen sehe ich schwarz. Wie nannten es die Medien noch gleich, was die Ausländer dort abgezogen haben? Taharrush Gamea oder so, was auf Deutsch so viel bedeutet, wie gemeinschaftliche sexuelle Belästigung. Diese Taharrush-Gamea-Übergriffe reichen von sexueller Belästigung bis hin zur offenen Vergewaltigung. Man muss sich das einmal vorstellen, in einigen arabischen Ländern sind diese Übergriffe sogar richtig weit verbreitet, hieß es beim BKA. So etwas gab es so aber noch nie in Deutschland. Auch aus Hamburg und Düsseldorf sind derartige Fälle schon bekannt geworden. Meines Erachtens ist es durchaus nachvollziehbar, dass solche kriminellen Handlungen von Migranten das Fass zum Überlaufen bringen könnten und einen Teil der deutschen Bevölkerung zu vigilanten Gegenmaßnahmen verleiten. Versteh mich bitte nicht falsch, das rechtfertigt noch lange keinen Mord, aber ich bin trotzdem erstaunt, dass bisher nicht viel mehr passiert ist. Das

Erwachen einer neuen rechten Partei wie der AfD wird das kollektive Zurückschlagen wieder gesellschaftsfähig machen. Erst mit legalen, politischen Mitteln, wenn sie dann an der Macht sind, später eventuell auch mit sehr viel mehr direkter Anfeindung und offener Diskriminierung. Die ganze Tragweite und Auswirkung rechter Gesinnung in unserem Land wird durch die Prozentzahlen bei der Bundestagswahl im September entschieden. Für mich ist aber jetzt schon klar, je mehr Straftaten durch Flüchtlinge begangen werden, umso mehr wird sich Deutschland nach rechts wenden."

„Du bist also der Ansicht, dass Deutschland langfristig gesehen sich wieder in eine nationale Politik stürzen wird?"

„Ja, ohne Frage. Die alten Parteien, das sieht man doch jetzt schon, haben sich selber ins Abseits manövriert. Ein Skandal jagt den anderen, die Bevölkerung wird sozial ausgebeutet, verarmt mehr und mehr bei einer gleichzeitigen florierenden deutschen Wirtschaft. Die Politiker haben Deutschland an das Kapital verkauft und verraten. Es wird keine Politik wie bei den Nationalsozialisten 1930 geben, sondern eine moderne rechte Politik, ein Wolf im Schafspelz sozusagen."

„Wow, da hoffe ich einmal, dass du unrecht hast und es anders kommt. Ich wusste gar nicht, dass du so ein Pessimist bist."

„Ich bin kein Pessimist, sondern ein Realist, Lena. Hoffentlich wird es anders kommen, aber die Zeichen stehen für mich auf Sturm. Lass doch einmal den islamischen Terrorismus von Dschihadisten noch ein paar mehr Anschläge mit vielen Toten in Deutschland verüben. Die allgemeine Kriminalität in unserem Land durch die Migranten noch mehr steigen. Dann wirst du sehr schnell sehen, welche Auswirkung es auf die deutschen Wähler und vereinzelte politische Gruppierungen haben wird, ich denke da an Kristallnacht und so."

„Da hast du natürlich einen ganz wunden Punkt getroffen, so betrachtet ist alles möglich. Vor allem, es ist ja auch noch lange nicht mit der Flüchtlingswelle vorbei. Ich habe da vor Kurzem einen Augen öffnenden Bericht in einem Politikmagazin gelesen, Moment, ich sehe mal schnell nach, ob ich den Artikel wiederfinde."

Lena stand auf, ging zur Zeitschriftenablage, suchte kurz und entnahm dem Stapel Zeitschriften ein Magazin, blätterte etwas und begann dann laut zu lesen: „Krieg, Armut und Hunger veranlassen 60 Millionen Menschen zur Flucht aus ihrer angestammten Heimat. So viele wie seit dem Zweiten Weltkrieg nicht mehr. Niemandem fällt es leicht, seine Heimat zu verlassen, doch die allermeisten wählen aus Angst vor Gewalt den Exodus. Es sind Menschen, die vor Bürgerkriegen fliehen, vertrieben wurden oder der Armut entkommen wollen. Unter den zehn wichtigsten Herkunftsländern von Flüchtlingen befinden sich Syrien, Afghanistan, Somalia, Sudan, Kongo, um nur einige zu nennen. Alle diese Länder liegen geopolitisch im Einflussbereich Europas und Europa ist für die Menschen dort auch relativ gut erreichbar. Nie war das offensichtlicher als heute. Vorher blieben die Menschen innerhalb ihres Heimatlandes oder flohen ins Nachbarland. Die größte Last der Konflikte tragen deshalb die angrenzenden Staaten: Millionen Flüchtlinge belasten im Nahen Osten die angrenzenden Länder Syriens zum Beispiel und man kann sagen, dort ist die Kapazität der Aufnahmefähigkeit erschöpft. Es war nur eine Frage der Zeit, dass sich Hunderttausende auf den Weg nach Europa machen. Deutschland, Dänemark, aber auch Schweden sind dabei die beliebtesten Ziele der Flüchtlinge. Es sind wohlhabende Länder mit einer florierenden Wirtschaft und einem gut funktionierenden Sozialsystem. Waren es 2013 noch 127 000 Asylanträge, so stiegen diese in 2014 schon auf 202 000 und verdoppelten sich wiederum im ersten Halbjahr von 2015 und den Rest kennen wir ja. Keiner weiß im Moment, was die Zukunft bringen wird und wie viele Menschen wirklich noch kommen werden. Nur eines ist heute schon klar, ein unendlicher Strom von Menschen ist auf dem Weg nach Europa und lässt sich kaum mehr aufhalten. Keine rosigen Aussichten oder was sagst du dazu? Ich bin mir nicht so sicher, dass wir diesen gewaltigen Flüchtlingsstrom bewältigen können, und mache mir so meine Gedanken."

„Wer denkt, es wird keine Auswirkung auf unser heutiges Umfeld haben, ist blauäugig, naiv und hat nichts aus den Entwicklungen der letzten Jahre gelernt, aber lass uns das Thema wechseln, wir können es sowieso nicht mehr ändern und müssen lernen, mit den Konsequenzen zu leben", schloss Peter das Thema desillusioniert ab.

Es kam danach keine weitere Unterhaltung mehr auf, beide schwiegen eine Weile, hingen ihren eigenen Gedanken nach, bevor sie früh zu Bett gingen.

Morgen würde ein harter Tag werden!

Kapitel XIV

Donnerstag, 11. Mai, morgens

Es war exakt 5.59 Uhr morgens, Peter stand mit gezogener Waffe sowie kugelsicherer Weste mit Anja und fünf weiteren Beamten neben der Wohnungstür der Zielperson Nr. 1 auf der Zugriffsliste. Die Wohnung in einem mehrgeschossigen Gebäude im Stadtteil Barenburg in Emden war die von Walter Peters, gewaltbereites Mitglied der Autonomen Einheitsfront. Peter blickte auf seine Uhr. Um Punkt 6 Uhr gab er den Befehl für den Zugriff. In einer koordinierten Aktion der Polizei wurden in Emden, Leer, Oldersum und Riepe alle fünf Wohnungen oder Häuser der Zielpersonen gleichzeitig gestürmt.

Mit einem ohrenbetäubenden Geräusch brach der Rammbock die Tür aus den Angeln. Das Einsatzkommando der Polizei in seinen schwarzen Overalls, gesichert durch Schutzwesten und Helme, identitätsverbergende Balaklavas tragend, stürmte entschlossen mit entsicherten, vorgehaltenen Waffen in die Wohnung.

„Polizei, Polizei", riefen die Beamten immer wieder und bewegten sich schnell durch die Räumlichkeiten. Als sie die letzte Tür zum Schlafzimmer aufrissen, sahen sie einen Mann, der gerade im Begriff war, das Fenster zu öffnen, um zu flüchten. Dazu kam es jedoch nicht mehr, sie überwältigten die Person und fesselten sie mit Handschellen. Die ganze Aktion, vom Aufbrechen der Tür bis zur Festnahme, hatte keine zwei Minuten gedauert, da war der Spuk auch schon vorbei. Peter steckte erleichtert seine Waffe ein, identifizierte den Mann als die gesuchte Zielperson und sagte zu ihm: „Walter Peters, Sie sind vorläufig festgenommen!"

Danach wandte er sich den anderen Beamten zu, befahl ihnen den

Verdächtigen abzuführen und widmete sich der Durchsuchung der Wohnung.

Walter Peters bewohnte eine kleine Dreizimmerwohnung und war, als der Zugriff erfolgte, allein zu Hause gewesen. Als Peter ins Wohnzimmer ging, fiel ihm als Erstes eine Hakenkreuzflagge auf, die an der Wand neben einer alten Reichskriegsflagge hing. In mehreren Bücherregalen an der Wand befanden sich unzählige Naziutensilien sowie diverse Kriegsorden, ein Stahlhelm, ein Bajonett, einschlägige Literatur, wie unter anderem Mein Kampf, und weitere eindeutige nationalsozialistische Schriften. Neben einer Stereoanlage auf einem hölzernen Musikschrank befanden sich stapelweise Kartons mit CDs von Neonazimusikgruppen, mit Namen wie Störkraft, Landser, Screwdriver, Spreegeschwader, um nur einige zu nennen. In dem anderen Raum, der wohl als ein Arbeitszimmer genutzt wurde, standen ein PC, Drucker und wieder jede Menge Kartons. Diesmal voll mit Flugschriften für Neonaziveranstaltungen, die für Aufmärsche warben, sowie zahlreiche weitere Neonazimusik-CDs. An den Wänden hingen Poster von Soldaten aus dem Zweiten Weltkrieg, eine weitere, diesmal etwas kleinere Reichskriegsflagge und natürlich die obligatorische Hakenkreuzflagge der NSDAP. Den eindrucksvollsten Fund aber machten sie in einem abgeschlossenen Schrank in der Ecke des Arbeitszimmers. In einem doppelten Boden fanden sie, unter einer Decke versteckt, diverse Schlagringe, mehrere Pistolen, zwei Gewehre mit unzähliger Munition dazu. Darüber hinaus, Peter mochte es kaum glauben, sogar zwei voll funktionstüchtige Handgranaten.

Peter pfiff leise durch die Zähne und sagte zu Anja: „Da schau mal einer an, was haben wir denn hier? Der Junge wollte wohl mit dem Arsenal, das er hier gebunkert hat, ganz alleine den Dritten Weltkrieg starten. Ich bin ja mal gespannt, was wir hier sonst noch alles so finden werden, aber das überlassen wir besser mal der Spurensicherung."

Anja wollte gerade zu einer Antwort ansetzen, als Peters Handy klingelte. Faris, zeigte das Display des Handys. Peter nahm das Gespräch entgegen. Während des Telefonats verdüsterte sich zunehmend sein Gesichtsausdruck, er fluchte leise vor sich hin.

„Schlechte Nachrichten", sagte er knapp, „Frank Wilken ist beim Zugriff angeschossen worden. Die Zielperson Andreas Janssen ist flüchtig. Das Schwein konnte sogar noch mit einem schwarzen Golf entkommen. Die Fahndung läuft bereits auf Hochtouren."

„Was, so 'ne Scheiße, wie konnte das passieren, ist er schwer verletzt?", fragte Anja mit besorgter Miene.

„Ja, ein Schuss in die Brust, die Ärzte wissen noch nicht, ob er durchkommen wird. Passiert sein soll Folgendes: Als das Kommando das Haus von Janssen stürmte, haben sie, trotz positiver Observation des Aufenthalts der Zielperson, niemanden mehr im Haus vorgefunden. Anstatt der Zielperson fanden sie ein äußerst beträchtliches Waffenarsenal. Dagegen ist unser Fund hier Kinkerlitzchen, Anja. Sie sprechen von mehreren Kisten mit diversen Faustfeuerwaffen, M16, Kalashnikovs, Panzerfäuste, Semtex, C4 und Handgranaten. Laut Faris genug, um die Bevölkerung Emdens auszulöschen. Sie hatten die Aktion schon so gut wie beendet, da wollte Frank, aus welchen Gründen auch immer, unbedingt noch einmal die Garage überprüfen. Dort wurde er vermutlich von Andreas Janssen, der sich hinter einer falschen Wand die ganze Zeit versteckt gehalten hatte, überrascht und angeschossen. In dem darauffolgenden Chaos flüchtete Andreas Janssen durch den Garten bis zur nächsten Querstraße, wo er einen zufällig vorbeikommenden Golf anhielt. Er riss den Fahrer aus dem Auto und flüchtete mit dem Fahrzeug. Er kann aber nicht sehr weit kommen, die Kollegen haben sofort an allen wichtigen Straßen Sperren errichten lassen. Irgendwo wird er uns ins Netz gehen müssen."

„So ein Mist, verdammter. Ich hoffe, er kommt durch. In was für ein Wespennest haben wir bei diesen Rechtsextremisten bloß reingestochen, Peter? Überall finden wir Waffen und jetzt ist auch noch einer unserer Kollegen angeschossen worden. Ich bin ja mal gespannt, was die anderen noch so zu berichten haben und ob deren Festnahmen wenigstens nach Plan verlaufen sind."

„Mach dir keine Sorgen, habe ich schon abgecheckt, Anja, keine besonderen Vorkommnisse, ist alles glattgegangen. Genau wie bei uns in Emden wurde bei den anderen drei Zielpersonen auch noch einiges an Waffen gefunden. Zwar in kleinerer Anzahl als beim Janssen-Fund, aber immerhin ganz beachtlich."

Anja schüttelte den Kopf und ihr war irgendwie auf einmal die ganze Situation, die Wohnung und alles um sie herum zuwider. „Komm, Peter, lass uns hier zusammenpacken und zurück zur Wache fahren. Ich halte es hier nicht länger aus, mich kotzt das alles an!", und dabei zeigte Anja auf die Hakenkreuzfahne an der Wand.

„Keine schlechte Idee, außerdem haben wir jetzt sehr viel zu tun. Wir müssen die Abschlussbesprechung des Einsatzes vorbereiten und dann unverzüglich mit den Verhören der Festgenommenen beginnen."

Um seinen Nikotinspiegel auszugleichen, rauchte Peter während der Fahrt zur Wache hastig gleich mehrere Zigaretten hintereinander. Sie schmeckten ihm aber nicht so richtig wie sonst. Er machte sich gedanklich eine Notiz und überlegte sich, wann er endlich mit dem Rauchen aufhören würde. Mit dem Gedanken spielte er sonst nicht, irgendwie konnte er sich bisher nie so richtig damit anfreunden, die Zigaretten einfach wegzulassen.

Am Eingang der Wache empfing sie Polizeirat Theesen mit sehr bedrückter Miene. Er informierte sie darüber, dass Frank Wilken es nicht geschafft hatte. Er war im OP vor etwa zehn Minuten seiner schweren Schussverletzung erlegen. Die Nachricht war ein schwerer Schock für Peter und Anja, es machte sie sprachlos und gleichzeitig wütend.

„Wie konnte dem Einsatzteam, bei einem systematisch geplanten Zugriff, so ein Fehler unterlaufen?", fragte Peter, nachdem er sich wieder gefasst hatte.

Ewald Theesen blickte Peter direkt in die Augen und erklärte: „Es war ein unglücklicher Umstand, Peter, und es trifft keinen, außer dem Täter, die Schuld. Niemand konnte damit rechnen oder auch nur ahnen, dass dieses Schwein sich so ein cleveres Versteck gebaut hatte. Die Durchsuchung des Hauses war, außer dem Waffenfund, erfolglos verlaufen. Die Beamten waren davon ausgegangen, dass die Zielperson, nachdem sie gewarnt oder auf ihre Beobachter aufmerksam geworden war, heimlich geflüchtet war. Soviel ich aus den bisherigen Meldungen erfahren habe, hatte die Zielperson sehr professionell eine falsche Wand, um sich dahinter versteckt halten zu können, in die Garage eingebaut. Als die Aktion fast beendet und das Kommando schon beim Abrücken war, ist Frank Wilken, aus bisher noch unerklärlichen Gründen, ein zweites Mal allein in die Garage gegangen. Dort muss er dann völlig unerwartet auf Andreas Janssen gestoßen sein, der das Feuer sofort eröffnete. Bevor die Kollegen wussten, was überhaupt geschehen war, hatte Janssen schon die allgemeine Verwirrung zur Flucht genutzt."

„Wie sieht es denn mit der Fahndung nach Janssen aus, gibt es da schon irgendeinen Hinweis?", schaltete sich Anja ein.

„Nein, Andreas Janssen sowie der gestohlene Wagen, mit dem er geflohen ist, sind wie vom Erdboden verschluckt. Es fehlt von ihm bisher jegliche Spur. Aber wir werden diesen mörderischen Verbrecher kriegen, verlasst euch darauf, der wird uns nicht entkommen", erwiderte Ewald Theesen mit überzeugendem Ton und wiedergewonnener Willensstärke.

Peter fühlte sich auf irgendeine Weise mitschuldig am Tod von Frank Wilken. Schließlich war er es, der die Soko Asyl leitete und die ganze Aktion überhaupt erst ins Leben gerufen hatte. Obwohl er Frank Wilken nicht genauer gekannt hatte, ging ihm der Tod des Kollegen doch sehr nahe. Es war aber jetzt nicht die Zeit der Trauer, dafür war später immer noch Zeit, sie hatten einen Job zu erfüllen.

„Ich nehme an, die Verhafteten sind mittlerweile alle hier in Emden eingetroffen. Wir sollten mit den Befragungen der einzelnen Personen umgehend beginnen. Nach dem, was wir an Waffenarsenalen in den Wohnungen und Häusern der Neonazis gefunden haben, besteht zumindest die Möglichkeit, dass einer, wenn nicht alle, etwas mit dem Mord an den beiden Asylanten zu tun haben könnten. Es würde mich nicht wundern, wenn wir sogar die Mordwaffe unter dem sichergestellten Arsenal finden. Bevor wir aber mit den direkten Verhören beginnen, müssen wir die Abschlussbesprechung der heutigen Aktion halten. Anja, sei doch so gut, bitte informiere die Kollegen, dass wir uns, sagen wir in einer halben Stunde, im großen Besprechungszimmer treffen."

Dreißig Minuten später im großen Besprechungsraum der Wache wurden die Einzelheiten der Aktion vom Morgen noch mal im Detail besprochen. Der tragische Vorfall, der zum Tod von Frank Wilken führte, war natürlich das Hauptthema und alle Beteiligten waren sichtlich betroffen über den Tod ihres Kollegen. Daran konnte aber jetzt nichts mehr geändert werden und es war um so wichtiger, sich auf den Fall der toten Asylanten zu konzentrieren.

Peter hielt es für angemessen ein paar Worte zu sagen: „Wir alle bedauern den Tod von Frank Wilken sehr und es ist wirklich ein Scheißgefühl, einen Kollegen zu verlieren. Was bei dem Zugriff auf die Zielperson Andreas Janssen schiefgelaufen ist, wird eine getrennte Untersuchung zutage bringen. Warum Frank Wilken noch einmal allein in das Haus zurückgekehrt ist, muss genauso geklärt werden, wie, dass niemand, bei der Durchsuchung der Garage, die falsche Wand bemerkt hat. Die Tatsache, dass Frank tot ist, kann nicht mehr ungeschehen gemacht werden und ist vermutlich eine Verstrickung unglücklicher Umstände. Wir haben es hier mit äußerst gewalttätigen Elementen zu tun und die Waffenfunde haben zusätzlich bewiesen, dass diesen Typen mit äußerster Vorsicht zu begegnen ist. Ich will, dass wir den Mörder von Frank Wilken kriegen, und das werden wir auch, das verspreche ich euch. Wir benötigen sofort eine umfangreiche Liste von allen Personen im Umfeld von Andreas Janssen hier in Ostfriesland. So wie es aussieht, haben die groß angelegten Straßensperren nichts erbracht. Wir müssen also davon ausgehen, dass er irgendwo in der Umgebung untergetaucht ist. Es ist unsere höchste Priorität herauszufinden, wo er sich möglicherweise versteckt halten könnte. Darüber hinaus sollten wir aber nicht vergessen, warum wir die Aktion durchgeführt haben, wir haben einen Doppelmord aufzuklären. Es ist unsere Aufgabe, alles über eine mögliche Verbindung der Verdächtigen zu den Asylanten herauszufinden. Die gefundenen Waffen sind schon zum Kriminaltechnischen Institut nach Hannover geschickt worden. Wir hoffen, dass wir bis morgen eine erste Auswertung sämtlicher Handfeuerwaffen bekommen. Die sichergestellten Computer und deren Auswertungen werden sicherlich etwas länger in Anspruch nehmen, aber ich bin zuversichtlich, dass wir auch hier auf verwertbare Hinweise stoßen. Ich schlage vor, wir bilden drei Verhörteams und beginnen umgehend mit den Vernehmungen der Verdächtigen. Vergesst dabei nicht, im Moment ist unser wichtigstes Anliegen, das Versteck von Andreas Janssen ausfindig zu machen. Der Hauptgrund der Aktion ist und bleibt aber, wir müssen unbedingt herausfinden, ob die Gruppe direkt, oder indirekt mit den Morden an den beiden Asylanten zu tun hat.

Also, auf geht's, Leute, an die Arbeit."

Kapitel XV

Donnerstag, 11. Mai, nachmittags

So sehr sie die festgenommenen Neonazis auch in die Mangel nahmen, es half alles nichts, sie bekamen keine Antworten. Die vier Verhafteten machten einvernehmlich von ihrem Recht Gebrauch und verlangten immer wieder nur nach ihrem Anwalt.

Es waren abgebrühte Männer, die ihre Erfahrungen mit der Justiz gemacht hatten. Natürlich hatten alle vier ihren eigenen Anwalt, der auch nicht lange auf sich warten ließ. Es dauerte nicht ganz drei Stunden, da erschienen diese im Polizeirevier und bestanden darauf, sofort ihre Mandanten zu sehen. Zwei der Rechtsanwälte, Hans Peter Schallert und Herbert Neumann, waren aktive AfD-Mitglieder. Die beiden Anwälte waren der Justiz einschlägig für ihre rechte Gesinnung bekannt. Schallert hatte schon in einigen nicht ganz unspektakulären Fällen Neonazis vertreten und war so etwas wie der Haus- und Hofanwalt der braunen Szene in Niedersachsen. In ihrem Schlepptau hatten sie gleich zwei weitere Anwälte mitgebracht, somit hatte jeder der Inhaftierten seinen eigenen Verteidiger. Im Vorfeld der Befragungen wollten sie wissen, was die Polizei ihren Mandanten zur Last legte, die Beweisgrundlage und die Haftbefehle einsehen. Auch wenn die Indizienlage in Bezug auf die Mordtat an den Asylanten für die Festnahme der Neonazis etwas vage war, war Mordverdacht immer noch ein genügender Grund, die Aktion zu legitimieren. Natürlich protestierten die Anwälte sofort gegen diese Art von Vorverurteilung, aber die Mitteilung illegaler Waffenfunde bei ihren immer so unschuldigen Mandanten ließ ihren Protest schnell abklingen. Es war ihnen klar, mit der Sachlage würde es nicht leichter für sie werden, ihre Mandanten freizubekommen. Die zusätzliche Information, dass einer der Polizeibeamten während der versuchten Verhaftung einer weiteren

Zielperson ums Leben gekommen war, trieb zusätzliche Schweißperlen auf Anwalt Hans Peter Schallerts Stirn. Nachdem die vier Anwälte mit ihren Mandanten erst einmal allein gesprochen hatten, wurden dann in ihrem Beisein die Verhöre einzeln fortgesetzt. Rechtanwalt Hans Peter Schallert saß wartend mit seinem Klienten Walter Peters im Vernehmungsraum 4 des Reviers.

Peter schaltete das Standmikrofon im Verhörraum an, stellte die anwesenden Personen im Raum mit Titel laut vor und deutete erst einmal auf die Fotos der gefundenen Waffen in Walter Peters' Wohnung.

„Herr Peters, das sieht nicht gut aus für Sie. Mal abgesehen von den Pistolen und Gewehren, sind die Handgranaten schwer als Waffen zur Jagd zu entschuldigen. Sie sind außerdem mehrfach vorbestraft. Ihr Anwalt kann Ihnen bestätigen, auf Verstöße zum § 51 des Waffengesetzes stehen Freiheitsstrafen von einem bis zu fünf Jahren. In besonders schweren Fällen, wie in Ihrem und mit Ihrem Vorstrafenregister, geht die Strafe schnell mal hoch, auf bis zu zehn Jahre. Ich werde mich aber dafür starkmachen, dass, falls Sie mit uns kooperieren, wir ein gutes Wort für Sie einlegen. Überlegen Sie es sich gut, alles, was wir wissen wollen, ist, wo sich der flüchtige Andreas Janssen aufhalten könnte und wer die zwei Asylanten in Borssum erschossen hat."

Walter Peters saß seelenruhig neben seinem Anwalt und grinste vor sich hin. Er erfüllte das typische Klischee eines Neonazis der 1980er–1990er Jahre. Peters hatte einen kahl geschorenen, mit einer schwarzen Sonne tätowierten Hinterkopf und abgewandelte Swastika-Runen-Tattoos am Hals. Kleidungsmäßig rundeten seine Springerstiefel, eine schwarze Hose, T-Shirt mit dem Aufdruck Made in Germany und die für alle Neonazis so typische grüne Bomberjacke das Bild ab. Peter fiel bei der Betrachtung der Arme noch jeweils eine tätowierte Acht an Peters' beiden Händen, auf. Die Acht stand für den achten Buchstaben H im Alphabet. Zwei tätowierte Achten waren aber nicht gleichzusetzen mit achtundachtzig, sondern mit H H, bedeutete so viel wie Heil Hitler. Abgesehen davon waren seine Arme zusätzlich übersät mit weiteren Tätowierungen, wie Runen und anderen Symbolen der rechten Szene. Er lehnte sich lässig zurück und antwortete mit gespielter Entrüstung: „Die Waffen gehören mir nicht, die bewahre ich nur für einen Freund auf, der hat die bei mir gebunkert. Das war mal das eine, und von zwei erschossenen Asylanten weiß ich schon mal gar nichts. Ich darf Ihnen aber sagen, dass ich auch nicht traurig darüber bin. Im Gegenteil, zwei Schmarotzerkanaken weniger, die in Deutschland nichts zu suchen hatten. Dem Mann, der die erschossen hat, sollte man einen Orden verleihen. Und damit Ihnen das von Anfang an klar ist, ich habe damit nichts zu tun, das könnt ihr Bullen mir nicht so einfach anhängen."

Es war Peter aber nicht entgangen, dass sich hinter der selbstsicheren Fassade eine gewisse Unsicherheit verbarg. Gelassen blickte er zum Anwalt Hans Peter Schallert, der wiederum mit unverhohlener Arroganz seinen Blick erwiderte. „Das nehmen wir erst einmal so zur Kenntnis, wird Ihnen aber nicht viel helfen, Herr Peters, wenn wir Ihre Fingerabdrücke auf den Waffen finden. Aber erzählen Sie uns doch erst einmal, wo waren Sie am Sonntag, den 8. April, um 10 Uhr abends?"

Merklich erleichtert, fast kindlich erfreut, strahlte Walter Peters übers ganze Gesicht. „War das die Tatzeit, wo jemand die Welt von den beiden Ölaugen befreit hat? Na, nichts leichter als das, Mister Polizeimann. Ich war in Dresden auf einer Geburtstagsfeier eines Kameraden, dafür habe ich ungefähr vierzig Zeugen. Ist ganz leicht nachprüfbar. Haben Sie sonst noch irgendwelche Fragen, Herr Kommissar, oder kann ich jetzt gehen?", stieß er spöttisch hervor.

„Nun mal langsam mit den jungen Pferden, es ist Ihnen doch klar, dass wir Ihre Angaben erst überprüfen müssen, und so lange bleiben Sie natürlich unser Gast. Dann müssen wir außerdem noch die genauen Besitztümerrechte Ihres Waffenarsenals klären. Das kann lange dauern", grinste Peter genauso spöttisch zurück.

„Natürlich, tun Sie sich keinen Zwang an. Ich kann Ihnen all die Namen und Telefonnummern meiner Kameraden geben, die meine Anwesenheit in Dresden bezeugen können. Und noch mal, ganz langsam zum Mitschreiben, die Waffen gehören mir nicht!"

Peter befürchtete, dass die Angaben stimmen würden, und er am Ende gezwungen war, Peters laufen zu lassen. Für den Mord wird er somit ein Alibi haben. Der Waffenfund in seiner Wohnung allein wird für eine Aufrechterhaltung des Haftbefehls nicht ausreichen. Der Rechtsbruch wird natürlich nach dem Rechtssystem in einigen Monaten zur Anklage kommen, ob es zu einer Verurteilung reichen wird, ist jedoch fraglich. Noch aber war es nicht so weit und Peter musste seine einzige Trumpfkarte spielen.

„Herr Peters, falls Sie wirklich nichts mit den Morden an den Asylanten zu tun haben, bleibt immer noch der Waffenfund. Bei Ihren Vorstrafen, das wird Ihr Anwalt Ihnen bestätigen können, geht es diesmal richtig lange in den Bau. Falls Sie mir aber sagen, wo wir Andreas Janssen finden können, dann könnte sich das positiv auf Ihre Strafe auswirken, das verspreche ich Ihnen."

„Ich bin doch keine Ratte. Ne, ne, Bulle, da such dir mal schön jemand anderes. Von mir erfahrt ihr Bullenschweine nichts, ich sage von jetzt ab kein Wort mehr. Ihr könnt mich alle mal."

Damit war das Verhör vorerst beendet. Es war kein erfolgreicher Tag, alle verhafteten Neonazis hatten einwandfreie Alibis für die Tatzeit der Mordnacht. Außer den Waffenfunden hielten sie nichts, aber auch rein gar nichts gegen die Männer in der Hand. Die folgenden Verhöre verliefen genauso fruchtlos, wie sie mit Walter Peters begonnen hatten. Am Ende des Tages waren fast alle Verhafteten wieder gegen Auflagen auf freiem Fuß. Sie konnten alle einen festen Wohnsitz nachweisen, drei von ihnen hatten sogar einen festen Job, es bestand keinerlei Fluchtgefahr. In der abschließenden Lagebesprechung des

Tages war der allgemeine Frust bei den Polizeibeamten deutlich zu spüren.

„Ich glaube das alles einfach nicht", stieß Peter unzufrieden hervor und schlug dabei mit der Faust wütend auf den Tisch, dass die Wassergläser auf ihren metallenen Untersetzern leicht klirrten. „Ein Kollege musste heute sterben, und wofür? Damit wir die ganze verlogene Nazibande wieder laufen lassen mussten, ohne auch nur einen Schritt weiter zu sein. Wir haben absolut nichts erreicht in der Suche nach dem Mörder der beiden Asylanten. Obendrein haben wir einen Kollegen bei der Aktion verloren. Es gibt bis jetzt nicht einmal den Hauch einer Spur vom Flüchtigen. Wir müssen doch in der Lage sein, diesen Andreas Janssen zu finden. Der Typ kann sich doch nicht in Luft aufgelöst haben. Es ist einfach total frustrierend, oder besser gesagt, zum Kotzen!"

Die Anwesenden schauten betroffen in die Runde. Peter hatte laut ausgesprochen, was sie alle dachten. Sie fühlten sich ausnahmslos elend und irgendwie ratlos. Sie brauchten dringend jemand, der sie aus ihrer Hilflosigkeit herauszog, ihnen sagte, wo es langgeht.

„Kommt, Leute, wir können hier nicht Trübsal blasen", rief Anja in die Runde der resigniert schauenden Männer. „Lasst uns noch mal alle Informationen zu den Neonazis und deren Sympathisanten in der näheren Umgebung Ostfriesland durchgehen. Vielleicht gibt es ja eine andere Zelle, von der wir nichts wissen. Der Typ muss sich doch hier irgendwo in der Gegend versteckt halten. Irgendjemand gewährt ihm Unterschlupf, den gilt es ausfindig zu machen. Wir drehen einfach jeden Stein um, auf den ein Neonazi auch nur jemals gepinkelt hat." Ihr lustiger Spruch brachte sie vollständig ungewollt zum Lachen. Anja hatte mit ihrer etwas unkonventionellen Ansage der Truppe wieder etwas neuen Spirit eingehaucht.

„Okay, so machen wir es", stimmte Peter zu und war Anja für die positive Initiative, die sie zeigte, dankbar. „Lasst uns all die Daten durchgehen, die wir im Zusammenhang mit Andreas Janssen finden. Durchleuchtet seinen Computer und sein Handy. Ich will wissen, mit wem er Kontakt hatte und wann. Ihr behaltet die frei gelassenen Neonazis weiter im Auge und überprüft, mit wem sie Kontakt aufnehmen. Anton, wir brauchen alle Adressen von rechten Sympathisanten in der Krummhörn. Dann klappern wir eine Adresse nach der anderen ab. Es sollte doch mit dem Teufel zugehen, wenn wir den Vogel nicht aufscheuchen können."

Plötzlich kam wieder richtig Schwung in die Bude, ein jeder war auf einmal mit etwas beschäftigt. Das ganze Team schien wiederbelebt zu sein, als hätte ihnen jemand eine große Nadel Adrenalin injiziert. Anton Jakobs hämmerte unablässig auf die Tastatur seines Laptops und druckte alsbald Listen von Namen mit Adressen aus. Er händigte jedem Kollegen eine Kopie der Liste aus und sagte nachdrucksvoll: „Denkt daran, Leute, unsere heute verhafteten Neonazis sind die der alten Schule. Mit ihren Glatzen und Tattoos erkennt die als solche ein Blinder mit dem Krückstock. Die Nachwuchsgeneration von Neonazis kleidet sich heute lieber modern und unauffällig. Äußerlich tritt der Rechte so vielfältig in Erscheinung wie ein Chamäleon und er ist auch ebenso anpassungsfähig. Neonazis geben sich heute cool, tragen, ironischerweise wie die Linken, Kapuzenpullover, umgeben sich mit Hip-Hop-Flair oder unterscheiden sich äußerlich überhaupt nicht mehr von normalen Menschen. Selbst in Anzug und Krawatte sowie rhetorisch gut geschult finden wir sie unter uns. Lasst euch also nicht durch das Äußere täuschen, bleibt vorsichtig."

Kapitel XVI

Donnerstag, 11. Mai, zur gleichen Zeit

Mohammed Bari schaute immer wieder mit nervösen Blicken über seine Schulter den langen dunklen Kellergang hinunter. Er hatte, um so wenig wie möglich gesehen zu werden oder jemandes Aufmerksamkeit auf sich zu ziehen, kein Licht im dunklen Kellerflur gemacht. Erst als er sich total sicher war, dass niemand anders sich in den Kellerräumen aufhielt, steckte er den Schlüssel in das schwere eiserne Vorhängeschloss und öffnete die Holztür. Was war nur geschehen, fragte er sich, als er die Tür von innen zuzog und verschloss. Er konnte sich keinen Reim darauf machen, wieso jemand die Brüder Aadil und Hajid Musa erschossen hatte. Die beiden waren harmlos gewesen, sie stellten doch keine Gefahr für die Deutschen dar. Islamisten, wie er es einer war, waren sie schon gar nicht, von Dschihadisten ganz zu schweigen. In Mohammeds Augen waren sie noch nicht einmal vorbildliche, gläubige Moslems gewesen. Trotz mehrfacher Versuche hatte nicht einmal er sie zum wahren Glauben des Islams zurückführen können. Nach wenigen Monaten in Deutschland zeigten die beiden nur noch Interesse für Mädchen, neue Handys, Autos und andere unislamische Dinge. In ihrer Heimat Syrien wären sie dafür hart bestraft worden, aber hier gab es keine Kläger, keine Scharia, in diesem Land der Ungläubigen durften sie sogar das Beten vernachlässigen. Für Mohammed kam ihr Tod fast einer gerechten Strafe gleich, denn Aadil und Hajid hatten in Allahs Augen Haraam begangen, Dinge, die im Islam gleichbedeutend mit verboten sind. Mohammed selber lebte streng halal, das so viel wie erlaubt bedeutet. Er tat nur die Dinge, die ihm sein Glauben erlaubte. Er war ein gläubiger Moslem, ein Kämpfer für Allah und seines Propheten Mohammed, dessen Namen er mit ganzem Stolz trug. Die Musa-Brüder waren nach Deutschland gekommen, um dem Krieg zu entfliehen. Er war einzig und allein aus einem Grund in Deutschland, Rache. Mohammed wollte Bestrafung für den Tod seiner Familie, Vergeltung für seine zerstörte Heimat, Sühne für die unzähligen Opfer des Krieges in Syrien. Ihm war durch die intensiven Lehren seines Scheiks klargemacht worden, dass, neben dem Islamischen Staat, es die Schuld des ungläubigen Westens war, dass es seine Familie nicht mehr gab. Er war zu einem gnadenlosen, Terror bringenden Kämpfer der Al-Kaida ausgebildet worden. Er hatte dem Westen den Dschihad erklärt!

Was Mohammed nicht wusste oder ihn niemals gelehrt worden war, ist, dass Dschihad zwar oft als Heiliger Krieg übersetzt wird, aber die ursprüngliche Wortbedeutung im Koran nichts mit dem Schreckgespenst der westlichen Welt, blindwütigem Fanatismus oder gar Selbstmordattentätern zu tun hatte. Keiner seiner fanatischen Lehrer in Syrien hatte ihm jemals erklärt, dass der Dschihad im Koran durchaus unterschiedliche Bedeutungen besaß. Er kann eine geistige Anstrengung meinen, den inneren Kampf gegen die Verführung falscher Lehren, aber manchmal auch den Kampf mit der Waffe in der Hand. Mohammed war immer nur wieder eingebläut worden:

„Und kämpfet für Allahs Sache gegen jene, die euch bekämpfen, doch überschreitet das Maß nicht, denn Allah liebt nicht die Maßlosen. Und tötet sie, wo immer ihr auf sie stoßt, und vertreibt sie von dort, von wo sie euch vertrieben ... Und bekämpft sie, bis die Verfolgung aufgehört hat und der Glauben an Allah frei ist. Wenn sie jedoch ablassen, dann wisset, dass keine Feindschaft erlaubt ist, außer wider die Ungerechten." (Sure 2 190-193)

Das war Mohammeds Glaubensbekenntnis, dafür lebte er, und nur dafür allein. Sein Ziel war es, die Feinde Allahs in Deutschland zu töten, und zwar so viele wie möglich.

Monate nachdem er in Emden Fuß gefasst hatte, war Mohammed Bari vorsichtig mit einer ihm gegebenen Kontaktadresse der Al-Kaida in Verbindung getreten. In Syrien hatte man ihn vor seiner Abreise mehrere E-Mail-Adressen mit Passwörtern auswendig lernen lassen. Nach seiner Ankunft in Deutschland sollte er diese immer nur aus einem öffentlichen Internetcafé benutzen. Man hatte ihm eingebläut, er müsste sich mit der E-Mail-Adresse und dem Passwort einloggen, einen Entwurf einer E-Mail verfassen, aber nicht absenden. Am nächsten Tag sollte er im Ordner für Entwürfe nachschauen, ob eine Antwort dort hinterlegt worden war. Mohammed hatte gleich beim ersten Kontaktversuch eine Antwort erhalten. Seither stand er in regelmäßiger Verbindung mit seinem Kontaktmann. Der Mann nannte sich einfach nur Asim, was auf Arabisch so viel wie der Beschützer bedeutet. Asim ermahnte Mohammed immer wieder zur Vorsicht. Er sollte sich stets unauffällig verhalten, die deutschen Behördenanweisungen strikt befolgen, bis zum Tage der Vergeltung ja nicht mit dem Gesetz in Konflikt geraten. Mohammed tat wie ihm geheißen und lebte unauffällig unter all den anderen Asylanten in Emden. Er studierte die deutsche Sprache, besuchte fleißig die angebotenen Integrationskurse, lernte alles das, was er für wichtig erachtete, um seinen Plan erfolgreich durchzuführen. Und einen Plan hatte er gemacht, einen, der mit dem sicheren Tod von vielen Ungläubigen enden würde. Es war ein sehr teuflischer Plan, aber für Mohammed Bari hatte er nichts Teuflisches, im Gegenteil, für ihn war er glorreich und würde ihm das Tor zum Paradies öffnen.

Er hatte eine lange, präzise Liste von dem erstellt, was er für seinen Vergeltungsschlag benötigte. Diese Liste hinterlegte er per E-Mail im Entwürfeordner. Es dauerte nur wenige Tage, bevor er eine Antwort erhielt, die ihm versicherte, die Bestellung wäre akzeptiert. Asim informierte ihn aber gleichzeitig darüber, sie könnte nur in mehreren einzelnen Lieferungen geliefert werden. Zusätzlich zu der Antwort, die Mohammed in dem Ordner fand, wurde ihm erklärt, es könnte bei dem sehr großen Umfang der Lieferung auch durchaus etwas länger dauern. Die Nachricht enttäuschte ihn nicht, denn es war auch nicht wenig, was er für seinen Plan angefordert hatte. Er wollte mehrere Kilo Sprengstoff, elektronische Zünder sowie eine Waffe mit Schalldämpfer und ausreichend Munition. Mohammed hatte keine Eile, für seinen Anschlag hatte er zuvor genügend Zeit eingeplant. Der Tod sollte sowieso erst im Juni nach Emden kommen. Ende Juni, zu den Matjestagen, um genau zu sein, dann, wenn die Stadt so richtig voll mit auswärtigen Besuchern war. Er hatte ein Matjesfest im letzten Jahr miterlebt, die ausschweifende Fröhlichkeit, den Trubel und Jubel. Die fröhliche Heiterkeit stand im totalen Kontrast zu seiner Gemütsverfassung, weil zur gleichen Zeit in Syrien die Menschen von westlichen Bomben zerfetzt wurden. Sein Hass wuchs in den Tagen deutlich und er schwor, es sollte ein blutiger Terrorakt werden, mit vielen Toten und Verletzten. Er lächelte bei dem Gedanken vor sich hin, er fühlte sich erhaben. Er war der Einzige, der richtig verstand, was es bedeutet, Allahs Instrument der Rache zu sein. Es war, inshallah, so Gott will, seine Bestimmung!

Die Lieferungen bekam er nach und nach durch öffentliche Paketdienste zugeschickt. Sie trafen sporadisch bei ihm ein. Es gab aber auch die eine oder andere persönliche Lieferung an seiner Tür. Kleine Päckchen wurden, ohne viel Worte, einfach durch einen Fremden abgegeben. Mit der Zeit lieferte ihm Asim alles, was Mohammed bestellt hatte, und er begann mit dem Bau seiner todbringenden Bomben. Aus den verschiedenen Ecken des Kellerraumes holte er einzelne Kartons hervor. Er hatte sie absichtlich überall verteilt zwischen anderen Kartons in die Regale gestellt. Er prüfte jeden einzelnen der Kartons, ob jemand in der Zwischenzeit einen geöffnet hatte. Mohammed hatte, um dies feststellen zu können, einen simplen Trick angewendet. Er hatte jeweils unauffällig ein Haar mit etwas Tesafilm über die Öffnung geklebt. War das Haar zerrissen, musste jemand den Karton geöffnet haben und sein Plan war gefährdet. Es blieben ihm in dem Fall nur zwei Möglichkeiten, er müsste den Neugierigen entweder schnell finden oder sofort woanders untertauchen. Nachdem er alle Kartons überprüft und für in Ordnung befunden hatte, begann er mit seinem grausigen Werk. Er arbeitete fast eine volle Stunde lang fieberhaft konzentriert, genau, wie man es ihn in Syrien im Ausbildungslager gelehrt hatte. Er wog und teilte gewissenhaft den Sprengstoff, verlötete Drähte, verpackte Metallkugeln, Schrauben und Nägel, um danach alles in drei separaten Rucksäcken zu verstauen. Zufrieden starrte er anschließend auf sein Meisterstück der Vernichtung. Mit einem Blick auf seine Uhr legte er dann einen Gebetsteppich auf dem grauen Steinkellerboden aus und begann mit seinem Nachmittagsgebet. Als strenggläubiger Muslim betete Mohammed fünf Mal am Tag. Während der Fadschr, der Morgendämmerung, am Zuhr, dem Mittag, an Asr, dem Nachmittag, am Maghrib, zum Sonnenuntergang und an Ischa, dem Abend, ein letztes Mal. Nach seinem Gebet ging er zurück zu seiner kleinen Werkbank, die er, vorsichtig verräterische Spuren verwischend, mit einer alten Plane abdeckte. Mohammed war sich eigentlich ziemlich sicher, dass niemand sich bisher für seine Kelleraktivitäten interessierte. Er war trotzdem immer äußerst vorsichtig, hatte niemals jemanden ins Vertrauen gezogen oder sonst ein auffälliges, verräterisches Verhalten an den Tag gelegt. Mit dem unfreiwilligen Tod seiner Mitbewohner war es jedoch jetzt anders geworden. Es könnte gut sein, dass die Polizei im Mordfall überall nach Spuren suchen würde, auch im Keller. Wenn er nicht vorsichtig genug war, könnten sie, wenn auch nur durch einen reinen Zufall, die Bomben in seinem Versteck finden. Das durfte er nicht zulassen, es war seine heilige Pflicht, Allahs Rache zu vollenden. Außerdem stand sein Plan kurz vor der Ausführung, er musste ihn vor Entdeckung schützen. Deshalb verstaute er diesmal alles in eine große, alte, total verstaubte Metallkiste, die er per Zufall vor Tagen in einem der hinteren, verlassenen Nachbarkeller entdeckt hatte. Der andere Kellerraum schien, dem Staub nach zu urteilen, total unbenutzt zu sein. Mohammed war überzeugt davon, dass keiner so recht wusste, welcher Wohnung er überhaupt zuzuordnen war.

Er hatte sich eigens ein weiteres Schloss für den Raum und die alte Kiste besorgt. Es barg zwar ein großes Risiko, seine Bomben dort zu verstecken, aber das musste er jetzt, wo die Polizei hier im Haus herumschnüffelte, in Kauf nehmen. Mit einem letzten unsicheren Blick auf die alte Metallkiste verließ er ungesehen den Keller.

Kapitel XVII

Freitag, 12. Mai, morgens in der Krummhörn

Das Team hatte sich am Vortag darauf geeinigt, für den nächsten Morgen keine Zeit mit weiteren Einsatzbesprechungen zu verlieren. Die Aufgaben waren festgelegt worden, ein jeder wusste, was er zu tun hatte. Der neue Tag zeigte sich mit einem strahlend blauen Himmel und einer herrlichen Frühjahrssonne von seiner besten Seite. Während Anja und Faris Marzouk sich in Richtung Borssum aufmachten, um weitere Befragungen der dort möglichen Zeugen durchzuführen, fuhren Peter und Anton Jakobs in die Krummhörn. Klaus kümmerte sich währenddessen im Büro darum, weitere Informationen über Personen auszugraben, die durch Ausländer irgendwie zu Schaden gekommen waren.

Peters und Antons Ziel war das Dorf Upleward in der Krummhörn, das eigentlich zum Polizeidistrikt Aurich gehörte. Die dortige Staatsanwaltschaft hatte aber keine Probleme damit, dass die Emder Polizei bei ihrer Suche nach dem flüchtigen Mörder Andreas Janssen in ihrem Einsatzbereich tätig wurde. Die Grenzen der Zuständigkeit waren eh aufgehoben, da der Verfassungsschutz in diesem speziellen Fall federführend die Obrigkeit übernommen hatte. So war das nun mal mit der gründlichen deutschen Amtslandschaft, für alles gab es die richtigen Zuständigkeiten und entsprechende Erlasse. Es machte die Ermittlungsarbeiten daher niemals leichter, sondern konnte sie sogar im Regelfall negativ beeinflussen. Peter war das natürlich so ziemlich egal, für ihn zählte das Resultat seiner Ermittlungen. Er wollte sich nicht bei jeder Kleinigkeit der Ermittlungen um die hinderlichen Rangeleien der Zuständigkeit kümmern, für ihn gab es viel Wichtigeres. Durch Zufall hatten sie am Vortag von einem Neonazisympathisanten eine interessante SMS abfangen können, die auf ein mögliches Versteck von Andreas Janssen schließen ließ. In dem alten ostfriesischen Dorf Upleward gab es direkt am Deich einen alten, abseits gelegenen Bauernhof, der bekanntlich einem der NPD zugehörigen Bauern gehören sollte. Zusätzlich bestätigten Telefonauswertungen des Janssen-Handys gleich mehrfachen Kontakt mit dem Besitzer des Hofes, einem gewissen Ubbo Folkerts. Nach kurzer Recherche wussten die Beamten, dass die Familie Folkerts den Hof mittlerweile schon in fünfter Generation betrieb. Anton Jakobs konnte ergänzend häufige rechte Aktivitäten auf dem Hof bestätigen. Er berichtete, dass der Hof immer wieder als eine Art Trainingslager für braune Elemente diente. Es wurden dort öfter im Jahr durch verschiedene Gruppierungen sogenannte Wehrsportübungen abgehalten. Zur Eigentümerfamilie war zu sagen, Ubbo Folkerts, zweiunddreißig Jahre alt, war ein polizeilich bekannter Sympathisant der rechten Szene. Er hatte den Hof vor vier Jahren von seinem früh verstorbenen Vater, Heinrich Folkerts, geerbt. Heinrich Folkerts war zu Lebzeiten im Dorf als ein streitsüchtiger, ausländerfeindlicher Griesgram bekannt gewesen. Ihm wurden auch sehr direkte Verbindungen zur NPD nachgesagt. Ubbos Großvater, Frerich Folkerts, war während des Dritten Reiches sogar der Ortsvorsteher der NSADAP in Upleward gewesen. Der alte Opa Folkerts lebte auf dem Altenteil des Hofes. Die Dorfbewohner sagten hinter verhohlener Hand, er würde bis heute in seiner glorreichen Nazivergangenheit schwelgen. Mit solch einer Familientradition war es natürlich kein großes Wunder, dass der Enkelsohn Ubbo zu den Sympathisanten der rechten Szene gehörte. Der Apfel fällt nicht weit vom Stamm, wie man so schön sagt.

Während drei Einsatzwagen der Polizei die Vorhut bildeten, fuhren Peter und Anton in Peters Triumph Stag der Kolonne hinterher. Peter hatte Anton dazu überreden können, den Einsatz an diesem schönen Frühlingstag gleichzeitig zu einer Spritztour mit seinem Cabrio zu nutzen. Der englische Achtzylinder, frisch gewaschen und poliert, brummte freudig die Rysumer Landstraße entlang. Die Lackierung in British Racing Green passte hervorragend zu dem schönen Oldtimer. Die detailverliebte Restaurierung des Wagens war optisch wie technisch perfekt, sodass dem Fahrspaß nichts im Wege stand. Und welch einen Spaß eine Ausfahrt über Land machte, spiegelte sich in den erfreuten Gesichtern der Insassen. Mit einem sanften Röhren des Auspuffs ging es an der Ortschaft Wybelsum vorbei in Richtung Rysum. Die optisch großen Räder des Stags fraßen regelrecht die Landstraße von Loquard, durch Campen hindurch bis hoch zum kleinen Dorf Upleward an der Küste, etwa zehn Kilometer nordwestlich von Emden.

„Ist schon ein richtig supertolles Gefühl, mit deinem Wagen so offen durch die Landschaft zu fahren. Man bekommt eine ganz andere, klarere Sichtweise zur Umgebung, als immer nur durch die Scheiben der geschlossenen Blechkisten zu glotzen. Auch den Fahrtwind und die frische Luft zu verspüren ist viel besser. Mann, und der Sound vom Motor des Stags ist einmalig. Ich hätte nicht gedacht, dass es so viel Spaß macht", bemerkte Anton, die Fahrt sichtlich genießend, anerkennend.

„Freut mich, dass es dir gefällt, Anton. Für mich gibt es fast nichts Besseres, als mit meinem Stag offen durch die Gegend zu fahren. Meine Erfahrung ist, wer einmal intensiv Cabrio gefahren hat, dem fällt es später schwer, wieder auf ein geschlossenes Fahrzeug umzusteigen. Ich fürchte, die Fahrt heute wird dein Leben für immer verändern", grinste Peter. Im gleichen Moment sah er, wie die Polizeiwagen vor ihnen Blinker setzten. „Moment mal, wir müssen fast da sein, hier muss es irgendwo zum Hof abgehen."

„Da vorne links ab, dort, wo die Kollegen gerade abbiegen", zeigte Anton, den Zeigefinger auf eine lange Allee mit von stürmischen

Küstenwinden geneigten Bäumen richtend. „Da hinten auf der kleinen Warft stehen die Hofgebäude der Folkerts, dort sind wir an unserem Ziel."

„Kannst du mir den Begriff Warft erklären?", fragte Peter, der den Ausdruck schon öfter gehört, aber sich bisher nie über seine Bedeutung so richtig Gedanken gemacht hatte.

Erstaunt schaut ihn Anton an. „Was, du weißt nicht, was eine Warft ist? Also dann pass mal auf, eine Warft oder Warf ist ein aus Erde aufgeschütteter Siedlungshügel, der dem Schutz von Menschen und Tieren bei Hochwasser dient. Auf einer Warft können sich je nach Ausmaß Einzelgehöfte oder aber auch ganze Dörfer finden. Die Form ist meistens rund, manchmal sind es aber auch länglich gestreckte Hügel. Warften gibt es hier überall in Ostfriesland, wenn ich mich recht erinnere, sind es achtzehn Warftdörfer insgesamt, dazu kommen noch einige einzelne Gehöftwarften. Die sind alle seit Urzeiten hier, Upleward zum Beispiel ist fast 1300 Jahre alt und steht auf so einer alten Warft. Es gibt aber auch noch ältere. Die bereits seit dem 3. Jahrhundert v. Chr. entstandenen Hügel sicherten lange vor dem Deichbau als einzig wirksamer Schutz vor Sturmfluten."

„Jetzt, wo du es mir erklärt hast, muss ich sagen, sind mir diese Hügeldörfer schon öfter aufgefallen, ich habe bloß nie über die Logik der Erhöhungen der Ortschaften so richtig nachgedacht. Macht aber totalen Sinn, das Ganze."

„Aus dir wird vielleicht noch einmal ein waschechter Ostfriese, man soll die Hoffnung ja nie aufgeben", bemerkte Anton mit einem leichten Lächeln im Gesicht. „Wir sind da, die Kollegen haben schon strategisch so geparkt, dass keiner mehr vom Hof fahren kann."

Wie aus dem Polizeilehrbuch waren die Einsatzfahrzeuge quer vor der Hofausfahrt geparkt und blockierten somit die Zufahrtsstraße. Aus den zwei Mannschaftswagen der Polizei sprangen schwer bewaffnete Beamte mit Schutzwesten und sicherten sofort den Hofplatz sowie sämtliche Gebäude. Der mit einem groben, grauen Kopfstein gepflasterte Hofplatz zwischen dem Haupthaus der großen alten Scheune und anderen, aus roten Ziegelsteinen gemauerten Nebengebäuden wimmelte plötzlich von Polizisten. Das laut trampelnde Geräusch der groben Einsatzstiefel des Einsatzkommandos der Polizei hallte zwischen den Gebäuden martialisch wider. Vor dem Scheunentor riss ein Monstrum von schwarzem Schäferhund wild bellend, aggressiv zähnefletschend an seiner Kette. Die Beamten hielten sich sichtlich respektvoll von dem Tier entfernt. Man konnte ihnen anmerken, alle hofften, die Kette würde stark genug sein und halten, denn keiner wollte gerne das prächtige Tier erschießen müssen.

Peter bemerkte vor einem der Seitengebäude mehrere geparkte Fahrzeuge mit Auricher und Wilhelmshavener Kennzeichen. Hinter den milchigen Glasfenstern eines der Nebengebäude sah man verschiedene Gesichter auftauchen und neugierig hinausschauen. Auf einer Bank neben der Eingangstür zum Haupthaus saß ein bärtiger alter Mann mit einer langen, schmauchenden Meerschaumpfeife im Mundwinkel. Aus schmalen Augenwinkeln beobachtete er die ganze Angelegenheit und tat so, als wenn es ihn alles gar nichts anginge. Erst als Peter und Anton direkt auf ihn zuschritten, sah er nur einmal kurz auf, spuckte verächtlich vor ihre Füße und rief dann mit fester Stimme auf Plattdeutsch: „Ubbo, kumm rut, de Gendarmen wölln wat van di!"

In der Tür erschien sofort ein kräftiger junger Mann, groß, blond blauäugig, mit kurz geschorener Haarfrisur, wie man sie in Deutschland gerne in den dreißiger Jahren trug. Er sah aus wie einem Bildband der arischen Nazikultur entsprungen, als er so stolz in seinem weißen Unterhemd mit Deutschlandadler, langer, dunkler blauer Jogginghose muskelbepackt im Türrahmen des Hauptgebäudes stand. Er betrachtete die vor ihm stehenden Polizisten argwöhnisch. Genauso wie der alte Mann, spuckte Ubbo Folkerts den Polizeibeamten verächtlich vor die Füße und raunzte respektlos: „Was soll denn der ganze Armeeaufmarsch hier auf meinem Hof? Habt ihr mal wieder Langeweile und nichts anderes zu tun, als ehrlichen deutschen Menschen die Zeit zu stehlen? Ihr solltet euch mal lieber um die arabischen Terroristen kümmern, die hier überall herumlungern, als uns unbescholtene Bürger einfach so am frühen Morgen zu überfallen.“

„Reg dich mal nicht so auf, Ubbo, und sperr deinen Hund in den Zwinger. Du willst doch sicherlich nicht, dass wir das schöne Tier erschießen müssen“, erwiderte Anton, der Ubbo Folkerts von früheren Einsätzen her kannte, ganz ruhig. „Außerdem weißt du ganz genau, warum wir hier sind. Sag's lieber gleich, ist er hier, hältst du ihn versteckt, oder müssen wir erst den ganzen Hof nach ihm durchsuchen?“

In Ubbos Augen flackerte es kurz, dann sagte er mit verächtlichem Ton: „Ich habe keine Ahnung, von wem du sprichst, Bulle. Wer soll denn hier sein, habt ihr mal wieder jemanden verloren? Hier sind nur mein Vater und ein paar Freunde aus der Umgebung, die mir bei der Frühjahrsaussaat helfen. Ihr könnt euch gerne, soviel wie ihr wollt, umschauen, finden werdet ihr eh nix.“

Das gesagt, drehte er sich einfach um, nahm den Hund von der Kette und brachte ihn in seinen Zwinger. Auf Antons Zeichen setzten sich die Beamten in Bewegung und begannen mit einer gründlichen Durchsuchung des Hofes. Irgendwie war es Peter aber von vornherein klar, dass sie den Gesuchten hier nicht einfach so vom Präsentierteller einsammeln konnten. Er war sich aber dennoch ziemlich sicher, dass Frank Wilkens Mörder sich irgendwo auf dem Hof oder in der unmittelbaren Umgebung versteckt hielt. Ubbo Folkerts' leicht verräterisches Augenflackern bei Antons Ansprache hatte Peter eine gefühlte Gewissheit gegeben. Falls sie Andreas Janssen hier heute so nicht finden würden, müsste er ohne groß angekündigten Aufmarsch nochmals wiederkommen. In der Nacht, aber besser allein, eher mehr mit einem kleinen Überraschungseffekt. Peter prägte sich für sein Vorhaben schon mal ganz im Stillen den Umriss der Hofanlage ein. Er zählte die Anzahl der anwesenden Personen auf dem Hof. Neben Ubbo, seinem Vater waren es drei weitere Personen, die sich zurzeit in den Gebäuden aufhielten. Mit dem Blick eines erfahrenen Krav-Maga-Experten schätzte er dabei die physischen Eigenschaften der Männer ab. Er sah ihnen auch genau in ihre Augen, die manchmal viel über ihren Träger aussagen. Manchen Menschen konnte man gewisse Eigenschaften an den Augen ablesen. Peter konnte aber nur bei zwei der Männer eine wirklich gefährliche, zum Teil grausame, Ausstrahlung feststellen. Diese Typen durfte er auf keinen Fall unterschätzen, vermerkte er für sich. Die beiden Männer trugen die typische tätowierte Glatze, Springerstiefel sowie das ganze Neonazioutfit der Klischeeklasse A. Es war aber, neben ihren hasserfüllten, starrenden Blicken, die vorsichtige Leichtfüßigkeit ihrer lauernden Bewegungsabläufe, die Peter sie als erfahrene, gefährliche Schläger einstufen ließ. Zuletzt schweifte sein Blick noch zum Hundezwinger. Der Schäferhund barg ein weiteres Problem, aber auch dafür hatte er schon eine Lösung in seinem Hinterkopf parat. Die Durchsuchung verlief, wie nicht anders von Peter erwartet, erfolglos. Der gesamte Bauernhof war in Bezug auf rechtsradikale Merkmale steril sauber. Noch nicht einmal die sonst so typische Reichskriegsflagge wurde gefunden, geschweige denn der flüchtige Mörder Anton Janssen oder sein Fluchtfahrzeug. Die Beamten konnten nichts weiter tun, als noch die Daten der anderen anwesenden Personen aufzunehmen und sich zurück zu ihren Fahrzeugen zu begeben.

„Ich hätte da noch eine Frage an Sie, Herr Folkerts", wandte sich Peter an den jetzt ruhig neben seinem Großvater auf der Bank sitzenden Ubbo Folkerts. „Ich wüsste gerne, wo Sie am Sonntag, dem 9. April, um 10 Uhr abends waren?" Als er die Frage stellte, hatte Peter ihm dabei direkt in die Augen geschaut, um genau die Reaktion von Ubbo Folkerts zu beobachten. Dieser hatte seinem Blick standgehalten, weder mit der Wimper gezuckt noch sonst eine der klassischen verräterischen Mimiken auf die Ansage folgen lassen.

„Herr Kommissar", lächelte er spöttisch. „Wenn Sie mich auf mein Alibi für die Morde an den Asylanten in Borssum ansprechen, dann muss ich Sie enttäuschen. Ich war zu der Zeit mit meinem Großvater im Emder Krankenhaus, dem ging es nämlich nicht sehr gut. Er hatte sich an dem Tag wohl etwas übernommen und sein Herz hatte ihm arg Probleme gemacht. Das können Sie aber gerne nachprüfen."

„Das werden wir, darauf können Sie sich verlassen", antwortete Peter, obwohl er mit an Sicherheit grenzender Wahrscheinlichkeit wusste, dass Ubbo diesmal die Wahrheit sprach.

„Na, dann wünsche ich noch viel Glück bei Ihrer weiteren Suche, Herr Wachtmeister", verspottete Ubbo Folkerts grinsend die Beamten, die, begleitet vom lauten Bellen des Schäferhundes, unzufrieden und unverrichteter Dinge den Hof verlassen mussten.

„Dem wird das Grinsen schon noch früh genug vergehen", knurrte Anton auf der Rückfahrt in Peters Wagen. „Ich bin mir sicher, Andreas Janssen ist auf dem Hof, aber dort gibt es tausend Möglichkeiten, jemand versteckt zu halten. Den zu finden, dafür müssen wir große Geschütze auffahren, wie Hubschrauber mit Wärmebildkameras, Hunde und wesentlich mehr Beamte. Ich rede mit Theesen darüber, wenn wir zurück im Revier sind."

„Lass mal lieber, Anton, falls er dort war, werden ihn Folkerts und Kumpane, nachdem wir abgerückt sind, jetzt bestimmt umquartieren.

Wir lassen einfach eine Weile die Zufahrtsstraße zum Hof überwachen, aber mehr können wir hier im Moment nicht ausrichten. Mach dir mal keine Sorgen, früher oder später kriegen wir das Schwein!"

Peter lenkte den Stag zurück auf die Landstraße, wo er kräftig auf das Gaspedal drückte, sodass er und Anton in die bequemen Sitze gepresst wurden. Die Rückfahrt nach Emden erfolgte mehr oder weniger wortlos, wobei Peter schon insgeheim an seinem Plan, in der Nacht zurückzukehren und dem Hof einen zweiten, inoffiziellen Besuch abzustatten, schmiedete.

Kapitel XVIII

Freitag, 12. Mai, morgens zur gleichen Zeit in Borssum

Auf dem Weg nach Borssum schätzten Anja und Faris Marzouk sich gegenseitig ab. Ihr Gespräch ging um ihre unterschiedlichen Meinungen über die Motivlage der Morde an den Asylanten. Anja wollte nicht so recht an das Klischee, Neonazi gleich Mordmotiv, glauben. Sie wollte offenbleiben für andere Beweggründe der Täter. Faris tendierte aus eigener Erfahrung dafür, den oder die Täter im rechtsradikalen Milieu zu suchen. In andere Richtungen zu suchen, hielt er für reine Zeitverschwendung.

„Anja, wieso beharrst du eigentlich so darauf, dass es sich bei dem Mord nicht um eine Tat mit rechtsradikalem Hintergrund handelt"?

„Ich weiß nicht, Faris, es ist so eine Intuition. Die Hakenkreuze schreien geradezu nach Neonazis, aber ich werde das Gefühl nicht los, dass uns jemand auf eine falsche Fährte locken will, und ich lass mich nicht gerne verarschen."

„Weibliche Intuition also, na gut, Anja, ich will hier mal nicht den Macho raushängen lassen. Dann lass uns deine Theorie doch mal durchspinnen. Wer könnte denn deiner Meinung nach sonst noch als Täter infrage kommen?"

„Ganz einfach, vielleicht jemand, der schlechte Erfahrungen mit Ausländern gemacht hat."

„Ja, das Argument gestehe ich dir zu, da gibt es Personen in der Bevölkerung, aber deshalb bringt man doch nicht gleich zwei junge Männer um, nur weil man schlechte Erfahrungen gemacht hat."

„Ne, ne, ich meine das schon anders. Die schlechte Erfahrung kann in Verbindung mit einer körperlichen oder seelischen Verletzung einhergehen, da kann es viele Gründe geben."

„Trotzdem, Anja, deshalb begeht man nicht kaltblütig einen Doppelmord, erschießt zwei Männer und schmiert ihnen dazu noch Hakenkreuze mit Blut auf die Stirn. Ich bitte dich, glaube mir, das waren hartgesottene Neonazis der übelsten Sorte."

„Ja, vielleicht hast du ja recht, Faris. Wir sollten aber nicht jede Möglichkeit von vornherein ausschließen, ich sage da nur, Pferde und Apotheke."

O. k., o. k., ich gebe mich geschlagen, auf ein solches Argument gibt es keine Antwort mehr. Komm, wir sind da, lass uns den Wagen abstellen und mal sehen, was uns die Bewohner hier so über die zwei erzählen können. Ich möchte mir auch noch mal die Wohnung der Musa-Brüder anschauen."

Sie parkten den Dienstwagen auf einem der freien Parkplätze und liefen von dort zum Wohnblock der Musa-Brüder. Die gleichen Gestalten vom Vortag lungerten wieder vor der Haustür, spielten ein arabisches Brettspiel. Argwöhnisch wurde ihre Ankunft aufgenommen. Es stellte sich gleich nach wenigen Minuten der Befragungen der Männer heraus, es war absolut die richtige Entscheidung gewesen, Faris zum Fall hinzugeholt zu haben. Mit den Männern in ihren verschiedenen arabischen Dialekten sprechend, öffneten sie sich Faris gegenüber mehr und erzählten ihm einiges, was sie über die beiden Brüder Aadil und Hajid Musa wussten. Sie schilderten ihm, dass sie zwei harmlose junge Männer waren, die gerne mit ihren Fahrrädern unterwegs gewesen sind. Nein, antworteten alle einstimmig, radikal islamisch seien sie nicht gewesen. Genauer betrachtet waren sie sogar keine guten Moslems gewesen. Sie hatten sich nicht einmal mehr an die strengen Regeln des Korans gehalten. Sie hatten wiederholt Alkohol getrunken, wussten die Männer zusätzlich zu berichten, hatten die Gebetsstunden vernachlässigt und deutschen Mädchen nachgestellt. Ganz anders als ihr Mitbewohner Mohammed Bari, der war ein strenggläubiger Moslem und hielt sich eisern an die Gesetze des Islams. Bari war ihnen aber nicht sehr sympathisch, weil er immer für sich allein blieb und ihrer Meinung nach verächtlich auf sie herabschaute. Sie trauten ihm nicht, einer benutzte sogar den Ausdruck Dschihadi, was Faris aufhorchen ließ. Faris beendete daraufhin die Befragungen der Anwohner. Er war für den Anfang zufrieden mit dem, was er so weit herausbekommen hatte. Er informierte Anja, die, von niemand beachtet, nur wie Falschgeld danebengestanden hatte, über die verschiedenen Aussagen der Männer. Er verschwieg dabei auch nicht, dass einer von ihnen beiläufig den Begriff Dschihadi im Zusammenhang mit Mohammed Bari benutzt hatte. Gerade als sie in dem Eingangsbereich des Häuserblocks, wo die toten Asylanten gewohnt hatten, eintraten, winkte ihnen ein junger Mann aus dem Kellerbereich zu, sie sollten ihm folgen. Faris und Anja blickten sich erstaunt an. Als die beiden die Stufen hinab zum Kellereingang gehen wollten, sagte der junge Mann zu Anja: „Du nicht, du hier oben bleiben, warten und gucken, ob jemand kommt."

Faris folgte dem Mann allein in den Kellereingang. Dort erzählte ihm dieser, dass fast alle jungen Männer hier unter dem Einfluss von Rhabih Moussa, einem Mhallamiye-Kurden, standen, der hier in der Siedlung das Sagen hatte. Auf Faris' Frage, ob Rhabih Moussa auch ein Asylant war, antwortete der Mann, der seinen Namen nicht sagen wollte, mit einem klaren Nein. Er sagte, Moussa hätte schon lange einen deutschen Pass. Er und seine kurdische Bande würden einige Asylanten zum Drogenschmuggel und Verkauf von Drogen pressen, wenn nötig auch mit Gewalt. Erst gaben sie ihnen Geld und neue

Handys, Laptops, machten einen auf guten Freund und dann mussten die Asylanten ihnen erst kleine Gefallen tun, die dann bis zum Dealen mit Drogen auswuchsen. Wer querschießen oder aussteigen wollte, dem wurde mit physischer Gewalt gedroht, auch mit dem Tod. Faris war überrascht, solche Strukturen hier in Emden zu finden. Er kannte die Masche der arabischen Banden aus den Großstädten wie Berlin und Bremen, aber hier in der Provinz, in Emden? Das erschien ihm neu und er wunderte sich, ob Anja nicht doch recht mit ihrer Vermutung hatte, dass etwas ganz anderes hinter den Morden steckte. Faris war noch ganz in seine Gedanken vertieft, als der junge Mann plötzlich an ihm vorbei die Treppe hinauf sprintete. Hinter ihm im weiter entfernten, dunklen Kellergang hatte er plötzlich ein Geräusch gehört, das ihn aufgeschreckt hatte. Faris betätigte daraufhin erfolglos den nahe liegen Lichtschalter an der Wand, aber nichts geschah. Die Deckenlampen mussten defekt sein, dachte er sich. Dann hörte er sich nähernde Schritte und eine Gestalt tauchte aus dem Dunkel vor ihm auf. Es handelte sich um einen weiteren jungen Ausländer, der sich wortlos an ihm vorbeischob und im Treppenhaus verschwand. Faris ging leicht verwundert die paar Stufen wieder hoch zum Eingangsflur. Zu seinem Erstaunen musste er feststellen, von Anja fehlte jegliche Spur. Er wollte gerade die Tür zum Haupteingang öffnen, als Anja ihm von außen zuvorkam und wieder den Flur betrat.

„Der Typ ist mir entwischt", keuchte sie. „Der war einfach viel zu schnell. Was ist denn passiert, Faris, der ist ja wie von einer Tarantel gestochen aus dem Keller gekommen und schwups war er auch schon an mir vorbei und draußen."

„Mach dir keine Sorgen, es ist nichts passiert. Irgendeiner der Bewohner des Hauses, der aus seinem Keller kam, muss ihn erschreckt haben. Ich habe aber sehr interessante Neuigkeiten erhalten. Du wirst es nicht glauben, was hier vor sich geht. Halt dich fest, der ganze Wohnkomplex ist angeblich in der Hand eines kriminellen arabischen Clans. Ein gewisser Rhabih Moussa, ein Mhallamiye-Kurde, soll der Anführer sein. Die verleiten die Asylanten auf die übelste Weise zum Drogendealen und Drogenschmuggel. Eventuell hast du ja doch recht mit deiner Theorie, dass hinter den Morden noch etwas anderes stecken könnte."

„Hah, siehste", strahlte Anja, immer noch ganz außer Atem. „Es gibt nicht immer nur eine Antwort. So, dann lass uns jetzt mal diesen Mitbewohner der Musa-Brüder, Mohammed Bari, befragen. Der müsste uns ja einiges mehr zu seinen Hauskumpanen sowie ihren Verbindungen zu den Mhallimiyes, oder wie immer die heißen, erzählen können."

„Mhallamiye-Kurden, Anja, das sind arabische Clans, die hier in Deutschland mehr und mehr die organisierte Bandenkriminalität beherrschen. Ich habe einige schlechte Erfahrungen mit ihnen gesammelt. Die sind nicht ungefährlich und schrecken ganz gewiss auch vor einem Mord nicht zurück."

Sie liefen die Treppe hoch, zur Wohnung der Musa-Brüder. Dort drückte Anja den Türklingelknopf. Nach wenigen Minuten Warten öffnete sich, hinter einer Sicherheitskette, die Tür einen kleinen Spalt. Anja adressierte den Mann, der sie durch den Türspalt ansah: „Herr Bari, wir sind es noch mal, die Polizei. Wir hätten da noch ein paar weitere Fragen an Sie. Würden Sie bitte die Tür aufmachen und uns reinlassen?"

„Einen kleinen Moment", kam es aus dem Inneren zurück. Dann wurde hörbar die Sicherheitskette entriegelt und die Tür öffnete sich vollends. Vor ihnen stand Mohammed Bari, den Faris trotz der jetzt äußerlichen Veränderung sofort als den jungen Mann wiedererkannte, der sich vorhin im Keller einfach wortlos an ihm vorbeigeschoben hatte. Mohammed Bari war, anders als vorher im Keller, jetzt mit einem weißen Kaftan, darunter mit einer weißen Sunnahose bekleidet. Auf dem Kopf trug er eine Taquiyya, eine einfache gehäkelte Mütze. Sie mussten ihn bei der Ausübung seiner Religion gestört haben, denn gläubige Muslims bedecken ihr Haupt meistens nur beim Gebet.

„As salamu alaikum", begrüßte ihn Frais auf Arabisch, was übersetzt Friede sei mit dir heißt.

„Wa alaikum as salam", antwortete Mohammed Bari traditionell, das gleichbedeutend war, so auch mit dir.

Mohammed Bari wirkte, da auch er Faris sofort wiedererkannt hatte, im ersten Moment äußerlich sichtlich überrascht. Es konnte aber auch daran liegen, dass er nicht damit gerechnet hatte, mit Faris einem deutschen Polizisten gegenüberzustehen. Einem Moslem, wie er es war, der seine Sprache sprach, der versuchen würde, seine Seele zu ergründen. Mohammed war verunsichert, warum musste die Polizei ihm ein zweites Mal Fragen stellen, dachte er krampfhaft. Hatte er einen Fehler gemacht, waren sie ihm schon auf der Spur, hatte ein Kontaktmann geplaudert? Die Ungewissheit brachte ihn, je mehr er darüber nachdachte, umso mehr zum Schwitzen. Er sah, wie Faris ihn, ohne Höflichkeit im Blick, beobachtete, ihn unverhohlen musterte und schwieg.

Faris lächelte noch, doch plötzlich und für Mohammed unerwartet sprach er ihn auf Arabisch mit einem sehr herrschenden Ton an: „Was wissen Sie über die Machenschaften von Rhabih Moussa? Welche Verbindung hatte er zu den beiden Brüdern Aadil und Hajid Musa? Hat er Ihre Mitbewohner ermordet? Arbeiten Sie auch für den Mann? Reden Sie!"

Natürlich wusste Mohammed alles über den räudigen Kurden und seine Bande. Sie hatten es auch bei ihm versucht, aber er hatte sie eiskalt abblitzen lassen. Seine Mitbewohner waren leider auf den Kurden reingefallen. Er hatte sie immer wieder vor dem Schaitan, dem Teufel, gewarnt. Nicht allein ihretwegen, sondern mehr um seines Planes willen. Sie würden den Plan gefährden, wenn sie sich mit dem Hurensohn eines Kurden einließen, war von Anfang an seine Befürchtung gewesen, und so war es nun auch gekommen, Allah sei ihm gnädig und mögen die dummen Musa-Brüder in der Hölle schmoren. Mohammed überlegte krampfhaft nach einer Antwort. Er wusste, er konnte diesen Polizisten nicht so einfach belügen wie die deutschen Beamten. Denen konnte er in der Vergangenheit alles erzählen, sie glaubten ihm, dem armen Flüchtling, egal was er ihnen erzählte, aber nicht dieser Mann. Mohammed wusste genau, er musste diesmal sehr überzeugend den Unschuldigen spielen. Er durfte nicht direkt lügen, der Arab würde es merken. Er begann sein Spiel des Unschuldslamms, des armen gottesfürchtigen Asylanten.

„Inshallah, ich hatte sie oft genug gewarnt, aber sie sind vom rechten Glauben an Allah abgewichen und dem bösen Schaitan verfallen", antwortete er mit der Inbrunst des devoten Moslems auf Arabisch. „Ich verfluche den Kurden, möge Allah ihn und seine Brut vernichten. Sie wollten nicht auf mich hören, sie wollten Geld und Frauen. Der Kurde hat sie benutzt, wie er die meisten hier benutzt, er hat sie vom Weg des rechten Glaubens abgebracht. Aadil und Hajid haben mir schon lange nichts mehr erzählt und ich habe mich um meine eigenen Angelegenheiten gekümmert. Leider weiß ich nicht, was geschehen ist, aber ich habe damit absolut nichts zu tun. Ich will nur in Frieden leben und studieren, eine Arbeit finden und, inshallah, einmal eine Familie gründen. Ich bin dankbar hier in Deutschland zu sein und begehe keine Verbrechen."

Faris war nicht so richtig überzeugt, der Mann schien ihm zu glatt, denn seine Augen hatten diesen harten Blick. Die Augen sprachen ihre eigene Sprache, er hatte es zu oft in seinem Leben gesehen. Für den Augenblick gab es aber nichts mehr, was er noch tun konnte. Er nahm sich fest vor, wenn er zurück im Büro ist, sich die Akte von Mohammed Bari vom Amt für Asylangelegenheiten zu besorgen und im Detail zu überprüfen. Er hatte ein ungutes Gefühl und sein Bauchgefühl sagte ihm, dass mit dem Mann etwas nicht stimmte. „Danke, Herr Bari, ich möchte mir jetzt nur noch mal die Räume von Aadil und Hajid Musa anschauen, dann sind Sie uns auch schon wieder los", erwiderte er diesmal in einem wesentlich freundlicheren Ton.

Anja, die von der ganzen Konversation kein Wort verstanden hatte, bemerkte einzig und allein die leichte Spannung zwischen den beiden Männern. Faris, da war sie sich sicher, würde sie anschließend aufklären, worum es bei dem Gespräch im Detail gegangen war. Jetzt sah sie nur, wie Faris ihr zuwinkte und sich den Zimmern der beiden toten Brüder zuwandte. Faris stand jedes Mal einen Moment in der Eingangstür der Zimmer und ließ die Räume auf sich wirken. Dann durchsuchte er sie ein weiteres Mal, obwohl er sich ziemlich sicher sein konnte, dass der Spurensicherung bei der ersten Durchsuchung kein einzelnes Haar entgangen war. Es ging Faris aber mehr darum, einen Eindruck der Lebensumstände der ermordeten Exbewohner zu bekommen. Nach einem abschließenden Glas Wasser in der Küche verabschiedeten sie sich von Mohammed Bari und liefen zurück zu ihrem Wagen.

„Kannst du mir mal erklären, was das mit dir und dem Bari war? Ich habe zwar kein Wort von eurem Gespräch verstanden, aber dass da etwas nicht koscher war, habe ich genau bemerkt."

„Nicht schlecht, Anja, du bist eine gute Polizistin, dein Gefühl trügt dich nicht. Mohammed Bari ist nicht der, für den wir ihn halten sollen. Ich habe da so ein komisches Gefühl und will mir die Akte von dem Knaben einmal vornehmen. Der ist mir vorhin schon im Keller begegnet, als ich das Gespräch mit dem anderen Asylanten hatte. Da hat er sich einfach nur wortlos an mir vorbeigeschoben. Er dachte wohl, ich sei auch nur ein Asylant, der dort wohnen würde. Er war sichtlich erschrocken, nachdem ich mich an seiner Tür als Polizeibeamter ausweisen konnte. Dazu sprach ich seine Sprache, was ihn nur noch nervöser werden ließ. Warum wird der Junge nur so nervös, wenn er nichts zu verbergen hat, frage ich mich?"

„Nun ja, ist doch verständlich, seine beiden Mitbewohner sind ermordet worden, das passiert einem auch nicht jeden Tag. Vergiss nicht, er ist Asylantragsteller und hat Angst, dass ihm das Asyl verwehrt wird", antwortete Anja mit einer etwas zu großen Portion Mitgefühl.

„Könnte alles sein, aber ich bin mir nicht so sicher bei dem Typen, mit dem stimmt irgendetwas nicht. Was, das werde ich schon noch herausfinden. Ansonsten behauptet er, von dem Araber-Clan zu wissen, aber sich aus deren Geschäften herausgehalten zu haben. Seinen Mitbewohnern ist das wohl weniger gelungen, wie er sich vorsichtig ausdrückte. Aber Genaues konnte oder wollte er dazu auch nicht sagen. Was anderes, was hältst du von Mittagessen? Ich bin hungrig wie ein Wolf. Komm, ich lade dich ein, du kennst dich aus in Emdens Gastronomie und du darfst das Restaurant aussuchen."

„Oh, super," stieß Anja freudig aus. „Na dann nichts wie los."

Kapitel XIX

Freitag, 12. Mai, mittags in Borssum

Die drei Männer hatten ihren Wagen auf einem abseits gelegenen Parkplatz in der Wilhelm-Leuschner-Straße abgestellt. Rhabih Moussa, der Kurde, saß dort mit laufendem Motor wartend in einem dunkelblauen 5er BMW. Mit ihm im Wagen waren seine engsten Vertrauten, die Kohdr-Brüder, Emre und Goran. Sie beobachteten misstrauisch, wie Anja und Faris in ihren Wagen stiegen und aus der Siedlung fuhren. Ein Bewohner der Anlage, ein Mitarbeiter Rhabih Moussas, hatte ihn angerufen und darüber informiert, dass die Polizei den Asylanten viele Fragen stellte. Der stämmige Kurde öffnete die Wagentür, schnippte verächtlich seine Zigarettenkippe auf den Boden und sagte: „Na, dann wollen wir mal hören, was die scheiß Bullenschweine hier schon wieder wollten und wer von den Kaffern hier die Klappe nicht halten kann. Das gibt uns Gelegenheit, auch gleich ein Exempel zu statuieren."

Zielstrebig gingen die drei mit bedrohlich wirkenden Mienen auf eine Gruppe junger Ausländer vor einem Hauseingang zu. Als man sie bemerkte, wollte einer der jungen Männer sich plötzlich aus dem Staub machen, aber er kam nicht weit. Mit zwei, drei Sätzen hatte ihn Goran Kohdr eingeholt und ihn zu Boden gestoßen. Er zog ihn an den Haaren hoch, schlug ihm zweimal mit der flachen Hand ins Gesicht und stieß ihn in die Richtung seines Bosses. Der unterhielt sich derweil ruhig mit den verbliebenen jungen Ausländern, klopfte dem einen oder anderen auf die Schulter, bevor er sich mit einem grausamen Lächeln um den Mundwinkel dem Ausreißer widmete. „Warum rennst du davon, Hassan, bin ich nicht mehr dein Freund? Habe ich dir etwas getan, dass du mich nicht einmal begrüßen möchtest?", sprach er in einem freundschaftlichen Ton.

„Nein, nein, so ist das nicht, Scheikh Moussa", stammelte Hassan Khan angsterfüllt unterwürfig und versuchte Rhabih Moussa mit der Anrede Scheikh zu schmeicheln. Die Anrede Scheikh (Scheich) bedeutend im Arabischen so viel wie Ältester oder Oberhaupt und wird verwendet, um Respekt auszudrücken. „Verzeih mir, Scheikh, ich musste nur schnell mal ..."

Er kam nicht dazu, den Satz zu beenden, Rhabih Moussa schnitt ihm mit einer herrischen Geste das Wort ab. „Ist ja gut, Hassan, du brauchst dich nicht zu fürchten, ich tue dir ja nichts. Nun verrate mir lieber, was die Polizei von dir wollte. Es ist mir aus vertraulicher Quelle zugetragen worden, du hast mit ihnen länger geredet. Was hast du ihnen denn so erzählt? Ich hoffe doch, nichts über unsere kleinen Geschäftsbeziehungen, oder?", wurde der Tonfall jetzt merklich bedrohlicher.

„Nein, ganz bestimmt nicht, Scheikh. Sie wollten nur wissen, wo die Musa-Brüder gewohnt haben und was die den ganzen Tag so gemacht haben. Ich habe nichts von dir erzählt, die wissen gar nichts über deine Geschäfte hier."

„Das ist gut und so soll es auch bleiben und damit alle wissen, dass es sehr ungesund ist, mit der Polizei zu reden, mein lieber Hassan, wirst du mir dabei helfen, es allen verständlich zu machen."

„Wie, ich verstehe nicht, Scheikh, was kann ich dabei tun?"

Mit einer kurzen, sehr schnellen Handbewegung zog ihm Rhabih Moussa ein kleines scharfes Messer durchs Gesicht. Das Messer war plötzlich, wie aus dem Nichts, in seiner Hand aufgetaucht. Hassan Khan schrie auf vor Schmerz. Eine lange, stark blutende Schnittwunde zog sich quer über die linke Gesichtshälfte von seinem Ohr bis fast zum Mundwinkel. Rhabih Moussa schaute langsam in die Runde der Menschen, die vor den Hauseingängen lungerten oder sich vor lauter Neugier aus den Fenstern lehnten. Dann hob er den Finger und drohte: „Damit ihr alle Bescheid wisst, das passiert mit jedem, der mit der Polizei redet. Ich bin hier das Gesetz und bestimme, wo es langgeht, ist das klar? Wenn einer was zu sagen hat, soll er zu mir kommen!" So, dass auch jeder ihn ganz genau sehen konnte, drehte er sich, seiner Macht bewusst, einmal um seine Achse. Er starrte mit einem düsteren Blick die Menschen alle noch mal an, bevor er seinen Männern dann ein Zeichen gab. Wie in einem schlechten Gangsterfilm gingen sie langsam zurück zu ihrem Fahrzeug und fuhren gemächlich aus der Siedlung.

Die grausame Machtdemonstration war auch Mohammed Bari nicht entgangen. Hinter seinem Fenster hatte er alles beobachtet und wusste, er musste etwas tun, um diesen Teufel zu stoppen. Er hasste diesen Kurden genauso, wie er den IS hasste, der seine Familie getötet hatte. Mit ihrer Gewalt und Angst verbreitenden Brutalität unterdrückten sie die einfachen friedlichen Menschen, verführten sie zu Verbrechen. Diese Kurden waren keine guten Moslems und Allah würde ihm beistehen sie zu vernichten. Asim würde dies nicht gutheißen, dass er von seinem Pfad, seiner Mission, abweicht, aber er hatte hautnah miterlebt, was der Araber den Musa-Brüdern angetan hatte. Wie er sie zum Drogenhandel verführte, sie vom rechten Weg eines gläubigen Moslems abgebracht hatte. Sie waren gute Jungs gewesen, unschuldig und rein. Jetzt waren sie tot und für ihn stand fest, dass der Kurde etwas damit zu tun haben musste. Er hatte jeden Tag zugesehen, wie sich die jungen Männer zum Drogenhandel aufmachten, wie sie sich sogar selbst an dem Teufelszeug berauscht hatten. Es war ihr Untergang gewesen und Schuld hatte Rhabih Moussa. Es durften nicht noch mehr junge gläubige Moslems vom Pfad des Glaubens abgebracht werden. Rhabih Moussa erinnerte ihn an einen seiner Folterer in Rakka, der genauso grausam und rücksichtslos mit den Menschen umgegangen war.

Für ihn stand fest, es war seine heilige Pflicht, Allahs Befehl, den Sohn einer arabischen Hure zu töten!

Kapitel XX

Freitag, 12. Mai, am gleichen Morgen im Revier

Klaus Marquart war eigentlich nicht sehr abergläubisch, aber heute war ihm als Erstes am Morgen ein kleiner Handspiegel im Bad zerbrochen. Des Weiteren hatte er beim Frühstück den Salzstreuer runtergeworfen und das Salz verschüttet. Sofort danach war ihm Eigelb aufs neue Hemd gekleckert. Nachdem ihm dann auch noch die schwarze Katze des Nachbarn von links über den Weg gelaufen war und sein Wagen partout nicht anspringen wollte, hatte er ernsthaft überlegt, heute zu Hause zu bleiben. Am Ende aber hatte die Vernunft über den Aberglauben triumphiert oder, besser gesagt, seine Frau Ingrid hatte ihm schnell einmal die Leviten gelesen. Mit dem Zweitwagen seiner Frau war er später ins Büro gefahren.

Peter hatte ihn am Abend des Vortages noch darum gebeten, die Akte eines Gerichtsurteils zu einem Totschlagdelikt in Emden vom Januar dieses Jahres zu studieren. Er sollte bitte alles über die drei Beschuldigten herausfinden. Peter hatte ihm dabei keine weiteren Erklärungen als Grund für sein Interesse an dem Fall gegeben. Bei seinen Recherchen des Falles wurde Klaus aber schnell bewusst, was ihn dazu veranlasst haben musste. Mit ungläubigem Staunen hatte Klaus die ziemlich umfangreiche Untersuchungsakte mit dem wirklich zum Himmel schreienden Gerichtsurteil gelesen. Er konnte es genauso wenig wie Peter fassen, dass, bei der Prozesslage, die drei Angeklagten freigesprochen worden waren. Bei seinen weiteren Recherchen fand er dann heraus, dass der Beschuldigte, Rhabih Moussa, ein Angehöriger eines arabischen Familienclans von Mhallamiye-Kurden aus dem Libanon war. Der Clan war Ende der Siebziger vor dem Bürgerkrieg im Libanon geflohen und lebte schon seit fast dreißig Jahren in Deutschland. Die

Familie der Moussa umfasste ungefähr 600 Personen. Der alte Patriarch, das Oberhaupt des Clans, Khaled Moussa, lebte mit dem Großteil der Familie in Bremen. Ein kleiner Teil hatte sich aber auch schon in Oldenburg und Umgebung niedergelassen. Wiederum waren einige Mitglieder der jüngeren Generation sogar schon bis nach Emden in die Provinz vorgedrungen. Es gab einen Quervermerk zu Akten der Abteilung für organisierte Bandenkriminalität. Die Akten zeigten, dass die Abteilung für organisierte Kriminalität den Moussa-Clan schon seit Jahren beobachtete. Die Familienmitglieder betrieben unzählige Shisha-Bars, Restaurants, Nachtklubs und handelten außerdem mit Autos. Viele von ihnen, konnte man sagen, führten mittlerweile ein fast schon normales Leben und verwalteten ihre Vermögen. Vermehrt kauften sie auch ganze Mietshäuser und ironischerweise wandelten sie diese in Flüchtlingsheime um. Das war ein lukratives millionenschweres Geschäft. Nicht jeder vom Clan der Moussa war gleich ein Krimineller. Es gab unter ihnen auch ein paar anerkannte Geschäftsleute sowie relativ normal lebende Familien. Vorwiegend aber bestand der Clan aus mehrfach straffällig gewordenen Personen. Drogenhandel, Erpressung, Prostitution, Waffenhandel und reichlich Gewalt wurden solchen Mitgliedern regelmäßig zur Last gelegt. Streitigkeiten untereinander wurden, an der deutschen Justiz vorbei, immer selbst geregelt, zum Beispiel durch selbst ernannte, eigene Friedensrichter. Der deutsche Staat und die Justiz blieben außen vor. Die Kurden verwandelten ihre Wohnanlagen, Gettos, bewusst in eine Parallelgesellschaft. Die deutsche Gesellschaft blieb ihnen dabei fremd und der Clan betrachtete sie primär meistens nur als Beutegesellschaft.

Ein Staatsanwalt der Intensivtäterabteilung in Berlin urteilte in einer Studie: „In libanesischen Familien findet eine konsequente Erziehung zur professionellen Kriminalitätsausübung statt. Junge Männer dieser Clans wissen, dass ihr Handeln verboten ist. Doch sie haben eine Selbstbedienungsmentalität entwickelt, die darauf abzielt, sich zu nehmen, was immer sie wollen."

Dazu war dem Clan jedes Mittel recht. Eine neue Masche war, die Asylanten für sich die Verbrechen begehen zu lassen. Die jungen Männer kommen hierher und haben kein Geld. Ihnen wird dann gezeigt, wie man ungelernt sehr schnell an Geld kommen kann, durch Drogenhandel zum Beispiel. Not macht verführbar. Viele von ihnen können kein Wort Deutsch und sind daher natürlich anfällig dafür, in ihrer Heimatsprache angesprochen zu werden, speziell wenn ihnen außerdem noch schnelles Geld versprochen wird.

Klaus, ein großer Fan von Statistiken, fand heraus, in Deutschland gibt es total ungefähr 36 960 Libanesen und der Hammer ist, neunzig Prozent von ihnen bezogen Hartz IV. Bei der Hälfte handelte es sich dabei um die Mhallamiye-Kurden. Von ihnen, konnte man wiederum feststellen, wohnen so um die 8 000 in Berlin, knapp 5 000 in Essen und so um die 2 600 in Bremen. Hochgerechnet hieß das, ungefähr 13 000 „Mhallamiye"-Kurden beziehen Hartz IV. Konträr gesehen, stellte sich für Klaus die Frage, woher kommt dann deren ganze Kohle, wenn nicht aus verbrecherischen Geschäften? Seine Recherche brachte ihm weitere Informationen zu Rhabih Moussa. Er war der älteste Sohn von Rashid Moussa, einem Vetter des Patriarchen in Bremen. Sein Vorstrafenregister war echt beeindruckend und gleichzeitig spiegelte es die Unfähigkeit der deutschen Justiz wider. Seit seinem vierzehnten Lebensjahr war Rhabih straffällig, angeklagt, aber nicht jedes Mal verurteilt worden. Das sehr lange Vorstrafenregister las sich wie das Resümee eines Karriereverbrechers:

Gemeinschaftlicher schwerer Raub in 6 Fällen
Gefährliche Körperverletzung in 5 Fällen
Raub in 3 Fällen
Schwere räuberische Erpressung in Tateinheit mit versuchtem schwerem Raub
Vorsätzliche Körperverletzung in 2 Fällen

Bedrohung in 2 Fällen
Nötigung in Tateinheit mit Körperverletzung
Versuchte Nötigung und Vergewaltigung
Gemeinschaftliche versuchte gefährliche Körperverletzung
Gemeinschaftliche falsche Verdächtigung

Sechsmal wurde Rhabih Moussa vom Jugendgericht verurteilt, zuletzt zu zwei Jahren Haft. Seit dem 10. Februar 2010 läuft sogar ein Abschiebeantrag, aber trotz im Libanon vorliegender Geburtsurkunde konnte der Schwerkriminelle bisher dorthin nicht abgeschoben werden. Klaus war nach der Studie der Akte um so mehr überrascht, dass man ihn im Emder Strafprozess nicht verurteilt hat. Er konnte sich das Urteil nur so erklären, dass es deutliche, massive Einschüchterung von Zeugen, eventuell von Schöffen oder auch des Richters gegeben haben muss. Peter wird zufrieden sein mit dem, was er alles so über das Früchtchen Moussa herausgefunden hatte, resümierte Klaus. Nicht so schlüssig war er sich, was es mit dem Fall der toten Asylanten zu tun hatte. Es sei denn, schoss es ihm plötzlich durch den Kopf, die beiden toten Asylanten hätten für Rhabih Moussa gearbeitet. Er hatte doch gerade gelesen, dass das eine verbreitete Masche der arabischen Clans war, Flüchtlinge für sich die Verbrechen begehen zu lassen. Das ließ das Ganze natürlich wieder in einem anderen Licht erscheinen.

„Peter, du alter Haudegen, auf was für eine Spur bist du da schon wieder gestoßen", murmelte Klaus leise vor sich hin.

Kapitel XXI

Freitag, 12. Mai, nachmittags

Im Büro der Mordkommission ging es zu wie in einem emsigen Bienenstock, alle unterhielten sich gleichzeitig, telefonierten, druckten Computerauszüge aus, liefen von einem Schreibtisch zum anderen, oder sie standen in der Kaffeeküche und tranken von dem von Klaus frisch gebrauten Getränk, von seiner neuen Sorte Kaffeebohnen, die er sich diesmal extra aus Südamerika hatte einfliegen lassen.

„Dein Kaffee schmeckt wirklich super, Klaus, viel besser als der Muckefuck in unserem Büro", rief ihm Anton Jakobs anerkennend zu. Worauf Faris Marzouk sich sofort zur Kaffeeküche aufmachte, um sich auch eine Tasse von den Wunderbohnen einzuschenken.

Als Peter nach seiner Zigarettenpause wieder reinkam, war kein Kaffee mehr in der Kanne. Er blickte hoffnungsvoll bittend in Klaus' Richtung. Der konnte natürlich seinen Chef und Kollegen nicht ohne einen Kaffee in die für zwanzig Minuten später angesetzte Besprechung gehen lassen. Mit wichtiger Miene holte Klaus seine spezielle neue Mischung aus einer verschlossenen Schublade seines Schreibtisches hervor. Er mahlte gemächlich mit seiner Handmühle neue Kaffeebohnen und brühte in zeremonieller Handlung eine neue Kanne des köstlichen frischen Gebräus.

„Da sagt man immer, alle Ostfriesen trinken nur Tee", vermeldete Klaus in die Runde. „Wisst ihr Banausen eigentlich, dass der Ostfriese durchschnittlich 300 Liter Tee pro Jahr trinkt? Damit sind wir Norddeutschen Teeweltmeister. Teetrinken ist eine spezielle Zeremonie. Der Teegenuss beginnt bei uns in Ostfriesland traditionell mit dem Kluntje, dem Kandiszucker, der zuerst in die Tasse gegeben wird. Dann wird der frisch aufgebrühte Tee darübergegossen. Darauf kommt eine Wulkje, sogenannte Wolke aus Sahne, die mit einem speziellen Löffel in die Tasse eingefüllt wird. Wer anschließend umrührt, hat sich als ahnungsloser Zugereister geoutet. Wir Einheimischen genießen, ohne zu rühren, zuerst die kühle Sahne, dann den herben Teegeschmack der Ostfriesenmischung und zuletzt den süßen Bodensatz. Aber trotz des stolzen Weltmeistertitels der Teetrinkernationen ist es nicht wahr, dass der Ostfriese ausschließlich nur Tee trinkt. Wir lieben auch gerne eine richtig gute Tasse Kaffee zwischendurch. Ich bin das beste Beispiel dafür."

„Hört, hört, es lebe Klaus Marquart, der nicht nur ein traditionell Tee trinkender Ostfriese ist, sondern vor allem auch über einen phänomenal guten Kaffeegeschmack verfügt!", kam es Beifall spendend von Anton, worauf die Kollegen alle gleichzeitig anerkennend auf die Schreibtische klopften.

„Was ist denn hier los?", fragte ein verdutzter Ewald Theesen, der gerade das Büro betrat. „Habe ich etwas Wichtiges verpasst?"

„Nein, Chef, wir loben nur gerade Klaus' neuen tollen Kaffee", erklärte Anja Ewald Theesen die Situation.

„Na, dann mal gleich her mit einer Tasse. Wie sieht es aus, meine Damen und Herren, können wir mit der Besprechung beginnen? Ich kann es kaum erwarten zu hören, wie die Einsätze heute Morgen verlaufen sind. Ich hoffe, Sie haben einige Fortschritte zu vermelden."

Nachdem sich das Team im Besprechungsraum des Reviers vollzählig eingefunden hatte, brachte Peter die Kollegen über die Ereignisse, die sich am Morgen auf dem Folkerts-Hof abgespielt hatten, auf den neusten Stand. Er berichtete, dass er und Anton Jakobs eindeutigen Anhaltspunkten nachgegangen waren, die darauf hinwiesen, der flüchtige Mörder

Andreas Jassen würde sich dort aufhalten. Die anschließende Durchsuchung des Hofes war leider zu keinem positiven Ergebnis gekommen.

„Es gibt zu viele Versteckmöglichkeiten und wir haben ja schon im Haus von Andreas Janssen gesehen, wie erfolgreich die Bande mit falschen Wänden usw. uns zum Narren gehalten hat. Der Hof der Folkerts birgt tausend solcher Möglichkeiten. Es gibt mehrere Gebäude und wer weiß wie viele sogar mit Kellerräumen. Ohne die Baupläne, Hubschrauber mit Wärmebildkameras sowie eine große Einheit mit Suchhunden werden wir dort so nichts finden", meldete sich Anton Jakobs zu Wort.

„Ich spreche mal mit unserem Direktor Johann Lütjens", versprach Ewald Theesen. „Wenn es sich aber als Flop herausstellen sollte und wir nichts finden, reißt der mir den Kopf ab. So eine heikle Großaktion ist mit enormen Kosten verbunden. Wir müssen uns hundert Prozent sicher sein, dass der Gesuchte sich auch wirklich dort versteckt hält."

„Zurzeit beobachten wir den Hof von der Zufahrtsstraße aus und jedes verdächtige Fahrzeug, das den Hof verlässt, wird verfolgt, an anderer Stelle gestoppt und sorgfältig durchsucht. Mehr können wir im Augenblick nicht machen. Das Alibi von Ubbo Folkerts haben wir in der Zwischenzeit auch überprüft, es ist wasserdicht. Zur Tatzeit, in der Mordnacht, befand er sich schon seit zwei Stunden mit seinem Großvater in der Notaufnahme des Emder Krankenhauses. Wir überprüfen auch gerade die Alibis der anderen auf dem Hof anwesenden Männer. Es sieht aber nicht allzu vielversprechend aus, bisher scheinen die alle zur Tatzeit in Wilhelmshaven gewesen zu sein", fügte Peter noch mit einem leichten Achselzucken hinzu.

„Wenn nicht unsere bekannten lokalen Neonazis, wer hat denn dann die beiden Asylbewerber erschossen?", stellte Ewald Theesen die berühmte Tausend-Dollar-Frage.

Als wenn sie auf ein unbekanntes Kommando gewartet hätte, erhob sich Anja Kappels und sagte: „Die Frage haben Faris und ich uns heute auch schon gestellt und wir sind in der Früh auf interessante neue Informationen gestoßen, die eventuell in eine ganz andere Richtung weisen. Faris, erzähle den Kollegen doch mal, was dir der junge Mann im Keller gesteckt hat."

Faris Marzouk räusperte sich und blickte die Kollegen einen nach dem anderen an, bevor er ausholte: „Bei den Befragungen der Flüchtlinge am Morgen habe ich sehr interessante Neuigkeiten erhalten. Wie mir ein junger Asylant vertraulich, aber sehr glaubhaft mitteilte, ist die ganze Wohnsiedlung der Wilhelm-Leuschner-Straße fest in der Hand eines kriminellen arabischen Clans. Ein gewisser Rhabih Moussa, ein Mhallamiye-Kurde, soll der Anführer sein. Er und seine Bande würden einige Ausländer der Siedlung zu Drogenschmuggel und dem Verkauf von Drogen pressen, wenn nötig auch mit Gewalt. Erst geben sie ihnen Geld und neue Handys, sind freundlich, und dann müssen die Flüchtlinge für sie Drogen dealen oder auch andere Verbrechen begehen. Wer querschießt, redet oder aussteigen will, wird zusammengeschlagen, sogar mit dem Tod bedroht. Die toten Brüder Aadil und Hajid Musa haben laut meines Informanten für diesen Moussa-Clan gearbeitet. Das wurde uns auch von dem Mitbewohner Mohammed Bari bestätigt. Der Kurde, wie sie ihn nennen, soll ein äußerst unangenehmer, brutaler Zeitgenosse sein und wohl auch vor einem Mord nicht zurückschrecken. Ich kenne die Masche der arabischen Banden aus den Großstädten wie Berlin, Essen und Bremen sehr gut. Ich bin aber sehr überrascht, so etwas auch schon hier in der Provinz, in Emden, vorzufinden. Wenn das so stimmt, kommt hier einiges auf euch zu, Kollegen, da könnt ihr euch drauf verlassen."

„Ich bin absolut davon überzeugt, dass es stimmt, was dir erzählt, wurde, Faris", schaltete sich jetzt Klaus dazu, der mit wachsender Ungeduld den Ausführungen seines Kollegen zugehört hatte.

„Peter bat mich gestern, warum, wurde mir jetzt durch Faris' Bericht erst so richtig klar, ein Gerichtsurteil, hier aus Emden, zu recherchieren. Er beauftragte mich, alles über die freigesprochenen Angeklagten herauszufinden. Und jetzt passt mal schön auf, die Angeklagten waren Rhabih Moussa, die Brüder Emre Kohdr und Goran Kohdr, alle drei Angehörige einer erweiterten Großfamilie der Mhallamiye-Kurden aus Bremen."

Klaus hielt einen Augenblick inne, um die Information bei den Kollegen einsinken zu lassen, bevor er fortfuhr. „Alle drei sind mit ihren Familien, Frauen und Kindern seit circa zwei Jahren mit Wohnsitz im Stadtteil Barenburg in Emden gemeldet. Sie leben allesamt von Hartz IV. Dass sie aber andere Einkünfte haben müssen, ist klar, die Typen fahren Autos, die ich mir nicht leisten kann. Die dicken Schlitten sind aber wohlweislich nicht auf ihre eigenen Namen zugelassen. Wenn sie von der Polizei danach befragt werden, behaupten sie frech, ein Freund hätte ihnen das Fahrzeug geliehen, was ja wohl nicht verboten sei. Ihr Stammlokal ist eine Shisha-Bar in der Stadt, deren Eigentümer, wie zufällig, ein Verwandter aus Bremen, ein gewisser Hassan Moussa ist. Zum Vorstrafenregister von Rhabih Moussa ist noch zu sagen, es ist länger wie mein Arm, und seit 2010 besteht sogar ein offizieller Abschiebeantrag gegen ihn. Erfolglos, wie ihr seht, denn anstatt in Abschiebehaft ist er in Deutschland immer noch auf freiem Fuß und begeht lustig weiterhin Verbrechen. Damit ihr alle besser informiert seid, mit was für einem speziellen Früchtchen, inklusive kriminellen Familienanhangs, wir es hier zu tun haben, stelle ich euch später noch ein kleines Dossier zu den einzelnen Mitgliedern, den Strukturen und anderem Wissenswerten über die Mhallamiye-Kurden zusammen."

Nach Klaus' kleinem Vortrag herrschte ungläubiges Staunen im Raum. Alle schauten fragend auf Peter. Woher hatte er wissen können, dass Rhabih Moussa in den Fall verwickelt war? War er ein Hellseher, oder was? Peter entgingen die argwöhnischen Gesichter seiner Kollegen natürlich nicht. Er war sich bewusst, er schuldete allen eine gute Erklärung, auch wenn er die so gar nicht, wie von ihm erwartet, parat hatte.

„Sorry, Guys, ich muss euch da enttäuschen, no Magic. Es ist reiner Zufall, dass ich auf diesen Rhabih Moussa gestoßen bin. Mir war am Montag dieses Gerichtsurteil in der Emder Zeitung aufgefallen. Ohne speziellen Grund, es lag einfach nur in meiner Natur, mehr über diese brutalen, freigesprochenen Schlägertypen, die hier in Emden ungeschoren Menschen totschlagen können, in Erfahrung zu bringen. Frau Staatsanwältin Holtmann hatte mir dazu schon erklärt, dass wir es hier mit einer gefährlichen Bande zu tun haben könnten, die nicht davor zurückschreckt, Zeugen, Schöffen oder eventuell sogar auch Richter einzuschüchtern."

„Das passt genau zu der Vorgehensweise dieser Clans", schaltete sich jetzt wieder Faris ins Gespräch. „Ich habe das schon öfter erlebt, dass Zeugen ihre Aussagen widerrufen oder sogar ganz von der Bildfläche verschwanden. Ich möchte nur zu gerne wissen, was zwischen diesem Rhabih Moussa und den Musa-Brüdern abgelaufen ist. Was denkt ihr, wir sollten auf alle Fälle unsere Ermittlungen in Richtung arabische Clans erweitern. Es ist denen durchaus zuzutrauen, dass die Hakenkreuzschmierereien nur als Ablenkungsmanöver für uns gedacht waren." Alle im Raum nickten zustimmend, aber Faris war noch nicht fertig mit dem, was er loswerden wollte. „Ich habe da noch etwas, was mich beschäftigt. Ihr könnt mich für übersensibel halten, aber der Mitbewohner der Musa-Brüder, dieser Mohammed Bari, ich bin davon überzeugt, mit dem stimmt etwas nicht. Der ist mir zu emotionslos und ich werde das Gefühl nicht los, dass er etwas vor uns zu verbergen hat. Ich möchte mir, wenn ihr nichts dagegen habt, die Akte kommen lassen und mir den Typen einmal genau unter der Lupe anschauen. Anton, kannst du auch mal beim Verfassungsschutz deine Fühler ausstrecken? Ich würde ihn gerne auch auf seine Vergangenheit in Syrien durchleuchten. Ich möchte nichts beschwören, aber wir können heutzutage nicht vorsichtig genug sein."

Mit dieser Aussage weckte Faris bei den Kollegen ein ungutes Gefühl. Jeder war sich nur zu bewusst, was Faris mit seiner Andeutung meinte. Die großen Anschläge von Paris, Nizza, Brüssel, London waren nur zu gut in aller Gedächtnis. Aber auch die Terrorattentate in Ansbach, Würzburg, Essen, Hannover und zuletzt in Berlin waren nicht zu vergessen. War Terror in Emden wirklich so abwegig, fragte sich der eine oder andere. Emden ist schließlich der drittgrößte Automobilumschlaghafen Europas. Insgesamt 1,41 Millionen Fahrzeuge wurden im Jahr 2016 über den Emder Hafen exportiert mit anhaltenden steigenden Zahlen auch für das Jahr 2017.

Nach Faris' Anspielung fühlte sich Anton Jakobs verpflichtet noch ein paar Worte zu sagen. Er war in den letzten zwei Jahren beruflich, was die islamische Szene in Deutschland anbelangte, mit einem sehr umfangreichen Fachwissen versehen. „Ich kann mir, nach Faris' Andeutung, gut vorstellen, was jetzt in euren Köpfen so vorgeht. Bei uns in Emden doch nicht. Alle Welt denkt, dass Terror immer nur in den großen Städten stattfindet, aber lasst euch da nicht täuschen. Die radikale islamistische Szene in Deutschland wächst überall. Wir vom Verfassungsschutz rechnen mit mehr als 43 000 Menschen, die wir der islamistischen Szene zuordnen können. Rund 8 650 Leute werden allein inzwischen der radikalen salafistischen Szene zugerechnet. Etwas mehr als 1 100 Menschen in Deutschland sind direkt dem islamistischen terroristischen Spektrum zugehörig. Darunter sind sogenannte Gefährder, also Menschen, denen die Polizei grundsätzlich zutraut, dass sie einen Terrorakt begehen könnten. Die Zahl ist so hoch wie nie zuvor. Natürlich sind auch Flüchtlinge aus Dschihad-Gebieten darunter. Die Statistik, zum Zeitpunkt der Erhebung im März 2017, zeigt, dass die Anzahl der in Deutschland bekannten sowie in Deutschland sich aufhaltenden islamistischen Gefährder, sich auf 602 identifizierte Personen beläuft, Tendenz steigend. Der Verfassungsschutz in Niedersachsen weiß von einigen Gefährdern in Bremen und Oldenburg. Ihr könnt euch ausrechnen, Emden ist nicht allzu weit entfernt und unsere Sicherheitsstufe hier ist hoch, so viel kann ich euch dazu verraten. Wir beobachten die Szene ganz genau, alles läuft bei uns auf Hochtouren. Wenn die Bevölkerung wüsste, was wir wissen, würde der Anteil der Wähler der AfD sich sehr schnell verdreifachen. Wie ihr euch weiterhin ausmalen könnt, ist daher unsere Informationsfreiheit, durch die Politik unserer Regierung, äußerst eingeschränkt.

Wenn es in Deutschland vor der Bundestagswahl noch ein paarmal knallen würde, gehe ich jede Wette ein, dass die AfD leicht zweistellig ins Parlament einzieht. Also, Freunde, wir sitzen alle auf einem Pulverfass, von dem keiner weiß, wann es hochgeht. Lasst den Kopf aber nicht hängen, noch sind wir Herr der Lage." Anton grinste, obwohl ihm nicht danach zumute war, zuversichtlich in die Gesichter seiner Kollegen. Er hatte ihnen bereits genug über mögliche Terroraktionen erzählt, doch bei Weitem noch nicht alles. Es würde aber hier und heute niemandem nützen, die Kollegen noch mehr zu verunsichern. Faris' Hinweis auf den Asylantragsteller nahm Anton ernst genug. Er passte auch zu der Meldung, die ihm vor ein paar Tagen von höherer Stelle zugetragen worden war. In der Meldung hieß es, dass ein mutmaßlicher Al-Kaida-Mann mit dem Decknamen Asim Kontakt zu jemandem in Norddeutschland aufgenommen haben soll. An höherer Stelle empfand man diese Information als sehr bedrohend. Asim war seit Langem kein unbeschriebenes Blatt, weder beim deutschen Staatsschutz noch anderen europäischen Behörden der inneren Sicherheit. Seine Spuren fanden sich über ganz Europa. Die Behörden hatten zwar kein Foto von ihm, aber er war kein Phantom, sondern ein sehr realer Terrorist. Immer wieder fanden sich bei Terrorakten Spuren seiner Aktivitäten. Asim beschaffte Pässe, Waffen, Sprengstoff, versorgte Terrorzellen mit notwendiger Logistik. Er blieb bei seinen Aktivitäten jedoch stets im Hintergrund, trat nie selbst in Erscheinung. Asim war eindeutig Al-Kaida zugehörig, man wusste, er stammte aus Ägypten mit sehr engen Verbindungen zur dortigen Muslimbruderschaft. Die ganze Welt sprach heute nur noch vom ISIS und vergaß darüber, dass mit dem Tod von Osama bin Laden Al-Kaida als Terrorgruppe noch lange nicht aufgehört hatte zu existieren. „Faris, du kommst am besten nach der Besprechung zu mir in mein Büro, da können wir die nötigen Schritte einleiten und uns den Herrn Mohammed Bari einmal genauer vornehmen", wandte er sich dann abschließend an seinen Kollegen, der zustimmend nickte.

Es gab keine weiteren Berichte oder Informationen zu besprechen, das Meeting war zu Ende. „Also, Kollegen, fassen wir noch mal zusammen", begann Peter das Meeting zum Abschluss zu bringen. „Wir verfolgen, trotz neuer interessanter Erkenntnisse, dennoch auch weiterhin die Schiene mit den Neonazis als mögliche Täter. Wir müssen die Möglichkeit in Betracht ziehen, dass die oder der Täter auch von außerhalb gekommen sein könnte. Das ganze Umfeld der Neonazisympathisanten muss ausgeleuchtet werden. Irgendwer wird etwas wissen und eventuell plaudern, wenn wir den Druck hoch halten. Im Moment muss aber für uns die oberste Priorität der Ermittlungen sein, den flüchtigen Mörder, Andreas Janssen, dingfest zu machen. Anja, Klaus und Faris, ihr nehmt euch einmal Rhabih Moussa und seinen Clan vor. Ich möchte ganz genau wissen, was für Geschäfte die hier laufen haben. Wenn ihr schon dabei seid, checkt auch gleich mal mit den Kollegen vom Rauschgiftdezernat, ob die irgendwelche Informationen zu den Aktivitäten der Bande haben. Fühlt denen so richtig auf den Zahn, ganz direkt und ohne Samthandschuhe.

Anton und Faris untersuchen parallel dazu den Hintergrund dieses Mohammed Bari.

Falls es keine weiteren Fragen gibt, dann würde ich sagen, lasst uns hoffen, dass die Spuren uns zu irgendeinem Erfolg führen."

Kapitel XXII

Freitag, 12. Mai, abends

Viel weiter waren sie an dem Tag bei ihren Untersuchungen im Mordfall der beiden Asylanten nicht mehr gekommen. Verdachtsmomente gab es reichlich, aber konkrete Spuren, die zum Mörder führen könnten, gab es so direkt keine. Peter war dennoch zufrieden, die Motivation des Teams war zumindest zum jetzigen Zeitpunkt noch relativ hoch. Neue Hoffnung gab ihm die nachgesagte Verbindung der toten Brüder zu dem arabischen Clan. Vielleicht würde die ja etwas frischen Wind in die bisher erfolglose Mordermittlung bringen. Peter blieb noch eine Zeit lang im Büro, googelte am Computer und schrieb diverse Berichte. Lena hatte ihm am Nachmittag per SMS mitgeteilt, dass sie zu einer Arbeitsbesprechung nach Hannover gefahren war und über Nacht dort bleiben würde. Er rief sie an und erreichte sie nach zweimal Klingeln ihres Handys. Sie befand sich schon im Bett ihres Hotelzimmers. Von der Fahrt nach Hannover sowie der Arbeit ziemlich erschlagen, wollte sie früh schlafen gehen. Zum anderen musste sie am nächsten Tag beizeiten wieder aus den Federn, denn in der Staatskanzlei Hannovers fand noch ein morgendlicher, offizieller Empfang statt. Lena war leider immer mal wieder gezwungen, aus beruflichen Gründen an solchen Empfängen teilzunehmen. Dieser Umstand passte Peter natürlich sehr gut ins Konzept, denn er hatte noch einiges für die Nacht geplant. Er war irgendwie froh, Lena heute nicht erklären zu müssen, dass er mal wieder eine seiner speziellen Aktionen plante. Er hatte Lena, nach reiflicher Überlegung, vor einiger Zeit über seine eigenmächtigen vigilanten Taten informiert. Er hatte ihr erklärt, dass er es nicht ertragen konnte, wenn einige sich für clever haltende Verbrecher die Polizei verhöhnten und sich hinter Gesetzen verschanzten, die sie selber wieder und wieder brachen. Lena hatte natürlich wenig Verständnis für seine eigensinnigen Eskapaden. Sie hielt ihm vor, er würde dabei selber gegen die Gesetze verstoßen. Das war aber nicht der wahre, einzige Grund für Lena. Sie empfand Peters Alleingänge als viel zu gefährlich, Lena hatte große Angst um sein Leben.

Das störte Peter aber alles nicht im Geringsten, er konnte es nicht ertragen, wenn die Bösen erst das Gesetz brachen und sich dann dahinter versteckten. Wenn die legalen Wege verschlossen waren, brauchte es ab und zu eben mal einen kleinen Umweg, um ans Ziel zu gelangen. Außerdem liebte Peter immer wieder den Kick oder Adrenalinschub einer solchen Aktion.

Beim Blick auf seine Uhr stellte er fest, es blieb noch genügend Zeit bis zu seiner einseitigen Verabredung mit dem Folkerts-Hof. Er hatte sich vorgenommen, so gegen 10 Uhr abends dem Hof noch einen kleinen Freundschaftsbesuch abzustatten. Er hoffte, die Bande würde sich zu später Abendstunde bestimmt so sicher fühlen, dass sie Andreas Janssen zu einem gemeinsamen Mahl aus seinem Versteck holen würde. Die Rathausuhr schlug 8 Uhr, Peter wusste, er hatte noch ausreichend Zeit bis zu seinem kleinen Rendezvous. Um sein aufkommendes Hungergefühl zu stillen, gönnte er sich am Marktplatz eine Pizza und anschließend noch einen Kaffee im Maxx. Darauf folgte die obligatorische Verdauungszigarette und die Welt war wieder in Ordnung für ihn. Es konnte so langsam losgehen. Als er aus dem Maxx kam, hatte es leicht zu regnen begonnen. „Scheißaprilwetter", fluchte Peter vor sich hin, am Morgen Sonne und am Abend Regen. Mit einem Blick auf seine Uhr stellte er fest, dass er immer noch reichlich Zeit hatte. Deshalb entschied er sich kurzerhand dafür, die längere Strecke über Hinte und Pewsum zu fahren. Ohne weitere Verzögerung stieg Peter in seinen Triumph Stag, den er auf dem Marktplatz geparkt hatte, und fuhr von dort erst mal in Richtung Kattewall, bog von dort in die Abdenastraße, dann Richtung Agerturm zur Neutorstraße.

Auf der linken Seite tauchte wenig später die Kunsthalle Emden auf. Er mochte dieses bundesweit bekannte Museum mit der angeschlossenen Malschule. Es war einzig und allein dem Stifterpaar Henri und Eske Nannen zu verdanken, dass Emden auf der Kulturlandkarte der Bundesrepublik auftaucht. Der Stern-Gründer Henri Nannen eröffnete 1986 in seiner Heimatstadt Emden ein Haus für seine private Sammlung, vorwiegend Kunst der klassischen Moderne. Seit dem Jahr 2000 erweiterte die Schenkung des Münchener Galeristen Otto van de Loo den Bestand um Kunst nach 1945. Peter war zwar nicht der große Kunstexperte, dennoch erfreute er sich immer wieder mit Lena an den dort regelmäßig stattfindenden Sonderausstellungen. Ein paar Meter weiter, auf der rechten Seite, tauchte ein architektonischer Schandfleck der Stadt, die Kaufhalle, in seinem Blickwinkel auf. In den 1960er, 1970er und auch 1980er Jahren noch das beliebteste Kaufhaus der Emder Bürger, war die Kaufhalle heute zu einem Mahnmal für eine verfehlte Baupolitik der Stadt geworden. Ganze fünfzehn Jahre, seit 2002, stand das aus den 1960er Jahren stammende Gebäude jetzt schon leer und keiner der Oberen wusste so recht, was man mit dem Gebäude machen sollte. Immer wieder gab es Gerüchte um eine eventuelle Nutzung des Gebäudes, aber letztendlich geschah nie etwas. Der Rat der Stadt hatte sich erst, nachdem der Druck der Bevölkerung Emdens zu groß wurde, zu einem Verkauf der Immobilie durchgerungen. Unter größtem Eigenlob für alle Beteiligten des Rates hatte der umstrittene Oberbürgermeister der Stadt dann endlich die fünfzehnjährige, längst überfällige Wunderleistung verkündet. Am 28. März dieses Jahres hatte eine Firma aus Oldenburg für ihren Entwurf den Zuschlag bekommen. Sie hatte der Stadt die Errichtung eines mehrgeschossigen Büro- und Geschäftshauses sowie die eines Parkhauses auf dem Gelände der ehemaligen Kaufhalle vorgeschlagen. Ein Nutzungsmix aus einem Hotel mit 93 Zimmern, diverser Gastronomie sowie einigen Handelsfirmen soll das innerstädtische Quartier abrunden. Das geplante, bis 2019 fertigzustellende Projekt wurde mit einem

Investitionsvolumen im zweistelligen Millionenbereich angekündigt. Na, wir werden ja sehen, was dabei rauskommt, dachte sich Peter, der noch nicht so recht an einen guten Deal für die Stadt glauben mochte. Er befürchtete, da kommt bestimmt wieder was nach, und zwar nicht unbedingt etwas Gutes, denn zweistellig bedeutet nichts anderes als zwischen 10 und 99 Millionen Euro. Er hatte jetzt die Neutorstraße hinter sich gelassen, die man auch indirekt als ein Spiegelbild des Verfalls der Geschäftskultur der Emder Innenstadt hernehmen konnte. Dort, wo früher einmal alte Emder Geschäfte ihr Auskommen hatten, sah man jetzt vermehrt Schilder von Leiharbeiterfirmen, türkische Teppichhändler, Shisha-Bars, Wettbüros, Dönerläden, Spielhallen in den Schaufenstern oder es gähnten einfach leer stehende Geschäftsräume. Zudem war der verbliebene Teil der langen Straße, bis hin zur Wallbrücke, äußerst unattraktiv gestaltet, wenig einladend für jegliche Besucher der Stadt. Bezeichnend fiel Peter dazu ein, dass, solange wie er schon in Emden wohnte, er diesen Teil der Neutorstraße auch noch niemals zu einem Einkaufsbummel genutzt hatte.

Nach kurzer Fahrt erreichte er das Dorf Pewsum. Pewsum ist der Verwaltungssitz der Gemeinde Krummhörn. Peter mochte den Ort mit seiner aus dem Jahre 1458 stammenden Manningaburg, dem Wahrzeichen von Pewsum. Einige Schritte von der Burg entfernt befindet sich die alte Kirche, die dem St. Nicolaus geweiht war. Die Burg, eine alte Mühle mit Gulfhaus und Lagerhaus aus dem Jahre 1843 sind Teile eines ostfriesischen Freilichtmuseums. Das Dorf hatte einen schönen, einladenden alten Dorfkern. Die mit tollen prächtigen Eichenbäumen bewachsenen Alleen, hinter denen sich noch so manch prunkvolles Herrschaftshaus verbarg, erhielten dem Ort den Charme einer glorreichen Vergangenheit. Durch Pewsum über die Mannigastraße, dann die Van-Winnenge-Straße durch Groothusen, die Hamswester Straße entlang nach Hamswehrum, erreichte Peter endlich Upleward. Dort parkte er seinen Wagen, nachdem er auf den Uplewarder Ring abgebogen war, etwas abseits am Grashauser Weg. Unbeobachtet zog sich Peter dort um. Er hatte zuvor eine Tasche mit passender Einsatzkleidung in den Kofferraum seines Stags gelegt. Schnell verschnürte er noch die schwarzen Kampfstiefel, zog sich seine Balaklava über und überprüfte das Magazin der Sig Sauer P225, die er vor einigen Jahren bei einem Einsatz einem Drogendealer abgenommen, aber niemals eingereicht hatte. Peter schaute sich noch einmal orientierend um. In der Dunkelheit sieht hier alles anders aus als noch am Vormittag, stellte er für sich fest. Gott sei Dank hatte er sich am Nachmittag bei Google Earth die genaue Lage des Folkerts-Hofes genau eingeprägt. Er wusste, wo er parken würde und wie er von dort zum Hof gelangte, ohne dass die zur Beobachtung abgestellten Polizisten eine Chance hatten, ihn zu entdecken. Mittlerweile hatte es auch wieder aufgehört zu regnen, aber mehr Sorge als das Wetter bereitete Peter Ubbo Folkerts' großer Schäferhund. Falls der frei herumläuft, Witterung von ihm aufnimmt und anschlägt, kann der Überraschungseffekt schnell vorbei sein. Daher näherte Peter sich vorsichtig dem Hof, ganz darauf bedacht, immer gegen den Wind zu bleiben. Vor vielen Jahren hatte er sich für einen ähnlichen Einsatz von einem Hundetrainer der Polizei ein schnell wirkendes Narkosemittel besorgt. Davon besaß Peter immer noch einen Restbestand, den er heute zur Anwendung bringen wollte. „Hoffentlich wirkt das Zeug auch noch", schoss es ihm durch den Kopf, als er das Mittel auf ein aus der am frühen Abend besuchten Pizzeria mitgebrachtes Stück Fleisch träufelte. Mario, der freundliche Besitzer des Restaurants, hatte ihm, auf seine Bitte hin, noch schnell ein Stück rohes Rinderfilet eingepackt. Peter erreichte die Rückseite der Scheune ohne Zwischenfall. Der Schäferhund lag glücklicherweise angekettet vor der Scheune, spitzte seine Ohren, als Peter vorsichtig um die Ecke schaute. Mit aufgestelltem Fell, drohendem, zähnefletschendem Knurren bewegte sich der Hund, so weit die Kette reichte, langsam in Peters Richtung. Mit einem gezielten Wurf schmiss Peter dem Hund das gespickte Stück Fleisch zu. Es dauerte keine zwei Sekunden, da hatte der Hund sich darauf gestürzt, das Stück Rinderfilet heruntergeschlungen und nach weiteren drei Minuten lag er friedlich schlafend vor der Scheune. Das war einfach, dachte sich Peter, jetzt kommt der schwierige Teil.

Lichtschein drang aus den Fenstern des Haupthauses sowie des einen Nebengebäudes. Peter vernahm Musik und laute Stimmen, die einen Song einer Nazikultband mitgrölten. Wachsam schaute er aus der Dunkelheit des Hofes durch die Fenster in die einzelnen hellen Räume. Im Nebenhausraum konnte er gleich drei Personen ausmachen, die er schon am Vormittag gesehen hatte. Die zwei gefährlichen Schläger mit dem typischen Neonazioutfit, tätowierter Glatze, Springerstiefeln und einen weiteren jungen Mann. Unzählige Bierflaschen standen auf dem Tisch, aus der Stereoanlage brüllte laute Musik. In dem von dichtem Zigarettenqualm geschwängerten Raum schien eine gelöste Stimmung zu herrschen.

Umsichtig schlich Peter zum Haupthaus. Dort konnte er durch das Küchenfenster drei weitere Männer erkennen, die um einen Tisch saßen und eine Karte studierten. Nach Adam Riese dürften aber nur zwei Männer im Haupthaus sein, Ubbo und dessen Großvater. Am Morgen hatte Peter nur fünf Personen auf dem Hof gezählt, wer war also der dritte Mann? Ein später Besuch oder, wie Peter gehofft hatte, der gesuchte Andreas Janssen. Peter tippte auf Letzteres, er musste sich aber absolut sicher sein. Deshalb blickte er ganz ruhig ein zweites Mal durchs Fenster, um sich hundert Prozent Gewissheit zu verschaffen. Jetzt erkannte er den Mann klar und deutlich.

„Da bist du ja, ich habe es mir doch gleich gedacht, in der Nacht kommen die Ratten aus ihrem Versteck", murmelte Peter leise zu sich selbst.

Sein Dilemma war, er musste an zwei Orten jeweils drei Gegner ausschalten. Das Problem lag nicht in den drei Gegnern, sondern dass die eine Gruppe nichts davon mitbekommen sollte, wenn er die andere ausschaltete. Er musste also sehr schnell und effektiv handeln. Peter entschied sich, die drei im Nebengebäude zuerst zu neutralisieren. Ohne weitere Verzögerung lief er zurück zum Nebengebäude, versicherte sich noch mal über die Platzierung der einzelnen Neonazis im Raum und öffnete leise die Tür zum Flur des Gebäudes. Das leise Türöffnen hätte er sich wirklich sparen können, denn bei der Lautstärke der Musik konnte ihn sowieso niemand hören. Er hätte genauso gut unbemerkt mit einem Panzer ins Gebäude eindringen können. Dennoch vergewisserte er sich vorsichtig, ob jemand von den Anwesenden etwas mitbekommen hatte, es war nicht der Fall. Mit kurzem Blick sah Peter, dass links von ihm sich ein Badezimmer befand, rechts zwei Schlafräume und geradeaus am Ende des Flurs war das Wohnzimmer, aus dem der wahnsinnige Lärm drang. Er wollte gerade einen Schritt vorangehen, als eine Gestalt mit Blick auf den Boden, an ihrer Hose nestelnd, im Korridor auftauchte. Ohne zu zögern, den Überraschungseffekt ausnutzend, griff Peter den Mann mit einer gezielten Aktion an. Er erfasste seinen Hals und drückte einen gewissen Punkt. Bevor der junge Mann überhaupt merkte, was mit ihm geschah, sackte er bewusstlos in Peters Arme. Ein indischer Kalarippayat-Meister hatte Peter vor Jahren diese Technik gelehrt. Die Technik war extrem effektiv, Gegner unschädlich zu machen, dabei darauf zu verzichten, sie zu töten. Peter fesselte die Arme und Beine des Bewusstlosen mit vorsorglich mitgebrachten Plastikfesseln, knebelte ihn mit Klebeband und zog ihn danach ins Badezimmer.

„One down, two to go", sprach er leise vor sich hin, obwohl er die Worte auch hätte lauthals schreien können. Peter fragte sich, wie die Typen diese laute Musik ohne bleibende Hörschäden überhaupt ertragen konnten. Da die zwei ihren Kollegen von der Pinkelpause zurückerwarten würden, nutzte Peter den Moment der Überraschung und marschierte einfach in den Raum. Bevor die beiden merkten, dass er nicht ihr Kamerad war, der von der Toilette zurückkam, hatte Peter den Nächsten von ihnen unschädlich gemacht. Der einzig übrig gebliebene Mann schien plötzlich schlagartig nüchtern und griff mit einem wütenden Aufschrei nach einem auf dem Sofa liegenden Baseballschläger. Grausame Mordlust blitzte aus seinen Augen, als er zum Schlag ausholte. Das alles passierte aber viel zu spät, zu langsam, fast wie im Zeitlupentempo. Peter war indessen schon einen Schritt in den Mann hineingegangen, gleichzeitig hebelte er ihn mit einer Wurftechnik unsanft von den Beinen. Dabei schlug der Betroffene so heftig mit dem Kopf auf den Boden, dass er liegen blieb und sich nicht mehr regte. Das war fast etwas zu einfach gewesen, musste Peter, zufrieden mit seinem Werk der am Boden liegenden Männer, feststellen. Wieder einmal hatte sich gezeigt, dass sein ständiges Krav-Maga-Training ihn dazu befähigte, ohne Probleme auch mit mehreren Gegnern gleichzeitig fertigzuwerden. Krav Maga, das offizielle System für Selbstverteidigung und Nahkampf der israelischen Streitkräfte, wurde vermehrt auch interessierten Polizeikräften gelehrt. Peter war schon des Öfteren von seinen Vorgesetzten darauf angesprochen worden, ob er nicht an der Polizeiakademie als Vollzeittrainer lehren wollte, hatte es aber bisher immer wieder abgelehnt. Sein jetziger Job bei der Mordkommission war seine Passion und den mochte er auch gerne noch ein paar Jahre länger ausüben. Später konnte man immer noch sehen, ob er Lust zum Trainerdasein verspüren würde. Erst einmal aber verschnürte er die zwei ausgeschalteten Gegner mit den mitgebrachten Plastikfesseln. Danach sah er zu, dass er schnell aus dem Raum kam, bevor ihm von der Musik die Ohren noch platzten würden.

Vor dem Gebäude atmete er tief durch. Das hatte so weit alles ganz gut geklappt, er war aber noch lange nicht fertig mit seiner selbst auferlegten Mission. Peter hatte es immerhin noch mit drei weiteren Gegnern zu tun, die er nicht leichtfertig einschätzte. Dass sie nicht ungefährlich waren, hatte Andreas Janssen nachdrücklich mit den tödlichen Schüssen auf Frank Wilken bewiesen. Auch Ubbo Folkerts' alten Großvater durfte er nicht unterschätzen, jeder von ihnen konnte eine Waffe abfeuern. Peter überlegte, wie er am besten vorgehen könnte, als ihm ein Sicherungskasten am Vorbau des Hauses ins Auge stach. Er öffnete den Kasten und drückte die Hauptsicherung. Mit einem Schlag lag der Hof im Dunkeln, es war plötzlich gespenstisch still. Bis dann aus dem Haus die Stimme des alten Frerich Folkerts schallte: „Imme de blöde Sicherung, Ubbo, ick heb de all dusend mal sächt, lat dat endlik maken."

„Jo, nu reg de mal weer off, Großvadder, ick mog dat all", hörte man Ubbo dem Alten antworten.

Peter hörte dann auch schon die Schritte von Ubbo Folkerts, der mit einer hell strahlenden Stabtaschenlampe bewaffnet zum Sicherungskasten gelaufen kam. „Moin, Ubbo", sagte Peter, plötzlich aus dem Nichts auftauchend, zu ihm und versetzte dem verdutzt dreinschauenden Mann dabei einen gezielten Schlag gegen seine linke Halsschlagader. Ohne einen Laut von sich zu geben, sackte Ubbo wie ein nasser Sack in sich zusammen. Peter fing ihn auf, bevor er zu Boden fiel, und fesselte ihn, wie die anderen vorher. Dann schraubte er die vorher von ihm entfernte Stromsicherung wieder rein, zog seine Pistole und ging direkt zur Küche des Haupthauses. Andreas Janssen und der alte Folkerts saßen ahnungslos, vereint bei einer Flasche Bier, am Küchentisch. Peter, der sich wieder zunutze machte, dass die beiden Ubbo Folkerts zurückerwarteten, betrat mit vorgehaltener Waffe den Küchenraum. Den von seinem plötzlichen Erscheinen total überraschten Männern befahl er, sofort die Hände dort, wo er sie sehen konnte, auf den Tisch zu legen. Ohne sie dann groß weiter überlegen zu lassen, forderte er sie auf, sich gegenseitig die Plastikfessel anzulegen. Peter musste in seiner schwarzen Montur mit der Balaklava und der unmissverständlich auf sie gerichteten Waffe wohl äußerst Furcht einflößend gewirkt haben. Sie kamen seinen Anordnungen nur allzu gerne, ohne Probleme, nach. Er brauchte abschließend ihre Fesseln nur noch etwas strammer zu ziehen, danach fiel die enorme Anspannung von ihm ab. Peters Adrenalinspiegel sank wieder auf Normalniveau und er war erleichtert sowie erstaunt, wie einfach die ganze Aktion abgelaufen war. Er hatte mit wesentlich mehr Schwierigkeiten gerechnet. Mit seiner eisernen Entschlossenheit, der enormen Effektivität und Selbstsicherheit seiner Fähigkeiten hatte sich seine nicht ganz legale Aktion ausgezahlt. Trotzdem war ihm klar, dass es nicht immer so einfach sein würde. Er durfte auch zukünftig niemals leichtsinnig werden. Nicht, dass er sich eines Tages überschätzte, denn dann könnte so eine Aktion ganz schnell auch anders ausgehen. Jetzt freute er sich jedoch erst einmal, dass alles gut ausgegangen war. Er hatte Frank Wilkens Mörder geschnappt.

Peter holte Ubbo Folkerts von draußen in die Küche, betrachtete die gefesselten Männer ohne große Emotionen. Alles, was ihm dann noch zu tun blieb, war, anonym die Kollegen zu verständigen, den gesuchten Mörder Andreas Janssen vom Folkerts-Hof abzuholen.

Mit einem letzten Blick auf seine Gefangenen machte er sich auf den Rückweg zum Stag. Peter war noch nicht ganz bei seinem abgestellten Wagen angekommen, als er auch schon den ersten Polizeiwagen mit Blaulicht die Zufahrtsstraße zum Folkerts-Hof heranfahren sah. Zwanzig Minuten waren vergangen, er hatte fast seine Stadtwohnung erreicht, als sein Handy klingelte. Polizeioberkommissar Gerold Meier unterrichtete ihn offiziell über die für die Beamten recht ominösen Umstände der Festnahme des flüchtigen Mörders. Peter dachte mit Vergnügen an den Bericht der Kollegen. Die vielen Vermutungen über den unheimlichen Besucher und was sie auf dem Hof vorgefunden hatten. Jetzt aber freute er sich erst einmal auf eine wohlverdiente heiße Dusche und eine gute Mütze voll Schlaf.

Alles andere hatte Zeit bis morgen.

Kapitel XXIII

Donnerstag, 18. Mai, eine Woche später, früher Morgen

Die Untersuchungen im Mordfall der beiden Asylanten hatten sich irgendwie wieder einmal festgelaufen. Es gab keinerlei neue Spuren, die alten, in Richtung rechter Szene, hatten zu nichts geführt. Die ganze Aktion Walküre war ein großer Flop gewesen. Alle Neonazis befanden sich wieder auf freiem Fuß, sie hatten ausnahmslos wasserdichte Alibis besessen. Wenn nicht Andreas Janssen den Polizisten Frank Wilken bei dem Einsatz erschossen hätte, wäre die Aktion nach ein paar Wochen einfach in Vergessenheit geraten. Die weiteren Verhöre des inhaftierten Neonazis Andreas Janssen brachten aber auch keine neuen Kenntnisse. Er war nachweislich während der Tatzeit des Mordes an den Asylanten bei der Geburtstagsfeier seiner Schwester in Aurich gewesen. Dies wurde sowohl von ihr als auch allen anderen Anwesenden bestätigt. Den Tod Frank Wilkens nannte er einen bedauerlichen Unglücksfall. Er sagte aus, er wäre wegen der vielen Waffen, die bei ihm gelagert waren, in Panik geraten. Das war der Grund, weil er sich während der Durchsuchung versteckt gehalten hatte. Erst nachdem er im Glauben war, die Polizei sei abgerückt, traute er sich aus seinem Versteck. Plötzlich und total unerwartet war er dann dem Polizisten gegenübergestanden. Andreas Janssen behauptete felsenfest, er habe den Frank Wilken nicht vorsätzlich töten wollen, sondern nur mit der Waffe in Schach gehalten. Des Weiteren behauptete er, dass er beim Rückzug unglücklich gestolpert sei und sich dabei ein Schuss aus der Waffe gelöst hatte. Der Schuss sei unabsichtlich abgefeuert worden, beteuerte wieder und wieder. Dass dieser dann auch noch den Polizeibeamten tödlich getroffen hatte, täte ihm unsagbar leid. Ob sich seine Aussage mit der Wahrheit deckte, musste letztendlich die Schussballistik klären. Natürlich gab es für diese Aufgabe keinen besseren Mann als den Pathologen Sigurd Schmitz. Sigurd war nicht nur der Rechtsmediziner der Stadt, viel mehr noch war er eine Koryphäe der Wundballistik. Sein Hobby waren die physikalischen Probleme im Umfeld von Schussverletzungen. Anfang der 1980er Jahre hatte er an der Universität Bonn, vor seinem Studium der Rechtsmedizin, erst einmal Physik studiert. Sigurd verfasste seit vielen Jahren immer wieder wissenschaftliche Arbeiten zur Wundballistik, der Geschichte der Feuerwaffen und ihrer Munition. Er war weltweit einer der höchst anerkanntesten Experten, der oft zu internationalen gerichtsmedizinischen Kongressen eingeladen wurde, um dort zum Thema Vorlesungen zu halten.

Als Sigurd dann gleich am Montag offiziell mit der Untersuchung der Aussage Andreas Janssens beauftragt wurde, strahlte er über beide Ohren und seine Augen leuchteten vor Freude auf. Endlich eine Aufgabe nach seinem Geschmack. Er begann sofort mit seinen detaillierten Nachforschungen. Als Erstes untersuchte er ein weiteres Mal den toten Frank Wilken. Er vermaß den Einschusskanal der Wunde, die Größe des Toten und errechnete daraus den Winkel, aus dem die tödliche Kugel abgefeuert worden sein musste. Zusätzlich ließ er Andreas Janssen zum Tatort bringen, um sich genau erklären zu lassen, von wo dieser den Schuss aus welcher Position abgegeben haben wollte. Die Fotos vom Tatort zeigten die genaue Lage der Leiche Frank Wilkens, wo er getroffen zu Boden gefallen war. Mit einem Laserlichtstrahl simulierte Sigurd dann die vermutliche Flugbahn des Projektils, bevor er alle gesammelten Daten in ein Computerprogramm eingab, um damit seine eigenen schon gefassten Erkenntnisse nochmals zu überprüfen. Die Auswertung bestätigte, wie er schon ohne jeglichen Zweifel selber wusste, dass Andreas Janssen log. Die Kugel konnte unmöglich aus der rechten Position, so wie er es demonstriert hatte, abgefeuert worden sein. Es widersprach total der Ballistik, der Lehre von geworfenen Körpern, einem Teilbereich der Physik. Nach Sigurds Berechnungen konnte der Schuss nur aus einer halb gebückten Position, von der linken Seite des Toten abgefeuert worden sein. Sigurd wusste damit zu beweisen, dass der tödliche Schuss noch aus dem Versteck Andreas Janssens abgefeuert worden war. Dieses Ergebnis würde für das Strafmaß erheblich ausschlaggebend werden. Denn dadurch war eindeutig bewiesen, dass Andreas Janssen eine vorsätzliche, hinterhältige Mordtat begangen hatte.

Peter hoffte darauf, dass die Aussicht auf ein Urteil mit dem Satz lebenslänglich ohne Bewährung vielleicht Andreas Janssens Bereitschaft zur Kooperation erhöht, doch noch Licht in den Mordfall der Asylanten zu bringen. Man könnte ihm mildernde Umstände einräumen und er wäre eventuell nach fünfzehn Jahren wieder ein freier Mann. Peters Hoffnung traf bei dem Sturkopf leider nicht auf fruchtbaren Boden. Nachdem ihm das Ergebnis der ballistischen Expertise vorgelegt worden war, schwieg Andreas Janssen wie ein Grab. Er hatte sich seinem Schicksal ergeben. Damit war auch die letzte Spur im rechten Sumpf, was die Neonazis anbelangte, ins Leere gelaufen. Es gab kaum noch neue Ansätze für weitere Ermittlungen in Ostfrieslands brauner Szene. Bei einer abschließenden Durchsuchung des Folkerts-Hofs wurden zahlreiche unterirdische Anlagen entdeckt, die unter anderem auch als Versteck für Andreas Janssen gedient hatten. Den von Janssen gestohlenen Fluchtwagen fand man versenkt in einer alten Güllegrube auf dem Hof der Folkerts. Ubbo Folkerts und seine Kumpanen durften mit einer Anklage rechnen, einen gesuchten Schwerverbrecher versteckt gehalten zu haben. Das war aber auch schon alles, Ende der Fahnenstange.

Ganz anders verhielt es sich bei Anton Jakobs und Faris Marzouk. Die beiden hatten sich seit letztem Freitag mehrmals die Woche zusammengesetzt und dabei das Leben des Mohammed Bari von oben bis unten durchleuchtet. Auf den ersten Blick erschienen alle seine Angaben glaubhaft, seine Papiere waren so weit in Ordnung. Dennoch fiel ihnen eine begrenzte zeitliche Unstimmigkeit in den von ihm vorgelegten Dokumenten auf. Sein Studentenpass war das letzte Mal im August 2013 abgestempelt worden, Mohammed Bari aber behauptete, er war noch bis 2015 Student an der Universität in der Stadt Latakia gewesen. Er hatte darüber hinaus ausgesagt, er hätte nicht nach Rakka zurückkehren können, weil die Stadt sich in der Hand des IS befand. Die Nachforschungen ergaben, dass seine Aussagen so nicht ganz der Wahrheit entsprachen, es fehlten zwei Jahre in seinem Lebenslauf. Wo war er also während dieser Zeit gewesen, und noch viel wichtiger, was hatte er in den zwei Jahren gemacht? Faris und Anton waren sich einig, studiert hatte er nicht. Sie waren rastlos damit beschäftigt, mehr über seinen Verbleib für die Zeit herauszufinden. Anton begann schnell Faris' Argwohn zu teilen, dass mit Mohammed Bari etwas nicht stimmte. Nicht zuletzt auch aufgrund des Befundes einer offiziellen amtsärztlichen Untersuchung des Syrers. Diese hatte festgestellt, dass der Antragsteller verschiedene Verletzungen an den Händen aufwies. Im ärztlichen Bericht stand geschrieben, es war sehr wahrscheinlich, dass die Verletzungen an den Händen vom wiederholten Hantieren mit ätzenden chemischen Substanzen stammten. Für den Otto Normalbürger besagte diese schriftliche Anmerkung erst einmal rein gar nichts. Die fast nebensächlich klingende Information würde im Normalfall auch im allgemeinen Aktensmog einfach im Nebel untergehen. Für Anton und Faris war es aber kein Normalfall mehr. Sie stellten sich die Frage, was hatte ein Student der Elektrotechnik mit chemischen Substanzen zu tun? Es war beiden durch ihre polizeiliche Ausbildung bekannt, dass solche chemischen Verletzungen zugleich auch die typischen Zeichen für einen Bombenbauer waren. Beim Zusammenmixen von gefährlichen Sprengstoffsubstanzen kam es oft vor, dass Spritzer auf die Haut der Hand gelangten und dabei diese typischen Verbrennungsmerkmale hinterließen. Während der vergangenen Tage, mit all den widrigen Umständen zur Person Mohammed Bari, erweckte diese Information erst recht ihre Neugier.

Dazu musste man wissen, bei Polizisten heißt Neugier nichts anderes, als dass sie sich absolute Gewissheit verschaffen wollen. Anton stellte eine offizielle Anfrage über Mohammed Bari an seine Vorgesetzten. Die mussten wiederum, um gewisse Auskünfte zu bekommen, die notwendigen Beziehungen zu befreundeten Diensten anderer Länder spielen lassen. Damit war dann ganz offiziell die Parole ausgegeben, sie haben einen vermutlichen Terroristen im Visier. Das System der Terroristenjagd kam jetzt schnell ins Rollen, die Maschinerie der Jäger entfaltete ihr volles Potenzial. Es wurde beschlossen, den vermutlichen Terroristen Mohammed Bari ab dem heutigen Tag abwechselnd durch mehrere Beamte des Verfassungsschutzes unter ständige Beobachtung zu stellen. Um die Mordermittlungen im Fall der Musa-Brüder aber nicht zu beeinträchtigen, einigten sie sich darauf, ihre Vermutung erst einmal so lange für sich zu behalten, bis sie absolut sicher waren, dass sie es tatsächlich mit einem gefährlichen Terroristen zu tun hatten. Erst wenn Gewissheit besteht, der richtige Zeitpunkt gekommen war, wollten sie Peter und die anderen davon in Kenntnis setzten. Es barg jedoch ein gewisses Risiko, dass sie damit vielleicht einen Fehler begehen könnten. Bei einem eventuell geplanten terroristischen Attentat und Schweigen über dessen eventuelle Kenntnis setzten sie das Leben Unschuldiger aufs Spiel. Inwieweit sie mit ihrem Verdacht der Wirklichkeit nahekamen, konnten sie aber zu dem Zeitpunkt noch nicht wissen.

Die vergangene Woche war um so weniger erfolgreich für Anja und Klaus gewesen. Zusammen mit Faris hatten sie mehrfach versucht, Rhabih Moussa und seinem arabischen Clan auf den Zahn zu fühlen. Rhabih Moussa, der Kurde, schien plötzlich wie vom Erdboden verschwunden zu sein. Niemand wollte so richtig wissen, wo er sich derzeit aufhielt. Laut Aussage seiner Frau war er zu einem Familientreffen nach Bremen gefahren, laut der seiner Freunde war er auf Urlaubsreise in Spanien. Da es weder einen treffenden Grund für seine Verhaftung gab, ergo kein Haftbefehl vorlag, war auch keine direkte Fahndung bisher erfolgt. Nach einiger Überzeugungsarbeit beim Richter hatten sie aber in der Zwischenzeit eine Zeugenfahndung durchgedrückt. Es war nicht so leicht gewesen, denn im Amtsdeutsch heißt es: „Eine besonders eingehende Prüfung der Verhältnismäßigkeit hat bei der Fahndung nach Zeugen stattzufinden. Eine öffentliche Fahndung nach Zeugen darf nach Art und Umfang nicht außer Verhältnis zur Bedeutung der Zeugenaussage für die Aufklärung stehen." Nachdem das jedoch endlich geklärt war, blieb Anja und Klaus nichts anderes übrig, als darauf zu warten, dass der Mann irgendwo bald auftauchen und zu einer Vernehmung gebracht werden würde.

In der Zwischenzeit, um nicht ganz untätig zu bleiben, befragten sie andere Immigranten aus dem Umfeld der Musa-Brüder. Dies führte aber ebenfalls zu keiner weiteren neuen verwertbaren Spur. Niemand schien Auskunft darüber geben zu wollen, ob die beiden Brüder Feinde hatten, keiner wusste etwas über Probleme in ihrem Umfeld. Die Fragen zu einer nachgesagten Verbindung zu Rhabih Moussa stießen überall nur auf Schulterzucken. Sie prallten auf eine Mauer des Schweigens. Es war wie eine ferngesteuerte kollektive Amnesie, niemand der Anwohner wollte etwas wissen. Sie ahnten natürlich, dass der Kurde selber dafür gesorgt haben musste, dass keiner wagte, etwas zu sagen. Sie konnten ja nicht ahnen, dass der Kurde mit seiner brutalen Einschüchterungstaktik vor sechs Tagen den gewünschten Erfolg erzielt hatte. Die Anwohner der Wilhelm-Leuschner-Straße schwiegen beharrlich. Aus den Befragungen konnte genauso wenig ermittelt werden, ob es sich um eine geplante Tat handelte oder die Brüder nur rein zufällig Opfer geworden waren. Es gab bisher nur ein einziges sichtliches, vermutlich falsches Indiz für ein Tatmotiv, die Verunglimpfung der Toten durch die blutigen Hakenkreuze. Es ließ zwar auf eine Tat mit rechtsradikalem Hintergrund schließen, konnte aber auch von dem Täter oder den Tätern ganz bewusst als irreführende

Spur gelegt worden sein. Stand der Ermittlungen in der Zwischenzeit war ja auch, dass niemand Bekanntes aus Ostfrieslands rechtsradikaler Szene mit den Morden in Verbindung stand. Anja war, mehr denn je, auch nicht davon überzeugt. Sie konnte es sich einfach nicht vorstellen, dass Aadil und Hajid Musa dem Krieg ihrer Heimat entflohen waren, eine gefährliche, beschwerliche Flucht unternommen hatten, nur um im friedlichen Ostfriesland von ein paar Neonazis ermordet zu werden? Da steckte, ihrer Meinung nach, etwas viel Komplexeres dahinter. Die beiden Brüder lagen tot und kalt in der Gerichtsmedizin, kein Mensch fragte mehr nach ihnen. Niemand würde sie begraben, um sie trauern, es war, als ob die Musa-Brüder nie richtig existiert hätten. Sie waren vielleicht zur falschen Zeit am falschen Ort gewesen. Eins war sicher, sie waren tot, erschossen. Wen kümmerte es? Anja kümmerte es, sie war richtig sauer und schwor sich insgeheim den oder die Täter zur Rechenschaft zu ziehen!

Entsprechend den festgefahrenen Ermittlungen war auch die Stimmung im Büro. Nach der anfänglichen Euphorie über die Festnahme des Polizistenmörders Andreas Janssen war sie wieder sehr viel schlechter geworden. Irgendwie glaubte keiner mehr so richtig an einen Mörder aus der ostfriesischen rechten Szene. Alle versuchten krampfhaft einen bundesweiten, rechten neuen Ermittlungsansatz zu finden, aber so sehr sie auch diese Schiene verfolgten, sie fanden keinen. Sie traten auf der Stelle, drehten sich im Kreise.

„Gibt es eigentlich schon etwas Neues über diesen Mohammed Bari?", stellte Peter beiläufig die Frage an Faris, der geschäftig an seinem Computer arbeitete.

Verlegen blickte dieser kurz von seinem Schreibtisch hoch und antwortete ausweichend: „Wir sind an ihm dran, Peter, noch haben wir nichts Konkretes über den Syrer rausgefunden. Wir überprüfen aber gerade einen wichtigen Hinweis." Damit hatte Faris nicht einmal gelogen, er verschwieg dabei nur, dass sich ihr Verdacht mittlerweile erhärtet hatte. Ihnen war auf Umwegen ein Dossier von einem befreundeten Dienst übermittelt worden. Es enthielt ein Foto, das Mohammed Bari mit einem Mann im Jahre 2015 in der Stadt Idlib in Nordwestsyrien zeigte. Dieser Mann, zusammen mit Mohammed Bari auf dem Foto, war kein Geringerer als Hassan Abbas, einer der Anführer der Hayat-Tahrir-al-Sham-Rebellen-Gruppe in Syrien. Das Foto allein bewies aber noch nicht, dass Mohammed Bari ein Terrorist war, doch da die Hayat-Tahrir-al-Sham-Gruppe als ein direkter Ableger der Al-Kaida-Organisation angesehen wurde, war jeglicher Kontakt mit ihr im äußersten Grade verdächtig. Eigentlich waren sie sich einig einen hochgradigen Terroristen an der Angel zu haben, wollten jedoch hundert Prozent sicher sein, bevor sie mit der Nachricht publik gingen.

Peter hatte die kurze Ausrede von Faris, ohne viel weiter darüber nachzudenken, zur Kenntnis genommen. Er war irgendwie mit seinen Gedanken ganz woanders. Ihn beschäftigte viel mehr, dass Rhabih Moussa, dieser Typ des arabischen Kurden-Clans, einfach so untergetaucht war. Die vermeintliche Verbindung zwischen dem Kurden und den Musa-Brüdern war nach Sachlage die einzige heiße Spur, die sie im Moment noch verfolgen konnten. Er stand auf, ging rüber zum Whiteboard, an dem sämtliche Fotos zum Fall hingen, zeigte mit dem Finger auf das Foto von Rhabih Moussa und fragte in die Runde: „Was ist mit dem hier, ist der Kurde in der Zwischenzeit wieder irgendwo aufgetaucht?"

„Das kannst du leider knicken, Peter. Rhabih Moussa ist wie vom Erdboden verschluckt. Wir haben seine Frau und Freunde wissen lassen, dass wir ihn dringend nur als Zeugen sprechen wollen, aber er hat sich bis jetzt nicht bei uns gemeldet. Die einen sagen, er ist wegen Familienangelegenheiten in Bremen, die anderen, er sei in Spanien im Urlaub. Was wahr ist, wissen wir nicht. Er steht seit Montag auf der internen Zeugenfahndungsliste. Mehr können wir nicht machen, für einen direkten Haftbefehl reicht es nicht", antwortete ihm Klaus auf seine Frage.

Peter wollte gerade etwas zu den Kollegen sagen, als plötzlich die Bürotür aufgerissen wurde. Völlig außer Atem kam die junge Kommissaranwärterin Gesa Kramer hereingestürzt. Sie hielt einen kurzen Moment inne, schluckte ein paarmal und verkündete dann mit überschlagender Stimme:

„Wir haben einen weiteren Mord."

Kapitel XXIV

Donnerstag, 18. Mai, später Vormittag

Die Nachricht eines weiteren Mordes war im Büro wie eine Bombe eingeschlagen. Für einen Moment starrten sie sich regungslos an, dann herrschte plötzlich ein koordiniertes Chaos. In Windeseile wurden die entsprechenden Einsatzkräfte des Reviers mobilisiert. Es lief alles nach einem geübten, widerspruchslosen Protokoll ab, Spurensicherung und Gerichtsmedizin wurden sofort aktiviert, die Mordkommission machte sich auf den Weg zum Tatort. Wie von einem unsichtbaren Magneten angezogen, trafen sich die verschiedenen Teams in kürzester Zeit am Ort des Geschehens.

Der grausige Schauplatz befand sich ein weiteres Mal in Borssum, diesmal handelte es sich um das im Jahr 2015 geschlossene Freibad des Stadtteils. Als Peter und Anja am Tatort eintrafen, glich der Parkplatz des Freibads einem billigen Jahrmarktsrummel. Einsatzfahrzeuge der Polizei, der Feuerwehr, des THW, diverse Rettungsfahrzeuge, egal, Hauptsache alle mit blinkenden Lichtern ausgestattet, standen querbeet vor dem unscheinbaren Flachbau des Eingangsgebäudes. Der unschöne, kastige Komplex beherbergte die Technik, Büros sowie die Umkleidekabinen des Freibads. Erwartungsvoll drängte sich eine sensationslüsterne, neugierige, stetig wachsende Menge schaulustiger Menschen vor einer eiligst aufgespannten Absperrung. Natürlich waren die meisten von ihnen, wie heutzutage nicht anders zu erwarten, mit ihren aufdringlichen, unaufhörlich filmenden Handykameras bewaffnet. Peter drängte sich zusammen mit Anja, immer wieder auch den Ellenbogen benutzend, durch die Menge. Peter nahm dabei wenig Rücksicht auf ein paar allzu neugierige Gaffer. Einem übermäßig dreisten Filmer, der Peter den Weg versperrte und ihm das Handy vors Gesicht hielt, trat er absichtlich auf den Fuß. Als der Typ sich schmerzhaft bückte, schlug Peter ihm, wie unbeabsichtigt, das Handy aus der Hand und trat dann obendrein ungeschickterweise auch noch drauf.

„Sorry", murmelte er grinsend im Weitergehen, unter dem lauten, trotzdem zwecklosen Protest des betroffenen Gaffers. „Seitdem in Deutschland jeder meint, er müsste alles sofort im Internet auf You-Tube posten, sind die Leute wie ausgewechselt. Diese schreckliche Sensationslust nimmt abartige Züge an. Die Moral der Menschen bleibt auf der Strecke, es widert mich an!", stieß er hervor.

„Hast vollkommen recht, Peter, viele können sich nur noch durch diese blöden Smartphones oder auf irgendwelchen Plattformen verwirklichen. Die Welt gerät total aus den Fugen, brauchst dir ja nur mal diesen Twitter-Präsidenten anschauen, der es ihnen allen offiziell vormacht."

„Mann, hör mir auf mit dem, mir ist eh schon schlecht."

Am Eingang des Freibades empfing sie mit einer düsteren Miene Polizeioberkommissar Gerold Meier. „Moin, Peter, Anja, na, dann kommt mal mit. Der Tote ist vor circa einer Stunde von spielenden Kindern im Sprungturmbecken des Freibades unter einer alten Abdeckplane entdeckt worden", erklärte er ohne Umschweife oder eine Frage abzuwarten. Das war so Gerold Meiers typische Art, stoisch, emotionslos korrekt. „Das Bad ist ja schon seit Herbst letzten Jahres geschlossen. Ihr wisst ja sicher aus der Zeitung, dass die Stadt kein Geld für eine Sanierung hat. Seitdem wird das Gelände kaum noch betreten. Die Kinder hielten sich illegal auf dem Grundstück auf. Das passiert natürlich, man kann das Freibad ja auch nicht ständig überwachen. Auf Streife fahren die Kollegen zwar regelmäßig hier vorbei, aber das war es dann auch schon."

„Ist schon gut, Gerold, niemand macht irgendjemand Vorwürfe. Sag uns lieber, ob ihr sonst noch was gefunden habt", unterbrach ihn

Anja sanft. Anja mochte den Polizeioberkommissar Gerold Meier, er war immer nett und zuvorkommend. Er hatte gerade im Januar sein fünfundzwanzigjähriges Dienstjubiläum mit den Kollegen gefeiert. Meier war fünfzig Jahre alt, verheiratet, hatte zwei erwachsene Kinder, doch seine ganze Leidenschaft gehörte dem Fußball. Seit Kindesbeinen gehörte er dem Verein Amisa Wolthusen an. Als junger Mann hatte Gerold sogar selber ein paar Jahre erfolgreich in deren 1. Mannschaft gekickt. Er war so gut gewesen, dass er ein Probetraining bei Werder Bremen absolvierte, aber dann hatte es am Ende doch nicht für eine Profikarriere ganz gereicht.

„Ne, bis jetzt nix, wir suchen immer noch das umliegende Gelände ab. Der Tote liegt da beim Sprungturm unten im ausgetrockneten Becken. Die Leiche war mit einer Plane abgedeckt, als die Kinder ihn beim Spielen zufällig fanden", dabei zeigte er mit dem Finger in die Richtung, wo am Ende eines abgewinkelten Teilstücks des großen Schwimmbeckens ein Fünf-Meter-Sprungturm in die Höhe ragte. „Ihr müsst da vorne an der Leiter runterklettern, Sigurd ist schon unten, der war als Erster von euch hier."

„Der wohnt ja auch gleich um die Ecke", bemerkte Anja dazu. „Der ist hier auch immer jeden Morgen schwimmen gegangen. Geht ja nun leider nicht mehr, das Bad macht im Mai nicht auf. Es ist eine Schande, das Freibad überhaupt so verkommen zu lassen."

„Das kannst du laut sagen, Anja", stimmte Gerold Meier ein. „Da hat die Stadt sich wieder einmal selbst übertroffen. Jahrelang haben sie die bekannten Mängel immer nur mit Flickschusterei behoben. Etwas Farbe und ein paar Reparaturen reichen jetzt aber nicht mehr aus, sagt unser Oberbürgermeister nun sogar selber. Die Sanierungskosten schätzen die auf 500 000 bis 600 000 Euro, das wird dann eh wieder mehr als eine Million werden, kennt man ja von anderen öffentlichen

Projekten. Dafür hat die Stadt natürlich wie immer kein Geld. Das Bad endgültig schließen ist auch nicht drin, also weiß wieder einmal keiner von den Herren, wo es langgeht, typisch Emden halt."

Vom Beckenrand blickten Peter und Anja in die circa vier Meter tiefe Grube unter dem Sprungturm, wo sie den Gerichtsmediziner Sigurd Schmitz über einen Leichnam gebeugt und drei weitere Beamte der Spurensicherung geschäftig um ihn herum hantieren sahen. „Moin, Sigurd," rief Peter hinunter. „Wie sieht es aus da unten, sollen wir runterkommen?"

„Darum möchte ich bitten, aber wartet lieber noch einen kleinen Moment, bis die Kollegen der Spusi den Beckenboden an der Einstiegsseite noch nach verwertbaren Fußabdrücken abgeleuchtet haben", antwortete Sigurd.

Es dauerte daraufhin nur wenige Minuten, bis ihnen die Kollegen der Spurensicherung das Okay gaben. Dann standen Anja und Peter neben Sigurd Schmitz im Sprungbecken. Der Tote befand sich in einer schräg sitzenden Position an der rückwärtigen Beckenwand. Auf den ersten Blick, der Kleidung und Figur nach zu urteilen, handelte sich bei dem Toten zweifellos um einen jungen Mann. Der Kopf war stark seitlich nach vorne geneigt, mit dem Kinn auf der Brust ruhend, sodass Peter sich tief hinknien musste, um in das Gesicht sehen zu können.
„Verdammte Scheiße", entfuhr es ihm. „Das hat uns gerade noch gefehlt, ab jetzt jagen wir einen Serienkiller!" Mit Entsetzen hatte er festgestellt, dass es sich bei dem toten Mann unmissverständlich wieder um einen jungen Ausländer handelte. Wie bei den toten Musa-Brüdern war auch er mit zwei Schüssen getötet worden. Peter konnte die Einschüsse in die Brust und in den Kopf deutlich ausmachen. Was Peter jedoch dazu veranlasste, das Wort Serienmörder in den Mund zu nehmen, war das mit Blut geschmierte Hakenkreuz auf der Stirn

des Toten. „Kannst du uns schon was zur Todeszeit sagen?", fragte er, ohne hochzuschauen, während er mit seinen gummibehandschuhten Händen die Hosentaschen des Toten durchsuchte. Aus einer der Taschen fischte er dabei ein Handy, Schlüssel, etwas Kleingeld, aus der anderen einen zerknitterten Ausweis. Er überreichte die Sachen Anja, die sie sofort eintütete.

Sigurd, der den Toten schon oberflächlich untersucht hatte, maulte: „Den Leichenflecken sowie der Starre des Körpers nach würde ich behaupten, der liegt hier schon etwas länger im Freibad. Ich schätze mal, grob gesagt zwei Tage, aber wie immer, Genaueres kann ich erst später nach der Obduktion sagen."

„Dafür habe ich etwas, bei dem Toten handelt es sich um einen gewissen Tarik Najjar, einundzwanzig Jahre alt, aus Afghanistan stammend", schaltete sich Anja dazu, die die den Ausweis gesichtet hatte.

Im gleichen Augenblick kam einer der Beamten der Spusi und hielt einen Plastikbeutel hoch. Durch das Plastik war eindeutig eine Messingpatronenhülse auszumachen. „Die haben wir aus dem Abfluss dort vorne gefischt. Die muss dem Täter wohl bei den Schüssen versprungen und dann in den Gulli gerollt sein. Am Gulli sind unverkennbar Spuren zu sehen, dass jemand versucht hat, sie wieder rauszubekommen, aber offensichtlich daran gescheitert ist", grinste der Beamte über beide Ohren.

Das war endlich ein Durchbruch, eine Patronenhülse konnte viel aussagen, im besten Fall befand sich vielleicht sogar noch der Teil eines Fingerabdrucks darauf.

Sigurds Augen leuchteten, als er die Messinghülse durch das Plastik begutachtete. Er drehte den Beutel hin und her, bevor er voller Stolz verkündete: „Eindeutig eine Pistolenpatrone der Luger 08, noch vor

1938 hergestellt, mit einem Vollmantel-Kegelstumpf-Geschoss 124 grain bzw. 8 Gramm versehen. Parabellum, abgeleitet aus dem Lateinischen: ‚Si vis pacem para bellum‘, ‚Wenn du Frieden willst, bereite den Krieg vor‘. Bei dieser Patronenhülse handelt es sich ohne jeglichen Zweifel um alte, aber immer noch, wie man hier sieht, funktionstüchtige Wehrmachtsmunition. Da hat wohl jemand Opas alte Wehrmachtsbestände geplündert und legt, wie es aussieht, damit jetzt reihenweise Asylanten bei uns um."

Peter war erneut über Sigurds extremes Fachwissen überrascht. Mit einem einzigen Blick auf die Patronenhülse hatte er nicht nur die volle geschichtliche Herkunft der Munition erklärt, sondern auch noch gleichzeitig zusätzlich ein paar interessante Bemerkungen fallen gelassen, die bei den Ermittlungen enorm weiterhelfen könnten. „Hochinteressant, was du da sagst, das schränkt die Suche schon mal stark ein. Hoffentlich finden wir noch mehr über die Munition heraus. Bitte sei so gut, Sigurd, und lass mir noch, wie immer, deinen Autopsiebericht so schnell wie möglich zukommen."

„Werde ich machen, Peter, den hast du, sobald er fertig ist, auf deinem Schreibtisch. Wegen der Munition ist noch zu sagen, die ist sehr selten und kaum zu bekommen. Ich denke mal, die hatte jemand, mit der dazu passenden Luger, noch auf Lager. Frag mal im Emder Schützenverein, die tauschen sich immer gerne aus über ihre alten Besitztümer."

„Mach ich, Sigurd, danke für den Tipp. Komm, Anja, hier können wir nichts mehr ausrichten, wir fahren zurück ins Büro."

Kapitel XXV

Donnerstag, 18. Mai, vormittags zur gleichen Zeit

Mohammed Bari stand, leise vor sich hinfluchend, in der Menge vor dem Freibad. Er hatte die regsamen Geschehnisse im Freibad aus der Distanz verfolgt. Ein bekannter Syrer hatte ihn und andere Immigranten in der gegenüberliegenden Wilhelm-Leuschner-Siedlung über Aktivitäten der Polizei früh informiert. Es lag wohl an den unsicheren Verhältnissen in ihren eigenen Heimatländern und dem Misstrauen zur Obrigkeit, ständig die Augen offen zu halten. Irgendwie waren die Flüchtlinge jederzeit in einer Art nervöser Alarmbereitschaft, um für einen eventuellen Einsatz gegen sie vorbereitet zu sein. Wenn plötzlich unerwartet eine Ansammlung von Polizeifahrzeugen in der Nähe ihres eigenen Wohnviertels auftauchte, verhieß das für sie meist nichts Gutes. Und die Wilhelm-Leuschner-Siedlung war wirklich sehr nahe, sie lag direkt gegenüber vom Freibad, auf der anderen Seite der Petkumer Straße. In der Badesaison konnte man bequem aus den höher gelegenen, dem Freibad zugewandten Fenstern die Badenden auf den Liegewiesen oder in den Schwimmbecken sehen. Seine beiden toten Mitbewohner, die Musa-Brüder, hatten sich dafür sogar extra einen Feldstecher besorgt, nur um die Mädchen in ihren knappen Bikinis besser beobachten zu können.

Mohammed erfuhr schnell, durch einen Umstehenden, dass man einen Toten im Sprungturmbecken gefunden hatte. Der Mann war ermordet worden. Es soll sich bei dem Ermordeten wieder um einen von diesem Ausländerpack handeln, wusste ein Mann in der Menge lautstark zu erzählen. Ganz bewusst, mit einem verächtlichen Grinsen, nahm er dabei keinerlei Rücksicht auf Mohammed und ein paar andere Immigranten, die in der Nähe standen. Ganz im Gegenteil, zusätzlich zu der

Beleidigung schlugen ihnen auch noch hasserfüllte Blicke entgegen. Es war ja schließlich ein toter Ausländer, der die beschauliche Ruhe der braven Borssumer Bürger zu stören wagte. Wie konnte der es nur wagen, sich hier einfach umbringen zu lassen? Mohammed ließ sich durch das alles nicht beirren, er würde die Infidels alle früh genug bestrafen. Jetzt musste er aber dringend wissen, was hier wirklich los war. Warum wurden auf einmal in Borssum Ausländer, wie er, umgebracht? Hatte eventuell dieser arabische Hurensohn damit etwas zu tun, fragte er sich. Wenn ja, musste er schleunigst etwas gegen diesen ungläubigen Hund unternehmen. Er konnte zu viel Polizei in seiner unmittelbaren Umgebung gerade jetzt nicht gebrauchen, das könnte seinen Plan gefährden. Dann entdeckte er unter den vielen Polizisten die Frau sowie ihren Kollegen, die ihn beim ersten Besuch vernommen hatten. Im gleichen Augenblick, bevor er sich hatte abwenden können, entdeckten ihn auch Peter und Anja. „Herr Bari", rief Peter ihm zu. „So ein Zufall, wenn man denn daran glaubt? Wir haben schon wieder einen toten Asylanten und wen treffen wir als Erstes, Sie."

„Sie wissen, ich dort drüben wohnen, Herr Kommissar. War hier einkaufen in die Supermarkt, wie immer", erwiderte Mohammed Bari trotzig, in gebrochenem Deutsch, und zeigte dabei auf den nahen Edeka-Markt neben dem Parkplatz des Freibades. Um seinen Worten Nachdruck zu verleihen, hielt er ihnen eine volle Einkaufstüte mit frischen Lebensmitteln vor die Nase.

Peter wusste, er war mit seiner spitzen Bemerkung etwas über das Ziel hinausgeschossen. Er konnte sich auch nicht erklären, warum er so gereizt reagiert hatte. Der junge Mann hatte ihm schließlich nichts getan. Vielleicht war es, geweckt durch Faris' geäußerten Verdacht dem Mann gegenüber, eine gewisse Voreingenommenheit. Die Durchleuchtung von Mohammed Bari hatte aber laut Faris und Anton bisher nichts Verdächtiges zutage gebracht. Es konnte aber auch daran liegen, dass Peter durch den weiteren Mord und die Art und Weise, wie die Männer ermordet wurden, nicht in der allerbesten Stimmung war. Peter lächelte freundlich, versuchte in einem versöhnlicheren Ton die Wogen etwas zu glätten. „Natürlich, Herr Bari, meine Bemerkung war auch nicht so gemeint. In Wirklichkeit bin ich sehr froh, Sie hier zu treffen. Vielleicht können Sie uns sogar behilflich sein. Kennen Sie rein zufällig einen jungen Afghanen namens Tarik Najjar? Er wohnt, wie wir feststellen konnten, auch bei Ihnen in der Wilhelm-Leuschner-Straße.“

Anja hielt ihm dabei den Ausweis des jungen Afghanen unter die Augen. Mohammed schaute kurz auf das Foto, das einen jungen Mann mit einem vollen Bart zeigte, den er nur allzu gut kannte. Sie hatten zusammen die gleiche Moschee am Hauptbahnhof besucht. Tarik war ein guter, gläubiger Moslem gewesen. Mohammed hatte ihn sehr gemocht.

„Nein, Herr Kommissar, der Name oder Mann auf Foto ich nicht kennen. Wohnen viele Flüchtlinge in Siedlung, nicht alle kennen.“

„Da haben Sie recht, Herr Bari, es war ja auch nur so eine Idee. Ich möchte Sie auch nicht weiter aufhalten und wünsche Ihnen noch einen schönen Tag.“

Während Anja und Peter zurück zu Peters Triumph Stag liefen und vom Parkplatz fuhren, schaute Mohammed ihnen noch eine Weile nach. Dann ging er schnell zurück zu seiner Wohnung. Er fluchte dabei den ganzen Weg leise vor sich hin, die Entwicklung der Dinge passte ihm überhaupt nicht. Die Polizei war nicht dumm und sie würden nicht locker lassen. Zudem musste er jetzt zusätzlich sehr vorsichtig sein, denn er hatte das Fahrzeug mit den Polizisten, die die Wohngebäude observierten, schon vor einigen Tagen bemerkt. Mohammed führte dies aber zurück auf die Morde an den Musa-

Brüdern, er war sich sicher, dass die Behörden von seinen wirklichen Absichten nichts wussten. Woher denn auch, die waren ja nur ihm und Asim bekannt und Asim würde nie etwas verraten. Dennoch, dieser Kommissar Streib gefiel ihm nicht, aber noch weniger hatte ihm der arabische Polizist gefallen, dieser Faris Marzouk. Wie der ihn angeherrscht hatte, dieser arrogante Ibin al Gahua, Sohn einer deutschen Hure. Es würde ihm richtig Freude bereiten, ihm den Hals durchzuschneiden.

Mit dieser befriedigenden Vorstellung ging Mohammed. Zu Hause angekommen verschwand er gleich in den Keller, holte aus dem Versteck im Nachbarraum seine Sachen. Danach schloss er sich ein, um weiter an dem Werk seiner Rache zu bauen. Viel Zeit für seine Vorbereitungen blieb nicht mehr, der Zeitpunkt des Emder Matjesfestes kam immer näher. Er wartete aber immer noch auf die letzte wichtige Lieferung, die Zünder für seine Bomben. Asim hatte ihm fest versprochen, sie zusammen mit dem restlichen Sprengstoff noch diese Woche zu liefern.

Kapitel XXVI

Donnerstag, 18. Mai, nachmittags

Der neuerliche Mord an einem Asylanten sorgte für massive Aufregung. Polizeirat Ewald Theesen lief fortwährend, wie ein aufgeschrecktes Huhn, durch das Besprechungszimmer auf und ab. Während sie auf die noch nicht erschienenen Kollegen warteten, begann er aufgeregt und unförmlich. „Streib, was ist das nur für eine furchtbare Sauerei? Die können doch nicht einfach, mir nix, dir nix, hier in meiner Stadt die Asylanten abmurksen. Polizeidirektor Lütjens will Antworten und ich auch! Wenn das mit den scheußlichen Hakenkreuzen publik wird, dann stürzt sich die gesamte Presse auf uns, wie Fliegen auf Scheiße. Unsere schöne Stadt wird man in den Medien als die Hochburg der rechtsradikalen Szene in Deutschland abstempeln. Wir werden hingestellt, als wenn die Menschen hier nur Nazis und die AfD wählen würden. Das können wir absolut nicht zulassen!"

„Nun mal ganz ruhig bleiben, Chef. Nichts wird an die Medien dringen, was wir nicht wollen. Kein Journalist weiß bis jetzt etwas über die Hakenkreuzschmierereien und so soll es auch bleiben. Lass uns mal abwarten, bis alle die anderen hier sind und dann beginnen wir in aller Ruhe die Besprechung", konterte Peter und hoffte, dass er mit seiner Aussage auch recht behalten würde.

Nach und nach erschienen die Kollegen, als Letzter betrat Anton Jakobs den Raum. Er sah sich suchend nach Faris Marzouk um. Unter dem Arm brachte er einen Stapel Unterlagen mit. Als er Faris am Ende des Besprechungstisches entdeckte, setzte er sich unmittelbar neben ihn und bot ihm, sichtlich nervös, Einblick in die mitgebrachten Unterlagen. Peter sichtete die Runde der Anwesenden, notierte dabei

Oberstaatsanwältin Lena Holtmann, Anja Kappels, Klaus Marquart, Faris Marzouk, Gerold Meier, Menno Ulferts, Ewald Theesen und Anton Jakobs. Es waren so weit alle für den Fall wichtigen Personen im Raum. Die Besprechung konnte beginnen.

„Frau Oberstaatsanwältin, liebe Kollegen, ich brauche euch nicht weiter erklären, warum wir dieses Meeting so kurzfristig angesetzt haben. Heute Morgen wurde die Leiche eines weiteren jungen ermordeten Asylanten entdeckt. Bei dem Toten handelt es sich um einen gewissen Tarik Najjar, ein einundzwanzigjähriger Afghane. Man hat den Mann, genauso wie die Musa-Brüder, mit zwei Schüssen, einen in die Brust und den anderen in den Kopf, getötet. Wiederum wurde der Leiche post mortem, exakt wie im ersten Fall, mit dem eigenen Blut ein Hakenkreuz auf die Stirn geschmiert. Daraus lässt sich schließen, dass wir es, aller Voraussicht nach, hier mit einem Serienmörder zu tun haben! Es sieht auch nicht danach aus, dass die Mordserie damit endet. Ich denke, wir müssen, wenn wir nicht bald einen konkreten Hinweis finden, der uns auf die Spur des Täters führt, uns eventuell auf noch mehr Leichen einstellen. Interessant für die Ermittlungen ist noch, der tote Asylant wohnte genauso wie die Musa-Brüder in der Wilhelm-Leuschner-Siedlung in Borssum. Das könnte ein Indiz dafür sein, dass der Täter die Opfer im Umfeld der Siedlung auswählt. Der Mörder ist vielleicht sogar selber dort ansässig. Es könnte ein Einzeltäter aus der näheren Umgebung sein, wir sollten aber nicht ganz ausschließen, dass es sich auch um mehrere Täter handeln könnte. Anwohner, die mit den Zuständen in ihrer Siedlung eventuell total pissed off sind. Personen, die vielleicht mit Asylanten in Streit geraten sind? Natürlich dürfen wir nicht die Möglichkeit eliminieren, dass wir hier in Emden vielleicht doch irgendwo eine Neonazizelle übersehen haben.“

Anton Jakobs fühlte sich auf die letzte Aussage hin angesprochen. Er erhob sich und sagte: „Kollegen, wie wir alle schmerzlich erfahren mussten, sind die bekannten Emder Neonazis nicht in die Mordfälle verwickelt. Falls andere Rechtsradikale aus dem näheren Umfeld Ostfrieslands dafür verantwortlich wären, hätten wir längst davon Wind erhalten. Ich bin mir da absolut sicher. Es kann sich zwar um eine neue hiesige Gruppe handeln, die nach dem Muster der NSU mordet, aber auch das halte ich für eher unwahrscheinlich. Ich begründe das damit, dass wir alle rechten Elemente in ganz Deutschland sehr extrem unter Beobachtung haben. Nach unserem Zugriff in der Szene vor Ort möchte ich eine direkte Beteiligung der lokalen Nazis ausschließen. Natürlich besteht die Option einer Splittergruppe aus einem anderen Bundesland, aber warum sollten die gerade in Ostfriesland Asylanten umbringen? Die haben bestimmt selber genug Asylanten vor ihrer eigenen Haustür. Ne, ich denke, da steckt etwas ganz anderes dahinter. Ich tippe mehr auf einen gefährlichen, kranken Einzeltäter, mit einem für ihn begründeten, unbändigen Hass auf Ausländer."

Anton Jakobs' kurze Zusammenfassung aus seiner Sicht der Lage hatte Hand und Fuß, die Kollegen nickten zustimmend. Peter hatte diese Option auch längst erwogen und Klaus Marquart am Vortag darauf angesetzt, nach Personen zu suchen, die nachweislich in Emden durch a) ausländerfeindliche Aktionen aufgefallen waren, b) durch Ausländer zu Schaden gekommen waren.

Klaus ergriff nach Antons Darlegung der Dinge die Gelegenheit und berichtete den Kollegen über seine Recherchen. Er informierte sie darüber, dass dabei eine ganz beachtliche Liste von Personen zustande gekommen war, die jetzt nach und nach befragt werden mussten.

Faris brachte anschließend die Verbindung der Musa-Brüder zum arabischen Clan noch mal zur Sprache. Er verwies darauf, dass der junge Afghane, das letzte Opfer, besser auch nach Kontakten zu Rhabih Moussa und Anhang überprüft werden sollte.

Anja fügte ergänzend hinzu, dass von Moussa derzeit immer noch jegliche Spur fehlte. Die Zeugenfahndung nach dem Kurden lief zwar auf Hochtouren, war bisher aber erfolglos geblieben. Es war dennoch nur eine Frage der Zeit, bis Rhabih Moussa in Emden wieder auftauchen musste. Dann, hofften sie, konnten so einige offene Fragen zum Fall geklärt werden.

Peter stellte mit Zufriedenheit fest, dass das Team die richtigen Ansätze verfolgte.

„Wir haben, glaube ich, eine ganze Menge neuer interessanter Aspekte für unsere Ermittlungen, denen wir umgehend nachgehen sollten. Aber kurz zurück zu unserem Toten von heute Morgen", übernahm er jetzt wieder das Ruder. „Unsere Kollegen der Spusi haben im Freibad eine äußerst interessante Patronenhülse gefunden. Laut Sigurd Schmitz handelt es sich dabei mit einiger Sicherheit um eine Luger-P08-Hülse aus Messing von vor 1938. Das ist enorm wichtig, weil solche Munition heute nicht mehr auf dem freien Markt zu bekommen ist. Diese Munition ist extrem selten, oder, wie Sigurd sich treffend ausdrückte: Jemand muss Opas Waffenkammer geplündert haben! Wir sollten damit beginnen alle einschlägigen Quellen zu befragen, ob jemand versucht hat, die Munition zu kaufen, oder bekannt ist, wer noch Vorkriegsmunition im Besitz hat. Bei dem Wort Opa kam mir auch gleich der Großvater von Ubbo Folkerts in den Sinn. Überprüft bitte, ob der mit solch einer Waffe oder Munition in Verbindung gebracht werden kann."

„Wissen wir denn schon, wie lange der Tote im Bad gelegen hatte, bevor er gefunden wurde?", fragte Gerold Meier.

„Gute Frage, Gerold, aber die Antwort ist nein, wir haben bis jetzt noch keinen abschließenden Autopsiebericht von Sigurd Schmitz bekommen. Er vermutete aber, dass die Leiche dort schon ungefähr zwei ganze Tage gelegen hat. Daraus würde sich dann ergeben, dass die Tat in der Nacht von Montag auf Dienstag verübt worden sein muss. Wir sollten daher alle Anwohner im näheren Umkreis dazu befragen, ob sie vielleicht einen lauten Knall, Schuss, gehört oder sonst irgendetwas

Ungewöhnliches in der Nacht bemerkt haben", antwortete Peter dem Beamten. Es schien, als wenn alles im Moment zum Fall gesagt war. Mit einem letzten Blick in die Runde sagte er: „Ich denke, wir wissen alle, was wir zu tun haben. Ich beende die Besprechung hiermit fürs Erste. Falls keiner mehr was zu sagen hat, würde ich vorschlagen lasst uns zurück an die Arbeit gehen. Wir haben alle mehr als reichlich zu tun."

Viel hatte die Besprechung nicht ergeben, aber es gab ein paar brauchbare Ansätze für die Ermittlungen. Mehr oder weniger motiviert verließen sie das Besprechungszimmer. Bevor Faris und Anton die Tür erreichten, bat Peter die beiden doch noch etwas zu bleiben.

„Ja, was gibt's denn noch, Peter?", fragte ihn Anton Jakobs mit leicht lauernder Stimme, dabei unschlüssig verunsichert in Faris' Richtung schauend.

„Schließ doch mal die Tür, Faris", bat Peter und setzte sich auf die Tischkante des Besprechungstisches und wartete, bis dieser seiner Aufforderung nachgekommen war. „So, nun mal raus mit der Sprache, was kocht ihr zwei hier für eine Suppe? Glaubt ihr, ich habe nicht bemerkt, wie ihr in den letzten Tagen emsig wie die Bienen auf und ab durch das Revier schleicht? Ihr führt doch etwas im Schilde. Was ist los mit diesem Mohammed Bari, denn um den geht es euch doch? Und was ist so Wichtiges in den Akten, die du da unterm Arm hast, dass du sie Faris noch vor der Besprechung zeigen musstest?"

Die beiden schauten sich an und nickten kurz. Es war für sie klar, aus der Nummer kamen sie so einfach nicht mehr heraus. Peter war nicht mit ein paar belanglosen Floskeln oder sogar Lügen abzuspeisen. Sie mussten Farbe bekennen und Anton ließ die Bombe platzen: „Wir glauben, handfeste Beweise dafür zu haben, dass Mohammed Bari möglicherweise ein islamischer Terrorist ist und in Emden eventuell einen Anschlag plant!"

Peter hatte eine Weile gebraucht die Anschuldigung Anton Jakobs',
Mohammed Bari sei ein Terrorist, zu verdauen. Faris hatte ihm dann
sämtliche Informationen, die sie inzwischen schon über den Mann in
Erfahrung bringen konnten, offengelegt.

Mohammed Bari war am 22.05.1995 in Rakka, Syrien geboren. Er
studierte an der Technischen Universität in der Stadt Latakia im Nordwesten des Landes am Mittelmeer. Seine Familie war im Syrienkrieg
umgekommen, eine Tragödie. Der Vater, die kleine Schwester und
zwei seiner Brüder waren im Jahr 2013 bei einem Bombenangriff zwischen verfeindeten islamischen Gruppen in Rakka umgekommen, die
Mutter sowie sein jüngerer Bruder im gleichen Jahr vom IS ermordet.
Mohammed Bari selbst war mehr als dreißig Tage lang vom IS verhört
und gefoltert worden. Er hatte aber, wie durch ein Wunder, die Tortur
überlebt. Danach verwischten sich alle seine Spuren. Er behauptete in
seinem Asylantrag, zwischen 2014 und 2015 wieder in Latakia studiert
zu haben, aber es gab über ihn als Studenten an der Universität seit
2013 keinerlei Aufzeichnungen mehr. „Vielmehr nehmen wir an, dass
er sich der Hayat-Tahrir-al-Sham-Rebellengruppe, der Neuauflage der
Al-Kaida in Syrien, angeschlossen hatte. Es gibt eine Fotoaufnahme
von Mohammed Bari, die ihn zusammen mit einem der Al-Kaida-
Anführer, einem gewissen Hassan Abbas, in der Stadt Idlib zeigt.
Hassan Abbas ist auf der US-Liste der gesuchten Terroristen ganz
oben angesiedelt. Von den Amis stammt auch das Foto, das ihn zusammen mit Mohammed Bari zeigt." Ein Foto war zwar noch kein
hundertprozentiger Beweis für die Mitgliedschaft in einer terroristischen Vereinigung, aber es sprach einfach zu viel für die Theorie. Faris
hatte recht gehabt mit seinem Riecher, dass mit dem Mann etwas
nicht ganz koscher war. Anton erzählte Peter auch über die Informationen, die sie über einen mutmaßlichen Al-Kaida-Mann mit dem
Decknamen Asim hatten. Sie hatten Beweise dafür, dass dieser Asim
Kontakt zu jemandem in Norddeutschland aufgenommen hat. Asim,
der im internationalen terroristischen Umfeld kein unbeschriebenes

Blatt war, dessen Spuren sich über ganz Europa fanden, war ein ernst zu nehmender weiterer Fakt für ihren Verdacht, Mohammed Bari war ein Terrorist. Die Behörden hatten zwar kein Foto von Asim, aber er war keine Einbildung des Verfassungsschutzes, sondern eine sehr reale Figur. Es gab ausreichend ganz konkrete Spuren seiner Aktivitäten. Er versorgte Terroristen mit Waffen, Sprengstoff und notwendiger Logistik. Dabei blieb er jedoch immer im Hintergrund und trat nie selber in Erscheinung. Ihn wollten die Staatsschützer, er war das vorrangige Ziel. Es galt, um jeden Preis, Asim unschädlich zu machen.

Peter hatte akzeptiert, dass die beiden ihr Wissen erst einmal für sich behalten hatten. Er stimmte mit ihnen überein, dass es keinen Sinn gemacht hätte, die angehenden sowieso schon schwierigen Ermittlungen in dem Mordfall zusätzlich mit der Meldung eines vermutlichen Terroristen zu belasten. Das Blatt hatte sich aber jetzt grundlegend gewendet. Könnte Mohammed Bari selbst etwas mit den Morden an seinen Mitbewohnern und des Afghanen zu tun haben, oder war er sogar ihr Mörder? Peter überlegte und fasste dann seine Überlegungen zusammen: „Okay, wenn ich es richtig verstehe, wollt ihr Mohammed Bari als Lockvogel für diesen Asim benutzen. Dass er der Mörder ist, können wir, glaube ich, ausschließen. Bari, wenn er denn ist, für was ihr ihn haltet, wird nicht so dumm sein, wenn er einen terroristischen Anschlag plant, durch einen brutalen Doppelmord Aufmerksamkeit auf sich zu ziehen. Erst recht nicht dann auch noch einen zweiten Mord zu begehen. Außerdem ist da noch der Fakt mit der deutschen Luger-P08-Kriegsmunition. Woher sollte er die bekommen haben, die ist so selten wie ein nicht Tee trinkender Ostfriese. Nein, hinter den Morden steckte etwas anderes, was, das müssen wir noch herausbekommen. Dass Mohammed Bari dabei in unser Visier geriet, ist ein unglücklicher Zufall für ihn oder ein glücklicher Zufall für uns, es kommt immer darauf an, von welcher Seite man es betrachtet."

„Damit hast du so ziemlich den Nagel auf den Kopf getroffen, Peter. Besser hätte ich die Situation auch nicht zusammenfassen können", stimmte ihm Anton Jakobs unumwunden zu. „Wir haben Mohammed Bari vierundzwanzig Stunden unter Observation, der macht keinen Schritt, ohne dass wir es wissen. Wir möchten es aber nicht an die große Glocke hängen. Alles soll so weiterlaufen wie eine ganz normale Mordermittlung. Außer uns und jetzt dir wissen nur meine Vorgesetzten sowie Kriminaldirektor Lütjens über den Verdacht Bescheid."

„Ich hoffe, ihr seid euch darüber im Klaren, dass es auch schiefgehen kann. Wenn Bari von eurem Verdacht Wind bekommt, dann kann es schnell mal zu einer Kurzschlussreaktion kommen, oder er geht euch durch die Lappen. Ihr spielt hier mit dem Leben von vielen Menschen, darüber müsst ihr euch bewusst sein."

„Mach dir mal keine Sorgen, Peter, wir sind keine Anfänger. Bari entkommt uns nicht. Es ist aber von extremer Wichtigkeit, an seinen Hintermann Asim heranzukommen. Falls es aber zu gefährlich wird, ziehen wir sofort den Stecker und Bari aus dem Verkehr, das kannst du mir glauben!"

„Okay, ich werde euch nicht dazwischenfunken, aber nur unter einer Bedingung, ihr haltet mich über alles, was ihr von jetzt an unternehmt, auf dem Laufenden. Wenn die Angelegenheit zu heiß wird, irgendeine Gefahr für die Bevölkerung droht, kassieren wir Bari ein."

Kapitel XXVII

Freitag, 19. Mai, morgens

Der nächste Tag begann mit einem strahlenden Sonnenaufgang wie aus dem Bilderbuch. Peter wachte mit dem Gefühl auf, endlich mal wieder gut durchgeschlafen zu haben. Das lag auch nicht zuletzt daran, dass Lena und er am Vorabend früh ins Bett gegangen waren. Nach ausgiebig leidenschaftlichem Sex schläft es sich bekanntlich am besten. Sie hatten beim gemeinsamen Abendessen erst eine Zeit lang über den zweiten Mordfall geredet, dann aber sehr schnell abgeschaltet und ihren lüsternen Hormonen freien Lauf gelassen. Beim Frühstück grinsten sie sich an wie zwei frisch verliebte Teenager, die ihre erste heimliche Liebesnacht miteinander verbracht hatten. Nach ihrer morgendlichen Dusche saßen sie in ihre Bademäntel gehüllt bei Kaffee und frisch aufgebackenen Brötchen. Lena lehnte sich gemütlich in ihrem Stuhl zurück, dabei schob sie ihren Fuß an Peters Oberschenkel hoch und fragte mit verschmitzter Miene: „Du, nächste Woche ist hier in Emden das Matjesfest, wollen wir nicht lieber übers Wochenende zur Insel fahren, denn in der Stadt ist bestimmt wieder die Hölle los."

Peter, der sowieso nicht viel für diese Festivitäten übrighatte, war über Lenas Vorschlag begeistert. „Super Idee, Lena, das machen wir. Dieser ganze Jubel, Trubel in der Stadt kann mir gestohlen bleiben. Kannst du die Buchungen für die Fähre und das Hotel auf Borkum erledigen? Ich glaube kaum, dass ich die nächsten Tage dazu kommen werde."

„Kein Problem, Schatz, mach ich. Toll, ich freue mich schon darauf, endlich mal wieder raus aus Emden und ein bisschen Seeluft am Strand. Soll ja auch gut für die Ausdauer sein", grinste Lena frech.

„He, he, he, Vorsicht, ich zeige dir gleich, was Ausdauer ist. Ja, aber Spaß beiseite, es ist, glaube ich, 'ne Weile her, dass wir zusammen weggefahren sind und ich mal nicht auf Mörderjagd gehe. Es wird uns guttun. Ich hoffe nur, bis dahin haben wir diesen verdammten Asylantenkiller gefasst."

„Du machst das schon, Peter. Du hast ja noch mehr als eine ganze Woche Zeit dafür, solange brauchst du doch sonst nicht", erwiderte Lena frech und erfreute sich am fühlbaren erfolgreichen Spiel ihres Fußes an Peters Oberschenkel.

Peter grinste nur zurück, stand auf, hob Lena vom Stuhl in seine Arme und verschwand mit ihr in Richtung Schlafzimmer.

Als Peter eine Stunde später die Tür zum Büro öffnete, stellte er mit Genugtuung fest, dass alle Kollegen schon vor ihm da waren. Sie nahmen kaum Notiz von Peters Erscheinen, jeder der Kollegen ging irgendwelchen Spuren nach. Nach der Besprechung vom Vortag schienen alle irgendwie wie ausgewechselt. Sigurd hatte am Morgen den Obduktionsbefund reingereicht. Die Todesursache war mit zwei Schusswunden eindeutig. Die genaue Todeszeit hatte ergeben, dass Tarik Najjar in der Nacht von Montag auf Dienstag, so um 12.30 Uhr, erschossen worden war. Bei der Tatwaffe handelte es sich aller Wahrscheinlichkeit um die gleiche Waffe, die bei den ersten zwei Opfern verwendet wurde. Der kurze Zeit später eintreffende Ballistikreport der KTU Hannover bestätigte dann endgültig, beide Projektile stammten aus derselben Waffe, eine Luger P08, mit der auch die Musa-Brüder erschossen worden waren. Die gefundene Messingpatronenhülse zementierte die Erkenntnis. Damit wurde auch Sigurds frühere Aussage bestätigt, dass eine 9 mm-Parabellum-Vollmantel-eschoss-Munition aus einer Luger P08 verwendet worden war. Anhand der gefundenen Messinghülse war bestätigt worden, es handelte sich eindeutig um Munition von vor 1938, denn ab dem Jahr wurden anschließend nur noch Stahlhülsen verwendet. Jetzt musste man nur noch den Besitzer mit Restbeständen dieser Vorkriegsmunition ausfindig machen, wobei die Betonung auf nur noch lag. Dennoch schränkte es das Suchfeld immens ein, es war eine gute Spur. Die Ermittlungen in diese Richtung liefen, vielleicht hatten sie ja sogar Glück, Kommissar Zufall war ihnen hold, und jemand hatte eine Luger P08 in Emden angemeldet. Doch Peter glaubte nicht so sehr an den Zufall. Es gibt schließlich 5,83 Millionen legale Waffen in Deutschland und 2,31 Millionen waffenrechtliche Erlaubnisse. Mal abgesehen von den geschätzten 20 Millionen illegalen Waffen, die im Umlauf sein sollen, ist das im Vergleich mit Amerika jedoch lachhaft. Dort sind schätzungsweise 300 Millionen scharfe Waffen allein im Privatbesitz.

Die Durchsuchung der Wohnung des toten Afghanen hatte, wie im ersten Fall, nichts weiter zutage gefördert. Tarik Najjar lebte genau wie die Musa-Brüder in einer Dreiergemeinschaft in der Wilhelm-Leuschner-Siedlung. In seinem Zimmer fand sich, wie bei den Musa-Brüdern, nicht die kleinste Spur oder ein möglicher Hinweis darauf, warum man ihn erschossen hatte. Seine beiden Mitbewohner, zwei weitere afghanische Asylantragsteller, wussten oder wollten nichts weiter über ihn berichten. Es gab keinerlei Rückschlüsse auf die Tat. Er wäre sehr verschlossen gewesen, lebte sehr zurückgezogen, war alles, was sie über ihn zu sagen hatten. Angeblich hätten sie nicht einmal bemerkt, dass er drei Tage nicht in seinem Zimmer gewesen war. Inwieweit man der Aussage seiner Mitbewohner Glauben schenken durfte, war ungewiss. Nicht einmal Faris hatte bei ihrer Befragung mit Sicherheit feststellen können, ob sie die Wahrheit sagten oder einfach nur logen. Er hielt sie aber für ehrlich und glaubte ihnen. Nicht zuletzt deshalb, weil sie auf die Frage über eine Beziehung zu Rhabih Moussa, dem Kurden, verächtlich fluchten und auf den Boden spuckten. Die Suche nach eventuellen Zeugen erbrachte leider auch kein positives Ergebnis. Die von Sigurd schon vorher geschätzte Tatzeit hatte bei der Befragung der Anwohner in der unmittelbaren Umgebung absolut gar nichts ergeben. Keiner wollte etwas gehört haben, keinen lauten Knall oder Schuss. Auch sonst war niemandem in der Nacht irgendetwas Ungewöhnliches in der Gegend aufgefallen.

„Rhabih Moussa ist wieder zurück in der Stadt. Seine Frau rief gerade an, er lässt uns ausrichten, er will sich in einer Stunde mit uns in der Shisha-Bar seines Onkels in der Innenstadt treffen", rief Klaus durch das Büro, nachdem er den Hörer seines Telefons aufgelegt hatte.

„Der ist ja ganz schön dreist und frech. Er bestellt uns zu einem Treffen. Hat ihn denn niemand darüber informiert, dass er für eine Zeugenvernehmung zur Fahndung ausgeschrieben ist? Was soll's, macht nichts, das werden Faris und ich erledigen. Den Knaben muss ich unbedingt kennenlernen. Dich und Anja brauche ich hier im Büro, Klaus. Ihr müsst die Fälle der Ausländerhasser und möglicher anderer Leute, die, aus welchen Gründen auch immer, unseren Immigranten wenig Liebe gegenüber aufbringen, weiter durchgehen", delegierte Peter die Aufgaben.

Anja und Klaus saßen schon seit den frühen Morgenstunden über einer Liste von Personen, von denen sie nicht für möglich gehalten hatten, dass es sie überhaupt gibt:

— Ein Rentner zum Beispiel, der auf einem öffentlichen Spielplatz ein zehn Jahre altes Flüchtlingskind ohrfeigt.
— Die Story vom unbescholtenen Familienvater, der einen Brandsatz ins leere Nachbarhaus wirft, nur weil Asylanten dort untergebracht werden sollten.
— Die zwei deutschen Brüder, die einen Syrer krankenhausreif schlagen, weil er ihre Schwester angesprochen hatte.
— Ein Lehrer, der im Internet ganz offen Hassparolen verbreitet und Ausländerkinder in seinem Unterricht schikaniert.
— Ein Busfahrer, der es ablehnt, eine verschleierte Frau zu befördern.

Das waren nur einige der bekannten und angezeigten Fälle, die Liste war aber noch viel länger, als sich manch friedliche Emder Bürger vorzustellen vermochten. Zusätzlich hatte Peter noch einen weiteren

Ansatz für die Suche nach dem oder den Tätern aufgebracht. Er hatte die Frage gestellt, was mit von Ausländern geschädigten Personen war. Gab es unter den Emder Bürgern Vergewaltigungsopfer oder Leute, die von Ausländern verprügelt, verletzt worden waren? Entgegen den Befürchtungen war die Anzahl der Übergriffe von Asylanten in Emden auf dessen Bürger gar nicht so hoch. Es gab zwar eine starke ausländische Einbruchskriminalität sowie auch einige Drogendelikte, aber die generelle Kriminalitätsrate hielt sich in Grenzen. Was vorsätzliche Körperverletzung bei Schlägereien anbelangte, waren die Täter weniger die Asylanten, sondern wesentlich vermehrt die schon in Deutschland mit Immigrationshintergrund geborenen Ausländer, wie es so schön im Amtsdeutsch heißt. Dabei fiel ihnen bei der Durchsicht der Polizeiberichte der Name Rhabih Moussa immer wieder auf. Zuletzt beim Totschlag des jungen Deutschen Sven Tjarksen im Januar dieses Jahres.

„Dieser Rhabih Moussa macht seinem Vorstrafenregister alle Ehre", stellte Peter fest und hielt die Akte hoch. „Seitdem er hier vor knapp zwei Jahren in Emden auftauchte, ist er, amtlich vermerkt, insgesamt schon achtmal in Schlägereien mit schwerer Körperverletzung verwickelt gewesen. Kein einziges Mal konnte man ihm aber etwas anhängen, es gab nie auch nur eine direkte Zeugenaussage gegen ihn. Da spielt eine ganze Menge Angst eine große Rolle. Einschüchterung wirkt nur, solange man sie zulässt. Ich freue mich schon richtig auf den Typen, mal sehen, wie groß seine Eier wirklich sind."

Kapitel XXVIII

Freitag, 19. Mai, spätmorgens

Faris und Peter erreichten frühzeitig, noch vor der vereinbarten Zeit, die von Rhabih Moussa fürs Treffen benannte Shisha-Bar in der Innenstadt. Faris erklärte Peter auf dem Weg, was es mit dem neuen Trend der Shisha-Bars auf sich hatte. „Im Orient gehört das Rauchen einer Shisha zur Tradition und ist ein bedeutsamer Teil der arabischen Kultur. In den letzten Jahren hat sich das Rauchen einer Wasserpfeife, einer Shisha, nicht zuletzt wegen der vielen muslimischen Zuwanderer, auch in Deutschland etabliert. Vor allem in größeren Städten gibt es mittlerweile ein vielfältiges Angebot an Shisha-Bars und Shisha-Restaurants, in denen die Wasserpfeife öffentlich konsumiert werden kann."

„Das ist nichts für mich, Faris, ich bleibe da lieber bei meinen Zigaretten, auch wenn sie ungesünder sind."

„Da kann ich dich beruhigen, Peter, das ist ein weitverbreiteter Irrtum. Oftmals wird das Shisharauchen als weit harmlosere Alternative zur Zigarette gesehen. In den Shishas werden meist Fruchttabake geraucht. Der süße Geschmack überdeckt den unangenehmen Tabakgeschmack. Dadurch, dass der Rauch im Wasser abgekühlt wird, entsteht kein so starkes Kratzen im Hals und der Qualm kann problemlos tief in die Lunge eingezogen werden. Das Rauchen einer Shisha dauert wesentlich länger als das einer Zigarette und so gelangen auch mehr Schadstoffe wie zum Beispiel Teer, Nikotin oder Kohlenmonoxid in den Körper. So, wir sind da, hier ist der Eingang."

Das Lokal barg alles an Klischee, was man von einer arabischen Shisha-Bar erwarten konnte. Sitzelemente mit vielen Kissen, überall Teppiche, orientalische Lampen und Wandschmuck, große Messingservierteller auf niedrigen Loungetischen und Shishas in allen Farben und Größen. Es herrschte ein süßlicher Geruch im Raum, im Hintergrund spielte dezent arabische Loungemusik. In einer der Sitzgruppen, im hinteren Bereich der Bar, saßen drei junge Araber, saugten unermüdlich an ihren Shishas, bliesen dabei riesige Qualmwolken aus, die einer ostfriesischen Nebelbank im November alle Ehre gemacht hätten. Ein bärtiger Angestellter in einem weißen Kaftan servierte den drei Arabern dazu heißen Pfefferminztee.

Nachdem Peter und Faris das Lokal betreten hatten, brauchten sie auch nicht lange zu raten. Von den Fotos seiner polizeilichen Akte erkannten sie Rhabih Moussa sofort, er war der mittlere der drei rauchenden Männer. Bei den zwei anderen handelte es sich beim linken um Emre Kohdr und beim rechten um Goran Kohdr. Faris und Peter hielten wortlos ihre Dienstausweise in die Höhe, was Rhabih Moussa dazu veranlasste, sofort aufzustehen und mit freundlich einladender Geste die beiden vor ihm stehenden Polizisten zum Platznehmen einlud.

„Nein, danke, wir sind nicht hier zum Wochenendplausch, sondern haben ein paar wichtige Fragen in einem Mordfall zu klären", erwiderte Peter schroff und provozierend auf die Einladung. Das freundliche Lächeln Moussas verschwand dabei sofort aus seinem Gesicht, dafür machte er eine spöttische Geste und sagte etwas auf Arabisch, worüber seine beiden Kumpane lachten.

Faris verstand die Beleidigung und antwortete schlagfertig in ihrer Sprache. Anschließend sagte er auf Deutsch: „Herr Moussa, lassen Sie bitte Ihre abfälligen Bemerkungen oder wir setzen die weitere Befragung auf dem Revier fort. Falls es Ihnen nicht ganz klar ist, Sie sind zur Vernehmung in einem Mordfall zur Fahndung ausgeschrieben. Dass wir uns auf Ihr Bitten hin hier mit Ihnen treffen, ist ganz allein unser guter Wille. Ob es hier nur bei einer einfachen Befragung bleibt, liegt ganz bei Ihnen. So, und jetzt zu unserer ersten Frage, kennen Sie die Brüder Aadil und Hajid Musa?"

Rhabih Moussa war einen Moment lang verunsichert. Er hatte nicht erwartet, dass Faris ihren Dialekt verstehen konnte und dazu sogar noch fast akzentfrei sprach. „Nein, wer soll das sein? Die Namen sagen mir nichts, habe ich noch nie gehört."

„Das ist aber sehr komisch, Herr Moussa, wir haben Informationen darüber, dass die Musa-Brüder für Sie gearbeitet haben."

„Ha, für mich arbeiten, als was denn? Ich habe kein Geschäft, Herr Kommissar. Ich lebe von Hartz IV, wie Sie wissen. Da müssen Sie sich schon was Besseres einfallen lassen. Nennen Sie mir doch den Zeugen, der so etwas behauptet, damit ich mich gegen diese dreckige Verleumdung wehren kann."

„Damit Sie wieder jemanden einschüchtern können? Das scheint doch Ihre Spezialität zu sein", schaltete sich jetzt Peter wieder in das Gespräch ein. Mit seiner Anspielung hatte Peter ins Schwarze getroffen. Rhabih Moussas Miene verdüsterte sich zunehmend und seine Augen bekamen einen gefährlichen Ausdruck, als ob sie im nächsten Moment tödliche Blitze abschießen könnten. Er baute sich vor Peter auf, musterte ihn von oben bis unten. Es sah einen Moment danach aus, als ob er handgreiflich werden wollte, dann schien er sich aber wieder gefangen zu haben, setzte sich, sog bedächtig an seiner Shisha, bevor er, Peter einfach links liegen lassend, sich wieder an Faris wendete: „Sie haben meine Antwort gehört, sonst noch was? Hat die Polizei noch weitere Fragen oder andere Beleidigungen für mich?"

„Ja, wir würden gerne wissen, wo Sie am Sonntag, den 7. Mai dieses Jahres, zwischen 21 Uhr abends und Mitternacht waren. Da wir dann schon so schön dabei sind, Herr Moussa, können Sie auch gleich noch ein paar weitere Fragen beantworten. Kennen Sie einen Tarik Najjar und wo waren Sie in der Nacht von Montag, den 15. auf Dienstag, den 16. Mai?"

„Sie sagen mir, es geht um einen Mordfall, was hat das mit mir zu tun? Was wollen Sie mir hier eigentlich anhängen? Ich bin immer noch ein unbescholtener Bürger und habe nichts verbrochen."

„Das mit dem unbescholtenen Bürger lassen wir mal lieber, Herr Moussa. Uns ist Ihre lange Vorstrafenliste nur allzu gut bekannt. Außerdem wollen wir Ihnen gar nichts anhängen, beantworten Sie einfach unsere Fragen, um so schneller sind Sie uns wieder los".

Ohne sich weiter um Peter und Faris zu scheren, begann Rhabih Moussa sich mit den Kohdr-Brüdern in ihrem speziellen kurdischen Dialekt zu unterhalten. Peter wurde das zu viel und er trat etwas unsanft gegen den Tisch, sodass die Shishas fast umstürzten. Mit einem gefährlichen Funkeln in den Augen schaute er Rhabih Moussa dabei einen Augenblick lang an und sagte leise mit einer eiskalten, schneidenden Härte in der Stimme: „Nun hör mal zu, du mieser kleiner Gangster. Du hast jetzt genau fünf Sekunden Zeit zu antworten oder ich lege dir persönlich die Handschellen an und schleif dich aufs Revier. Die Uhr tickt ..."

Rhabih Moussa hatte keine Angst vor Peter, aber er wusste als erfahrener Schläger, der Mann war mit Vorsicht zu genießen. Er hätte jeden anderen für diese Beleidigungen schon lange in Stücke gerissen, doch bei Peter war er sich nicht so sicher, ob ihm dies ohne Weiteres gelingen würde. Rhabih Moussa überlegte, wie er Peter später einmal in seine Fänge bekommen könnte, ihn für seine Respektlosigkeit bezahlen lassen, für den Moment aber entschied er sich, besser klein beizugeben. „Immer mit der Ruhe, Bulle, ist ja nicht wert, gleich so unfreundlich zu werden. Also ich war am, wann noch einmal genau, ach so, ja, am 7. Mai, ja da war ich im Bett mit meiner Frau. Du kannst sie ja dazu befragen, sie wird meine Aussage bestätigen. Den Namen dieses weiteren Typs habe ich leider auch noch nie gehört. Des Weiteren bin ich seit Samstag letzter Woche im Kurzurlaub auf Ibiza gewesen und erst heute Morgen in Bremen wieder gelandet, auch das darfst du gerne überprüfen. Sonst noch irgendwelche Fragen oder kann ich jetzt endlich in Ruhe meine Shisha rauchen?", presste er mit unverhohlener Verachtung zwischen seinen Zähnen hervor.

„Für Sie ist das immer noch Hauptkommissar Streib, merken Sie sich den Namen. Wir werden Ihre Aussagen genau überprüfen, Herr Moussa, und wenn irgendwo etwas nicht stimmt, werden wir Sie das nächste Mal auf dem Revier befragen", erwiderte Faris.

„Ja, ja, überprüfen Sie mal, viel Vergnügen. Und wir sehen uns bestimmt irgendwann mal wieder, Bulle", antwortete Moussa mit Blick auf Peter gerichtet.

„Auf den Tag freue ich mich jetzt schon", grinste Peter weiter provozierend zurück, bevor er mit Faris das Lokal verließ. Sie fuhren unverzüglich zurück aufs Revier.

Kapitel XXIX

Freitag, 19. Mai, nachmittags

Rhabih Moussas Alibi erwies sich, nach kurzer Überprüfung, als hieb- und stichfest. Auch wenn es Peter nicht schmeckte, aber sie konnten dem Kurden nichts anhängen. Er hatte gerade Moussas Reiseinformationen per Telefon bestätigt bekommen.

„Dieser arrogante Schnösel war wirklich auf Ibiza und seine Frau hat natürlich bezeugt, dass ihr Mann in der vorhergehenden Sonntagnacht zu Hause bei ihr und den Kindern war. Wir haben nichts gegen ihn, noch nicht, aber warte, den kriege ich. Der wird nicht mehr lange unschuldige Asylanten dazu verleiten, für ihn Drogen auf Schulhöfen zu verticken. Der Typ ist auf meiner persönlichen Shitlist ganz oben", fluchte Peter laut durchs Büro, nachdem er den Telefonhörer aufgehängt hatte.

„Lass gut sein, Peter, er ist es nicht wert. Lass uns lieber die Fälle durchgehen, wo wir Hinweise für ein mögliches Tatmotiv gefunden haben", versuchte Klaus Marquart ihn zu beruhigen. „Außerdem haben wir einen Fingerzeig auf eine Luger P08. Es gab einen Tipp von einem Kollegen, dass ein Vereinskamerad des Emder Schützenkorps solch eine Waffe in seinem Besitz haben soll. Das Interessante daran ist, der Mann heißt Baldur Tjarksen und ist der Großvater des Totschlagopfers Sven Tjarksen vom Januar.

„Na, wenn das kein guter Zufall ist? Endlich gibt es eine heiße Spur, worauf warten wir noch? Nehmen wir uns diesen Baldur Tjarksen einmal vor."

„So einfach ist das leider nicht, der Mann ist stark dement und seit zwei Jahren in einer Pflegeeinrichtung untergebracht."

„Okay, aber seine Waffen wird er ja wohl nicht mit ins Pflegeheim mitgenommen haben, oder? Die müssen ja noch in seinem Haus oder der Wohnung sein. Irgendwer wird sich Zugang verschafft haben und das könnte dann unser Mörder sein", wusste Anja dazu zu sagen.

Peter überlegte kurz und antwortete: „Gesetzt den Fall, dass es die Luger wirklich gibt und wenn es sich bei dieser Luger auch um die Tatwaffe handelt, hat Anja den Nagel auf den Kopf getroffen. Einer der Familienangehörigen könnte ja durchaus die Waffe an sich genommen haben. Wir müssen nur noch herausfinden, wer von ihnen. Ich brauche sofort eine Liste der im Haushalt lebenden Angehörigen."

Die Fahrt vom Revier zum Haus der Familie Tjarksen in Larrelt dauerte keine zehn Minuten. Der alte umgebaute Hof, der schon seit Jahrzehnten nicht mehr zur Landwirtschaft genutzt wurde, lag an Larrelts alter Hauptstraße. Auf dem Gelände vor dem Haus stapelte sich allerlei Unrat und es sah auch sonst, im Gegensatz zu den Nachbargrundstücken, nicht gerade gepflegt aus. Auf der Auffahrt standen drei Fahrzeuge, ein neuer weißer BMW X5, ein roter VW Golf und ein gelber, etwas heruntergekommener Audi A4. Als sie in die Einfahrt zum Haus abbogen, sahen sie einen jungen Mann in einem blauen Overall, der an dem Audi A4 herumschraubte. Peter parkte seinen Stag hinter dem Fahrzeug und zündete sich, bevor er ausstieg, erst einmal in aller Ruhe eine Zigarette an.

„Moin", grüßte Peter, nachdem er aus seinem Cabrio ausgestiegen war, wie es in Ostfriesland üblich war, in die Richtung des blonden jungen Mannes nickend.

„Schicker Wagen, Triumph Stag, Achtzylinder-V-Motor, 3 Liter, 146 PS oder 108 KW, Baujahr 1975, würde ich sagen", überraschte ihn der Jüngling im Overall mit seinem Fachwissen, der bewundernd auf Peters Wagen zuging und sich dabei seine ölverschmierten Hände an einem Lappen abwischte.

„1973, aber sonst war alles richtig. Wie ich sehe, kennen Sie sich mit englischen Oldtimern gut aus, junger Mann. Wenn ich uns kurz vorstellen darf, Hauptkommissar Streib, und das ist meine Kollegin Anja Kappels, wir sind von der Mordkommission Leer/Emden und mit wem haben wir das Vergnügen?"

„Tjarksen, Jan Tjarksen", kam es etwas zögernd, nachdem das Wort Mordkommission gefallen war, von dem jungen Mann zurück. Mit einer verlegenden Geste strich er sich eine blonde Strähne aus der Stirn. Ohne zu wissen, was er sagen sollte, blickte er etwas sprachlos die beiden Polizisten fragend an.

Nach einigen Sekunden des gegenseitigen Schweigens, die wie eine Ewigkeit wirkten, sagte Peter dann für Jan Tjarksen erlösend: „Ich gehe doch recht in der Annahme, Herr Tjarksen, es gibt noch andere Bewohner auf dem Hof? Wir würden Ihnen allen gerne ein paar Fragen stellen."

„Ja, natürlich, mein Vater und meine Schwester sind zu Hause, meine Mutter ist einkaufen, die kommt erst später. Kommen Sie, wir gehen ins Haus."

Jan Tjarksen führte sie zur seitlichen Eingangstür des Hauses. Als er sie öffnen wollte, schwang diese bereits nach innen. Ein älterer, großer, hagerer Mann in dunkler Kordhose mit einem Hemd aus fast dem gleichen Stoff stand im Türrahmen. Sein Gesicht war sonnengegerbt, die geröteten Augen lagen tief in ihren Höhlen und sein Atem roch stark nach Alkohol. Er starrte unfreundlich auf die Fremden und raunzte seinen Sohn an: „Wer sind die und was wollen die?"

„Moin, Herr Tjarksen, Hauptkommissar Streib, und das ist meine Kollegin Kappels. Wir hätten da ein paar wichtige Fragen an Sie, dürfen wir bitte reinkommen?", nahm Peter dem Sohn die Antwort zuvorkommend ab.

Widerwillig und ohne die beiden Polizisten eines weiteren Blickes zu würdigen, drehte er sich um und verschwand im Haus. „Na, kommen Sie schon, ich beiße nicht", schallte es aus dem Inneren.

Jan Tjarksen lief ihnen voraus, Peter und Anja folgten. Durch den Korridor ging es links in ein großes Wohnzimmer, in dem eine massive braune Ledersitzgarnitur mit einem niedrigen Couchtisch den Raum ausfüllte. An der gegenüberliegenden Wand der Couch hing ein riesiger Flachbildschirmfernseher, auf dem eine Sportsendung lief. Es roch muffig im Raum, ein mit filterlosen Zigarettenkippen überquellender Aschenbecher und mehrere leere Flaschen Bier waren die stummen Zeugen für den Sauerstoffmangel im Zimmer. Der Raum bedurfte dringend einer guten Lüftung.

„Was kann ich für die nutzlose Polizei tun?", kam es mit bitterer Stimme von Alfons Tjarksen, der sich auf einem der beiden bequemen Ledersessel niedergelassen hatte. Er hatte es dabei auch nicht für nötig befunden, den Beamten einen Platz anzubieten. Im gleichen Augenblick betrat eine junge Frau den Raum und setzte sich auf die Sessellehne von Alfons Tjarksen. Sie war kaum älter als fünfundzwanzig Jahre und es musste sich, nach den Aktenangaben, um Petra Tjarksen, die einzige Schwester des verstorbenen Sven Tjarksen handeln. Peter hatte alles über sie in den Gerichtsakten gelesen. Sie hatte Rhabih Moussa beim Freispruch lauthals gedroht, ihn umbringen zu wollen. Er wäre der Justiz entkommen, aber ihr würde er nicht entkommen, wo immer er sich auch verstecken würde.

„Was wollen die nichtsnutzigen Bullen hier? Hat man mal wieder einen Unschuldigen zu Tode geprügelt"?

„Lass mal, Petra", beschwichtigte ihr Vater und legte seinen Arm um die Tochter.

Peter, der den Unmut nur allzu gut verstehen konnte, kam dann auch sogleich auf den Grund ihres Besuches zu sprechen. „Ich kann verstehen, dass Sie nicht allzu gut auf unsere Justiz zu sprechen sind, es tut mir leid, was mit Ihrem Sohn, Bruder passiert ist, glauben Sie mir. Aber wir sind hier wegen etwas anderem. Wir würden gerne wissen, ob Sie noch im Besitz der Luger P08 Ihres Vaters sind?"

Peter bemerkte sehr wohl den kurzen flüchtigen Blick, den Jan Tjarksen seiner Schwester zuwarf, als er die Luger ansprach. Es war aber der Vater, Alfons Tjarksen, der antwortete: „Nein, Herr Kommissar, schon lange nicht mehr. Als mein Vater ins Pflegeheim kam, haben wir alle Waffen, die noch vorhanden waren, abgegeben, dafür haben wir Belege."

„Das haben wir schon überprüft, Herr Tjarksen. Die Luger war aber damals bei den abgegebenen Waffen nicht dabei gewesen", antwortete ihm Anja, die über die Abgabe der Waffen aus den Unterlagen offiziell unterrichtet war.

„Ich kenne mich mit Waffen nicht aus, wenn Sie das sagen, wird das wohl so stimmen. Dann muss er die Luger wohl schon früher verkauft haben. Mein Vater war ein Waffennarr, dennoch hat er niemals etwas über seine Waffen erzählt. Meine Kinder und ich haben dem nie Beachtung geschenkt, aber warum interessiert Sie die alte Luger meines Vaters so sehr?"

„Mit genau solch einer Waffe sind in Emden bisweilen schon drei Menschen erschossen worden, Herr Tjarksen. Wir gehen allen eventuellen Hinweisen nach, die in einem Zusammenhang stehen könnten. Sie

wissen zufällig auch nichts über den Verbleib der Pistole Ihres Großvaters, nehme ich an?", wandte sich Peter an Jan und Petra Tjarksen.

„Wieso, nein, natürlich nicht, wozu auch", stammelte Jan Tjarksen
unbeholfen, verlegen auf den Boden starrend.

„Mein Bruder weiß nichts über erschossene Ausländer oder die Waffen-
geschäfte meines Großvaters, Herr Kommissar, und ich auch nicht. Sonst
noch Fragen?", rettete Petra Tjarksen die Situation für ihren Bruder.

„Ich hatte gar nichts von erschossenen Ausländern gesagt, Frau
Tjarksen."

„Das brauchen Sie auch nicht, die Zeitungen sind voll davon. Wir
leben hier schließlich nicht hinterm Mond. Mir ist schon klar, worauf
Sie hinauswollen, Herr Kommissar, aber es tut mir leid für Sie, wir
haben damit nichts zu tun."

„Dann können Sie uns ja auch gleich die nächste Frage beantworten.
Wo waren Sie am letzten Montag dieser Woche um Mitternacht?",
schaltete sich jetzt Anja ein. „Da wir schon dabei sind, benötigen wir
auch Angaben dazu, wo Sie am Sonntag, 7. Mai dieses Jahres, so um
10 Uhr abends waren?"

„Diesen Montag, da waren wir alle hier zu Hause und haben um die
Uhrzeit tief und fest geschlafen. Sonntag, 7. Mai, sagten Sie, 10 Uhr
abends? Da brauche ich gar nicht lange zu überlegen, denn sonntags
schauen wir, die ganze Familie, immer zusammen den Tatort im Fernsehen. Das kann Ihnen jeder Einzelne von uns bestätigen."

„Danke für Ihre Antworten, Frau Tjarksen. Dann wollen wir Sie jetzt
auch nicht weiter stören. Wir möchten Sie nur bitten, in den nächsten

Tagen noch zum Revier zu kommen und Ihre Aussage schriftlich zu bestätigen. Rein der Form halber, wie Sie sicherlich verstehen werden."

„Selbstverständlich, wird gemacht, auf Wiedersehen."

Als Peter und Anja zum Triumph liefen, konnten sie sehen, wie die Familie hinterm Fenster sie beobachte. Peter zündete sich in aller Ruhe eine Zigarette an und winkte der Familie zum Abschied zu, bevor er einstieg und den Wagen anließ.

„Glaubst du ihnen, Anja?"

„Nicht ein einziges Wort!"

„Gut, ich auch nicht. Dann lass uns mal an die Arbeit gehen und alles auf den Kopf stellen. Den Vater können wir, glaube ich, erst einmal außen vor lassen. Ich möchte alles über die Geschwister wissen. Wir müssen jeden einzelnen Stein umdrehen, ihre Alibis genaustens überprüfen. Wir sollten alle Mitglieder des Emder Schützenvereins befragen, ob dort nicht jemand etwas über den Verbleib der Luger weiß. Außerdem will ich wissen, ob die Tjarksens irgendwelche Kontakte zur rechten Szene unterhalten."

„Hört sich verdammt nach Überstunden an."

„Was ist neu, Anja?"

Kapitel XXX

Samstag, 20. Mai, nachts

Er hatte mit seinen Freunden darüber gelacht, dass die Polizei mit eingezogenem Schwanz wieder abgezogen war. Rhabih Moussa war noch immer sauer auf diesen arroganten Bullen. Was wollte dieser Kaffer von ihm, er konnte ihm gar nichts anhaben. Er hatte nichts mit irgendwelchen Morden zu tun. Und außerdem war er jetzt das Gesetz in der Stadt. Den Beweis dafür hatte er schließlich dafür geliefert. Vor mehr als dreißig Zeugen hatte er im Januar diesen jungen, kleinen Wichser, der seine Freundin anmachte, totgeschlagen und was konnten sie ihm? Gar nichts! Sie mussten ihn schön wieder laufen lassen. Dem zuständigen Richter wurde ein eindeutiger Gruß seiner Bremer Familie geschickt. Im Schulranzen seiner Tochter fand seine Frau wenige Tage vor der Verhandlung eine Gewehrpatrone. Er war aber, wie zu erwarten, nicht damit zur Polizei gegangen, sondern hatte schön einen Freispruch initiiert.

Rhabih saß mit seinen Kumpanen an ihrem Stammtisch im Mozo am Neuen Markt. „Deutschland, Deutschland über alles" sang er vor sich hin und forderte seine Freunde Emre und Goran auf mit einzustimmen. Gemeinsam und zum Unwillen der anwesenden deutschen Diskothekenbesucher grölten sie aus vollem Halse die deutsche Nationalhymne. Sie spuckten dabei provozierend auf den Boden, zeigten den Umstehenden zusätzlich ungestraft den Stinkefinger. Das Mozo war ihr Stammlokal, ihr Revier, hier in diesem Laden hatten sie das Sagen. Rhabih hatte eine Flasche Wodka bestellt, die er natürlich nicht zu bezahlen gedachte, und erfreute sich der schwarzen Rapmusik, die ohrenbetäubend aus den großen Lautsprechern dröhnte. Das unerfreuliche Gespräch mit den beiden Polizisten vom Vortag ging ihm nicht aus dem Kopf.

„Wisst ihr eigentlich, was die Bullenschweine wirklich von mir wollten?", fragte er seine Kumpane mehr rhetorisch als eine Antwort erwartend.

„Keine Ahnung, Rhabih, ich glaube, es geht um die beiden toten Syrer und jetzt haben sie auch noch einen toten Afghanen gefunden", antwortete ihm Goran mit einem Seitenblick zu seinem Bruder Emre, der dazu nur zustimmend nickte.

„Mann, das ist doch alles gequirlte Scheiße, Alter. Die wollen mir einen Mord anhängen, denen ist egal, wer es war, mich wollen die Wichser drankriegen. Darum geht es hier einzig und allein bei dieser ganzen Scheiße. Versteht ihr Schwachköpfe das nicht? Es ist denen doch egal, wer hier Asylanten umbringt, mich wollen die fertigmachen. Mann, was habe ich denn mit dem Tod dieser Loser zu tun?"

„Die wollten dir doch nur ein paar Fragen stellen, sonst hätten die längst einen Haftbefehl raus. Irgendwer muss was ausgeplaudert haben, dass die zwei Syrer für uns gearbeitet haben", warf Emre ein.

„Wenn ich das Arschloch kriege, schneide ich ihm den Kopf ab."

„Cool bleiben, Rhabih, bleib cool. Alles zu seiner Zeit, jetzt feiern wir erst einmal, dass du wieder da bist."

„Ja, du hast recht, Emre, ich will mir die gute Laune jetzt nicht vermiesen lassen. Kommt, trinkt, lasst uns tanzen gehen."

Keiner der drei bemerkte, dass sie die ganze Zeit beobachtet wurden. Ein Mann mit hasserfüllten Augen verfolgte jede ihrer Bewegungen. Als die Araber dann gemeinsam zur Tanzfläche gingen und ihre Getränke unachtsam zurückließen, sah der heimliche Beobachter seine

Chance gekommen. Auf diesen Moment hatte er gewartet, mit einer unauffälligen, flüssigen Bewegung träufelte er unbemerkt jeweils ein paar Tropfen einer durchsichtigen Flüssigkeit in die Gläser der Männer und verschwand sofort wieder im Hintergrund in der Menge. Es dauerte danach nicht allzu lange, durstig, verschwitzt vom Tanzen, kamen die Kurden zurück an ihren Tisch und tranken gierig aus ihren Gläsern. Was danach geschah, konnte die Polizei später nicht mehr genau rekonstruieren. In ihrem Bericht stand nur geschrieben, dass die drei Männer, Rhabih Moussa, Emre und Goran Kohdr, sich noch eine Weile sehr gut amüsierten, bis sie plötzlich von Übelkeit und Schwindelanfällen geplagt wurden.

Emre und Goran Kohdr wurden eine Stunde später bewusstlos am Tisch aufgefunden, während Rhabih Moussa, in Begleitung einer weiteren, bisher noch nicht identifizierten Person, die Diskothek um 3.11 Uhr morgens verlassen hatte.

Kapitel XXXI

Sonntag, 21. Mai, morgens

Der Anruf erreichte Peter nach dem Frühstück. Er hatte es sich gerade auf der Couch gemütlich gemacht und wollte den Rest seiner ,Welt am Sonntag'-Tageszeitung lesen, als Anja Kappels' Anruf ihn erreichte. Es gab eine weitere Leiche, aber diesmal nicht nur irgendeine, sondern die von Rhabih Moussa. Man hatte seinen leblosen Körper im Emder Stadtgraben, direkt unterhalb des Chinesentempels, im Wasser treibend gefunden.

„Ich bin in zehn Minuten vor Ort", sprach er in sein Handy und blickte dabei entschuldigend in Lenas enttäuschte Augen. Beide hatten für heute eigentlich eine ausgiebige Tour mit dem Triumph Stag geplant. Das Wetter war einladend für eine Tour mit dem Cabrio. Sie gedachten erst eine Weile über Land zu fahren, dann in Bad Zwischenahn im Park der Gärten spazieren zu gehen. Anschließend war ein tolles Abendessen im Jagdhaus Eiden auf dem Programm gestanden. Daraus würde, wie es jetzt aussah, wohl nichts mehr werden.

„Sorry, die Pflicht ruft, wir haben eine Wasserleiche", rief er Lena noch zu und war auch schon, ohne eine Antwort abzuwarten, aus der Wohnungstür.

Den kurzen Weg zum Stadtgraben am Chinesentempel legte er von seiner Wohnung am Schreyers Hoek in weniger als sieben Minuten zu Fuß zurück. Er nahm den direkten Weg über den Rathausplatz, am Maxx und der Kulisse vorbei, zur Kunsthalle. Von dort sah er schon die blinkenden Lichter der Einsatzwagen von Polizei und Feuerwehr. Anja stand etwas abseits mit Polizeikommissar Menno Ulferts. Sie beobachteten die Geschehnisse neben der Brücke, wo Sigurd Schmitz die von der Feuerwehr und Polizei an Land gebrachte Leiche auf dem Grundstück neben dem Chinesentempel untersuchte.

„Moin, ihr beiden, wissen wir schon, wie er gestorben ist?", fragte Peter, als er sich zu den beiden gesellte.

„Moin, eindeutig eine Schussverletzung. Dem hat jemand ein drittes Auge verpasst", äußerte sich Menno Ulferts und tippte sich dabei mit dem Finger in die Mitte seiner Augenbrauen an die Stirn.

„Moin, Peter, Sigurd ist wieder einmal voll in seinem Element, dem könnten wir jeden Tag eine Leiche mit einer Schussverletzung präsentieren", gab Anja ihren Senf dazu.

„Nun übertreib mal nicht gleich so, Anja. Der Tatort ist aber ganz schön gewagt, so dicht am Polizeirevier", stellte Peter mit einem Blick auf die Rückseite des naheliegenden Gebäudes fest. „Wieso heißt das Ding hier eigentlich Chinesentempel?", fragte er und zeigte mit dem Finger auf den rundlichen Bau neben der Brücke.

„Das kann ich dir ganz genau erklären, Peter", ertönte es von Sigurd Schmitz, der inzwischen seine erste Untersuchung des Toten abgeschlossen und sich dem Trio bis auf ein paar Schritte genähert hatte. „Moin, erst mal, also das mit dem Tempel verhält sich folgendermaßen, Ende der 1920er Jahre haben die Stadtarchitekten Walter Heim und Walter Luckau neben dem AOK-Gebäude, dem Apollo-Theater, dem Jagdhaus Eiden auch den Chinesentempel, als Zeichen ihres expressionistischen Verständnisses, aus dunklem Backstein entworfen. Mit einem chinesischen Tempel hat das Gebäude aber so viel gemeinsam wie Donald Trump mit der Wahrheit. Der ursprüngliche Zweck des kleinen runden Hauses ohne Ecken und Kanten war der eines Kiosks und einer öffentlichen Toilette, oder damals sagte man auch Bedürfnisanstalt dazu. Ein asiatischer Touch war in den Jahren schick und so kam Emden, man glaubt es kaum, zu einer asiatisch angehauchten Bedürfnisanstalt. Heute wird im Chinesentempel ein würdevolleres Geschäft verrichtet. Er ist eine Künstlerwerkstatt und Galerie. Zusammen mit der Brücke und der Straßenlampe bilden die drei ein gemeinsames Kulturdenkmal der Stadt Emden."

„Wow, Sigurd, du überraschst mich immer wieder aufs Neue mit deinem vielfältigen Wissen. Aber jetzt erst einmal zu unserem Toten. Was kannst du uns zu der Leiche sagen?"

„Also Todeszeitpunkt schätze ich auf ungefähr zwischen halb und vier Uhr morgens. Todesursache, soweit ich das auf den ersten Blick sehen konnte, ist ein aufgesetzter Schuss in den Kopf, in die Stirn, um präzise zu sein. Der Schuss hat die hintere Schädeldecke zertrümmert und dort ein faustgroßes Loch hinterlassen. Das Projektil sowie Teile des Gehirns und der Schädeldecke werden sich wohl unauffindbar im Stadtgraben befinden. Mehr habe ich im Moment noch nicht für euch, Genaueres erst, wie gehabt, wenn ich den Kandidaten auf meinem Tisch hatte."

„Nur ein Schuss, nicht wie bei den anderen einen weiteren in die Brust? Was ist mit Hakenkreuz?"

„Wenn eine weitere Schussverletzung vorhanden wäre, hätte ich es dir mitgeteilt, oder? Es gibt nur diese eine Schussverletzung, die in der Stirn des Toten, keine Blutschmierereien diesmal."

„Hmm, das ist seltsam", murmelte Peter leise vor sich hin. Er sah noch zu, wie die Leiche abtransportiert wurde und die Beamten der Spurensicherung das Gelände sowie den Kanal absuchten. Wie sich später herausstellte, wurde nicht die kleinste Spur am Tatort gefunden, weder das Projektil noch sonst irgendetwas. Es gab, wie bei den vorherigen Morden, keinerlei Hinweis auf den oder die Täter. Doch diesmal verhielt es sich doch etwas anders, sie hatten Videoaufzeichnungen.

„Es ist zum Kotzen, die Videoaufzeichnungen der Diskothek sowie die Aufnahmen der Marktplatzkameras machen keine eindeutige Identifizierung der Person, die mit Rhabih Moussa um 3.11 Uhr morgens das Mozo verlassen hat, möglich", fluchte Anja beim Sichten des Materials in ihrem Büro. „Alles, was wir sehen können, ist, der Typ trug einen dunkelblauen Sweater mit Kapuze, war circa 1,70 bis 1,80 Meter groß und damit hörte es auch schon auf. Der Täter musste genau gewusst haben, wo die Videokameras waren und wie man ihnen ausweicht."

Auf den Videoaufzeichnungen des Mozo sowie den Aufnahmen vom Marktplatz konnte man beide Personen deutlich sehen. Rhabih Moussa war eindeutig zu identifizieren, während die andere Person sich immer so geschickt unter der Kapuze aus dem Sichtfeld drehte, dass nicht einmal ansatzweise ein Gesicht zu erkennen war. Nachdem sie gemeinsam die Diskothek Mozo verlassen hatten, waren sie den Marktplatz entlang durch die Boltentorstraße in Richtung Chinesentempel, wo später die Leiche des Rhabih Moussa aufgefunden wurde, gegangen. Der nicht zu identifizierende Kapuzenträger hatte dabei den betrunken wirkenden Rhabih Moussa am Arm untergehakt und ihn, wie ein Lamm, zur Schlachtbank geführt.

„Tja, Anja, den Gefallen hat uns der Täter leider nicht gemacht. Der wäre ja auch schön blöd gewesen, sich auf Video zu outen. Ne, der Mörder ist clever, trotzdem ist der Ablauf diesmal völlig anders als bei den anderen Morden. Warum erschießt der Täter jetzt sein Opfer ganz öffentlich mitten in der Stadt? Diesmal gibt es auch keinen zweiten Schuss in die Brust oder ein blutiges Hakenkreuz auf der Stirn. Dieser Mord passt nicht ins Muster der vorherigen."

„Da könntest du recht haben, Peter. Dieser Mord fällt aus dem Rahmen, er fügt sich nicht in das Schema der anderen Morde. Jemand wollte ganz gezielt Rhabih Moussa ermorden, es war weder Willkür noch Zufall mit im Spiel. Diese Tat war eiskalt geplant und ausgeführt. Erst hat er sein Opfer samt Begleiter mit K.-o.-Tropfen willenlos gemacht, dann ihn, für alle sichtbar, aus dem Mozo entführt. Emre und Goran Kohdr können wir als Zeugen abhaken, die sind immer noch total spaced out. Wir stehen noch ganz am Anfang bei diesem erneuten Mord. Es müssen, bis wir annähernd wissen, was passiert ist, etliche Zeugenbefragungen durchgeführt werden. Vielleicht, wenn wir Glück haben, hat ja jemand der Disco-Besucher oder einer vom Personal den Mörder von Rhabih Moussa gesehen. Die Liste der zu befragenden Personen wird gerade durch den Kollegen Meier mit dem Manager des Mozo erstellt.“

„Es zeugt auch von einer ganz schönen Kaltblütigkeit des Mörders, die Mordtat so nah beim Polizeirevier durchzuführen. Bisher haben wir niemand ausfindig machen können, der etwas gehört hat. Vielleicht hat der Täter ja einen Schalldämpfer benutzt“, schaltete sich jetzt Klaus Marquart in das Gespräch. „Ich bin mir ziemlich sicher, ein lauter Schuss mitten in der Nacht in der Stadt hätte bestimmt einen der Anwohner aus seiner Nachtruhe gerissen.“

Klaus war, genau wie Faris, erst eine Weile nach Peter und Anja im Büro eingetroffen. Auch Anton Jakobs war erst später dazugekommen. Alle waren von der plötzlichen Wendung im Fall überrascht. Gestern war Moussa noch der Hauptverdächtige gewesen und heute war er Mordopfer Nummer 4. Wie passte das alles zusammen? Irgendwie gar nicht, dachte Peter. Er war davon überzeugt, dass der Mord an Rhabih Moussa von einem anderen Täter begangen wurde.

Kapitel XXXII

Sonntag, 21. Mai, morgens zur gleichen Zeit in Borssum

Mohammed Bari hatte in der Nacht kaum geschlafen, er war erst frühmorgens wieder zu seiner Wohnung zurückgekehrt. Immer noch ziemlich erschöpft von seinem nächtlichen Ausflug, war er dennoch mit sich zufrieden, als er die Geschehnisse der letzten Nacht ein weiteres Mal Revue passieren ließ. Seine Aktion zur Nachtzeit war nicht ganz ungefährlich gewesen. Er war ein großes Risiko eingegangen, um seinen Plan auszuführen. Durch ein ebenerdiges Fenster an der rückwärtigen Seite des Wohnblocks hatte er seine Wohnung gegen Mitternacht heimlich verlassen. Sich unbemerkt an den in ihrem Wagen schläfrigen Polizisten vorbeizuschleichen, war, wider Erwarten, ein Leichtes für ihn gewesen. Mit dem Fahrrad war er dann in die Stadt geradelt, um gezielt in die Diskothek Mozo zu gehen. Er war früher schon ein paarmal mit den Musa-Brüdern dort gewesen, aber verachtete, als guter Moslem, wie er es war, die Disco. Mohammed wusste von anderen Asylanten, dass der Araber Rhabih Moussa sich immer samstags im Mozo aufhielt. Er hatte nach dem erneuten Mord an einem Asylanten endgültig den Plan gefasst, das Schwein von Kurden ein für alle Mal unschädlich machen. Für ihn gab es keine Zweifel, dass nur der arabische Hundesohn für die Morde an seinen Glaubensbrüdern verantwortlich war. Er schwor sich, der Kurde würde niemals wieder unschuldige gute Moslems zum Drogendealen verführen und umbringen. Dafür würde er, Mohammed Bari aus Rakka, Sorge tragen. Zudem brachte der Araber viel zu viel Unruhe in seine eigenen Pläne. Die Polizei war durch die Mordserie an seinen Mitbewohnern und jetzt auch noch Tarik Najjar viel zu neugierig geworden. Sie hatten die ganze Siedlung sowie alle ihre Einwohner unter Beobachtung, das schloss auch ihn mit ein. Diese Situation barg die Gefahr, seinen viel wichtigeren Plan zu stören. Es gab nur einen einzigen Ausweg aus der Misere, der Kurde musste sterben.

Mohammed mischte sich unter eine Gruppe anderer Ausländer und betrat mit ihnen den Eingangsbereich der Diskothek. Niemand störte sich an seiner hochgezogenen Kapuze, es war ein Zeichen der jugendlichen Mode. Geschickt wich er der Kamera über der Eingangstür aus. In der Disco hielt er sich stets abseits in den dunklen Bereichen der Disco auf. Weit ab vom ausgelassenen Geschehen, hinter einer Säule stehend, beobachtete er aus sicherer Distanz unauffällig die anderen Besucher. Er hatte Rhabih Moussa und seine Freunde auch sehr schnell in dem Laden ausgemacht. In aller Ruhe observierte Mohammed, wie sich die Gruppe mehr und mehr mit Alkohol betrank. Er verabscheute es, wenn Muslime das islamische Alkoholverbot missachteten, obwohl es in der heiligen Schrift des Islams durchaus unterschiedliche Ansichten über den Alkohol gibt.

So heißt es in Sure 16, Vers 67:

„Und wir geben euch von den Früchten der Palmen und der Weinstöcke, woraus ihr euch ein Rauschgetränk macht und einen schönen Lebensunterhalt. Darin liegt ein Zeichen für Leute, die Verstand haben."

Oder in Sure 4, Vers 43:

„Oh ihr, die ihr glaubt, kommt nicht zum Gebet, während ihr betrunken seid, bis ihr wieder wisst, was ihr sagt."

Er hielt sich mehr an die Hadithe, die dem Propheten Mohammed zugeschriebenen Aussprüche. Dort finden sich Vorschriften für drakonische Strafen, wie sie heute immer noch in einigen Ländern wie Iran und Saudi-Arabien praktiziert werden:

„Wenn sie Wein trinken, peitscht sie;
wenn sie noch mal Wein trinken, peitscht sie;
wenn sie noch mal Wein trinken, tötet sie."

Mohammed ließ die drei Kurden danach keinen Augenblick mehr aus den Augen. Dann kam der Moment, auf den er die ganze Zeit gewartet hatte, Rhabih Moussa und seine Begleiter gingen alle gleichzeitig auf die Tanzfläche und ließen ihre Getränke unbeobachtet auf dem Tisch stehen. Mohammed vergewisserte sich, dass niemand auf ihn achtete, dann handelte er blitzschnell und unbemerkt. Bevor er sich wieder in den dunklen Hintergrund zurückzog, hatte er jeweils ein paar Tropfen einer kristallklaren Flüssigkeit in jedes ihrer Gläser geträufelt. Es dauerte nur wenige Lieder und die Bande kam verschwitzt durch die Anstrengungen zurück zum Tisch. Wie Mohammed es vorausgeahnt hatte, tranken sie, durstig vom Tanzen, sofort die auf sie wartenden, eiskalten Drinks. Die Wirkung der K.-o.-Tropfen ließ dann nicht allzu lange auf sich warten. Als der Effekt, wie aus heiterem Himmel, plötzlich einsetzte, wussten die drei nicht, was mit ihnen los war. Die Kohdr-Brüder verdrehten schnell die Augen und Rhabih Moussa begann verloren in die Gegend zu starren. Mohammed, der um die Tragweite der Tropfen wusste, war in dem Moment einfach zum Tisch gegangen, hatte Rhabih Moussa am Arm genommen und ihn total willenlos mit sich aus der Diskothek gezogen.

Bewusst wich er dabei den Kameras aus. Mohammed hatte durch seine vorherigen Besuche genaue Kenntnisse, wo diese sowohl im Mozo als auch die Videoüberwachung auf dem Marktplatz platziert waren. Deshalb trug er in weiser Voraussicht das Sweatshirt mit der Kapuze. Taktisch klug drehte er sich immer so, dass er nur von der Seite oder von hinten aufgenommen werden konnte. Es war somit für ihn ein Kinderspiel, den kurdischen Hund aus der Disco zu bekommen. Ein jeder, der sie sah, dachte, der Araber hätte zu viel getrunken und Mohammed wäre einer seiner Freunde, der ihn an die frische Luft brächte. Von der Disco hatte er ihn bis an den Stadtgraben geführt und dort mit der schallgedämpften Pistole, die ihm Asim auf sein Bitten hin, zusätzlich zu den Zündern, besorgt hatte, erschossen. Rhabih Moussa wusste nicht, wie ihm geschah, als Mohammed ihn mit einem aufgesetzten Schuss in die Stirn tötete. Es wäre ihm viel lieber gewesen, dem Kurden seine Untaten vorzuhalten, ihn winseln zu sehen, bevor er ihn im Namen Allahs hinrichtete, aber diesen Luxus konnte er sich leider nicht leisten. Es musste alles schnell gehen, er ging sowieso schon viel zu viel Risiko ein. Nach der Tat war er mit dem Fahrrad in Windeseile wieder zurück in seine Wohnung nach Borssum gefahren. Die beiden Beamten, die die Siedlung observieren sollten, schliefen tief und fest in ihrem Auto. Als er vorsichtig an ihnen vorbeipirschte, musste Mohammed spöttisch lächeln. Die Polizisten hatten rein gar nichts von seinem nächtlichen Ausflug mitbekommen. Er fühlte sich befreit, der Araber würde seine Pläne nicht mehr stören, dafür hatte er gesorgt. Jetzt stand seinem eigentlichen Vorhaben nichts mehr im Wege, dachte er sich. Die Polizei würde hoffentlich bald abziehen und er konnte sich dann wieder, diesmal ganz ohne Beobachtung, seinem wirklichen Racheplan zuwenden. Es war alles vorbereitet, gestern hatte Asims Kurier endlich die letzte, lang erwartete Lieferung gebracht. Mohammed ging in den Keller, holte die fast fertigen Sprengsätze aus seinem Versteck. Er verband die Zünder mit den Bomben und den drei Handys, die er sich in einem Secondhandshop gekauft hatte. Mit innerer Genugtuung betrachtete er seine tödlichen Kunstwerke, jede einzelne Bombe war mit so viel Sprengkraft versehen, um ein Mehrfamilienhaus dem Erdboden gleichzumachen. Zwei der Bomben legte er jeweils vorsichtig in mit Metallkugeln und Nägeln gefüllte Rucksäcke. Die dritte in einen weiteren Rucksack, der mit zusätzlichen Phosphat- und Magnesiumelementen, um die Sprengkraft nochmals erheblich zu erhöhen, gefüllt war. Jetzt brauchte er nur noch die Handys mit frisch aufgeladenen Batterien versehen, von seinem Handy dann die richtige Nummer wählen und die Bomben würden ferngezündet explodieren.

Sein Blick fiel auf den Kalender an der Kellerwand. Donnerstag, der 25. Mai 2017, war mit einem Filzstift angekreuzt. Das war, fünf Tage von heute an, der Tag, an dem die Veranstaltungen der Emder Matjestage begannen. Ein Riesenfest für die Emder Bevölkerung und Umgebung. Die Matjestage fielen dieses Jahr zusammen mit dem Beginn der Pfingstferien in Niedersachsen. Gleich links neben dem Kalender hingen noch Luftaufnahmen vom Vorjahresfest mit den Bühnen der Musikveranstaltungen. Eine weitere Luftaufnahme zeigte den Emder Hafen. Auf den Bildern waren mit dem gleichen Filzstift jeweils drei kleine Kreise eingezeichnet. Er tippte mit dem Zeigefinger auf jeden Kreis und formte mit dem Mund jedes Mal dabei das Wort Boom. Zufrieden mit seiner teuflischen Arbeit, versteckte er die Rucksäcke wieder in der metallenen Kiste des Nachbarkellers und begab sich mit seinem Fahrrad auf eine Tour durch den Hafen.

Kapitel XXXIII

Montag, 22. Mai, frühmorgens

Peter war spät ins Büro gekommen, er hatte am Vortag noch lange an Klaus' Listen gearbeitet. Die Kohdr-Brüder waren erst am Abend wieder ansprechbar gewesen, aber die Vernehmung hatte keine Informationen zum Täter erbracht. Sie waren so stark unter Drogen gesetzt worden, dass sie nicht einmal wussten, was mit ihnen in der Nacht geschehen war. Sie hatten, nachdem sie die gespikten Drinks tranken, jegliche Erinnerung verloren. Auch die Vernehmungen anderer eventueller Zeugen, der Türsteher, der Bedienung oder Gäste, erbrachten keinerlei Hinweis auf den Täter. Niemand hatte den Mann wahrgenommen, er war wie ein Phantom gekommen und genauso wieder verschwunden. Es war zum Kotzen, sie hatten wieder einmal einen Mord und keine einzige Spur vom Täter.

„Was kommt als Nächstes?", fragte sich Peter etwas resigniert. Die Antwort auf seine Frage ließ nicht lange auf sich warten. Die Tür zum Büro wurde aufgerissen und Polizeikommissar Menno Ulferts kam freudestrahlend mit einem Foto in der Hand herein.

„Wir haben sie!", rief er in die erstaunten Gesichter der Kollegen.

„Wen haben wir, Menno?", fragte Peter mit einem leicht verdutzten Gesichtsausdruck.

„Die Tjarksens, die Mörder", antwortete er mit sichtlichem Stolz und hielt dabei ein Foto hoch.

„Nun mal schön langsam der Reihe nach, Menno, was ist auf dem

Foto und warum behauptest du, dass die Tjarksens unsere Mörder sind?"

Menno Ulferts legte das Foto auf den kleinen Besprechungstisch, sodass jeder es sehen konnte. Es war ein gestochen scharfes Foto von einer der Radarkameras für Geschwindigkeitsmessung. Das Foto zeigte einen dunklen VW Golf mit Emder Kennzeichen. Die Geschwindigkeit mit 43 km/h, Uhrzeit unter dem Bild mit 00:45 und das Datum mit 16.05.17 aufgeführt. Das Interessanteste am Foto aber waren die Porträts der Insassen des Fahrzeugs. Klar und deutlich waren Jan und Petra Tjarksen darauf abgelichtet.

„Ihr hattet uns doch gebeten, wir sollen die Tjarksens bis auf die Knochen durchleuchten. Bei der Halterüberprüfung der Kennzeichen ihrer Fahrzeuge bin ich dann zufällig auf den rausgehenden Bußgeldbescheid des einen Fahrzeugs gestoßen. Eine Kollegin auf dem Amt hatte mich angerufen, nachdem ich mich dort gestern nach den Kennzeichen der Tjarksen-Fahrzeuge erkundigt hatte. Wenn die Kollegin sich nicht zufällig daran erinnert hätte, wäre der Bußgeldbescheid so rausgegangen, ohne dass wir jemals was davon erfahren hätten."

„Und wo wurde dieses Foto aufgenommen?", fragte Peter, der sich den Ort aber schon denken konnte.

„Auf Friesland kurz hinter Borssum", kam die knappe sachliche Antwort von einem bis über beide Ohren grinsenden Menno Ulferts zurück.

„Bingo, das bringt sie genau zur Tatzeit in unmittelbare Nähe des Tatorts. Von wegen geschlafen, jetzt brauchen wir nur noch die Luger P08 bei ihnen zu finden und der Fall ist gelöst. Gibt es denn irgendwelche Neuigkeiten zur Waffe?"

Klaus nahm ein Protokoll vom Schreibtisch und räusperte sich. „Ja, da gibt es was. Ein ehemaliger Schützenkamerad hat ausgesagt, dass er die Luger P08 beim alten Tjarksen, samt Weltkriegsmunition, einmal gesehen hatte. Der Alte war zusammen mit seiner Tochter auf dem Schießstand gewesen und hat die Waffe dort ausprobiert. Das ist aber schon einige Jahre her, aber er konnte sich deshalb so genau daran erinnern, weil die Tochter mit der Luger ziemlich treffsicher geschossen hatte."

„Ach, da sieh mal einer an, zu uns hatte sie gesagt, sie wüsste nichts von den Waffen ihres Großvaters. Ich glaube, zusammen mit dem Blitzerfoto langt das dreimal für eine Hausdurchsuchung und einen Haftbefehl. Na, Gott sei Dank, durch Kommissar Zufall haben wir endlich einen Durchbruch im Fall."

Der Durchsuchungsbeschluss mit dazugehörigem Haftbefehl war anschließend nur reine Formsache. Oberstaatsanwältin Lena Holtmann beantragte ihn mit der Beweisvorlage beim zuständigen Richter, der diesen dann auch, ohne zu zögern, ausstellte. Gleich darauf fuhren Peter, Anja und Klaus zusammen mit einem Einsatzteam von mehreren Beamten in Richtung Larrelt, um die Verhaftung der Geschwister Tjarksen vorzunehmen.

Faris und Anton blieben derweil zurück im Büro. Sie hatten wichtige neue Erkenntnisse über ihren vermeintlichen Terroristen zu besprechen.

Die Verhaftung der Tjarksen-Geschwister verlief problemlos ohne nennenswerte Zwischenfälle. Jan und Petra Tjarksen wirkten noch nicht einmal überrascht, als Peter ihnen den Haftbefehl unter die Nase hielt. Es schien ihm fast, sie hatten nach dem letzten Besuch schon auf die Polizei gewartet und mit ihrer Verhaftung gerechnet.

Anton Tjarksen, der Vater der beiden, hatte dabei wie versteinert auf dem Sofa gesessen und teilnahmslos zugeschaut, wie die Beamten seine Kinder abführten. Die Hausdurchsuchung brachte auch die Luger P08 sowie die verbliebene Munition zum Vorschein. Die alte Wehrmachtspistole wurde nicht direkt im Haus gefunden, sondern befand sich, versteckt in einem metallenen Werkzeugkasten, in der Garage des Hauses. Jan und Petra Tjarksen waren beide geständig und gaben, ohne groß Reue zu zeigen, die Morde an den drei Asylanten zu. Ihr Motiv war ihr unbändiger Hass auf alle Ausländer und Rache für ihren toten Bruder. Der Totschlag des geliebten Sohnes hatte das Herz ihres Vaters und ihrer Mutter gebrochen. Das darauf folgende Gerichtsverfahren ihnen dann restlos die Augen geöffnet. Das Urteil des Freispruchs war zu viel für sie gewesen. Es gab für sie keine Gerechtigkeit mehr in Deutschland. Sie nahmen sich vor, selber das Gesetz in die Hand zu nehmen. Auge um Auge, wie es schon in der Bibel stand. Sie planten Rhabih Moussa zu töten, mussten dabei aber clever vorgehen. Um nicht gleich direkt in die Verdächtigenliste zu kommen, wollten sie seinen Mord als Teil einer rechtsradikalen Mordserie, ähnlich wie die NSU-Morde, verschleiern. Deshalb töteten sie wahllos erst die beiden Syrer und dann den Afghanen. Sie wählten ihre Opfer per Zufall aus, es gab keinerlei Verbindung zu ihnen. Jan Tjarksen sagte, es wäre ihm egal gewesen, welchen von den schmarotzenden Ölaugen er erschoss, für ihn waren sie eh alle gleich. Die Immigranten sollten alle abhauen, sie hätten in Deutschland nichts zu suchen. Sie brächten nur Elend und Kriminalität ins Land. Petra Tjarksen lachte sogar, als sie davon erzählte, wie die jungen Männer um ihr Leben gebettelt hatten. Es war ihre Idee gewesen, die Hakenkreuze mit ihrem eigenen Blut auf die Stirn zu schmieren. Sie hatte darauf gehofft, dass die Presse dieses makabre Detail veröffentlichte und so viele Migranten wie möglich Angst bekämen, in Deutschland zu bleiben. Sie alle wieder in ihre Heimat verschwinden würden. Als Peter ihr dann die Fotos des beim Einsatz getöteten Polizisten zeigte, ihr erklärte, dass ihre glorreiche

Idee mit schuld am Tod von Frank Wilken war, brach sie in Tränen aus. Das hatte sie so nicht gewollt, stammelte sie. Getrennt erzählte Peter den Geschwistern vom Tode Rhabih Moussas. Er blickte bei der Information in ungläubige Gesichter. Sie dachten, er mache einen Scherz. Nachdem er ihnen die Fotos des toten Kurden gezeigt hatte, verstanden sie, Peter war nicht zu Scherzen aufgelegt. Es war ihnen aber letztendlich total egal, sie freuten sich einfach nur über den Tod des verhassten Kurden. Den Mord an Moussa ausgeführt zu haben, stritten sie dennoch vehement ab, obwohl er es doch war, den sie von Anfang an hatten töten wollten. Rhabih Moussa war es schließlich gewesen, der ihren Bruder im Januar vorm Mozo brutal erschlagen, der ihn auf dem Gewissen hatte.

Peter glaubte den Geschwistern trotzdem. Er stellte sich jedoch die Frage: Wenn nicht die Tjarksen-Geschwister, wer denn dann hatte Rhabih Moussa nach dem Leben getrachtet? Es musste etwas geben, das er übersah. Ihm fehlte irgendwo in dem ganzen Fall ein wichtiges Detail. Es störte ihn, doch was war es? Er würde es finden müssen, denn in seinen Augen gab es keinen perfekten Mord.

Das störte aber keineswegs Polizeirat Theesen, er gratulierte dem Team zu seiner hervorragenden schnellen Arbeit. Für ihn war der Fall gelöst, die Welt wieder in Ordnung. Endlich würde die Presse Ruhe geben, einzig und allein das war für ihn wichtig. Emden kommt wieder aus den negativen Schlagzeilen heraus. Natürlich spielte auch der Druck, der von Polizeidirektor Johann Lütjens in den letzten Wochen auf ihn ausgeübt worden war, dabei eine nicht zu kleine Rolle. Ewald Theesen war es am Ende ganz egal, ob die Tjarksens drei oder vier Morde begangen hatten, Hauptsache Hauptkommissar Streib hatte den Fall geklärt. Die anstehenden Verhöre würden schon die ganze Wahrheit ans Licht bringen, da war er sich so sicher wie das Amen in der Kirche. Zufrieden mit sich und der Welt strahlte er noch einmal in die Runde der Beamten, um dann schnellstens seinen Vorgesetzten zu informieren, dass die Ermittlungen seines Teams zum Erfolg geführt hatten. Im Nachhinein erschien der Tod von Frank Wilken so sinnlos, der ganze Wirbel um die Neonazis überflüssig. Am Ende war es ein simpler Akt aus Hass und Rache gewesen. Wo wird das noch alles hinführen, Theesen graute vor der Vorstellung einer Überfremdung seiner Stadt. Die Bürger bekamen doch nur am Rande mit, was sich in Wirklichkeit abspielte, er dafür hatte tagtäglich direkt mit der dunklen Seite, den Konsequenzen der Immigrations- und Asylpolitik zu tun. Er wusste nur zu genau, wie die Politik die Zahlen beschönigte und verwässerte, um die Bevölkerung nicht auf die Barrikaden zu bringen. Wenn die wirklich wüsste, was sich hinter den Kulissen abspielte, wären Mord und Totschlag von Immigranten auf der Tagesordnung. Fakt war, der Anteil der ausländischen Kriminellen war drastisch gestiegen. Die Ausländer lachten über die deutsche Polizei und Justiz, begingen lustig weiter Straftaten, ohne großartige Konsequenzen befürchten zu müssen. Die größte Gefahr aber sah Ewald Theesen in ihrer geringen Hemmschwelle zur Gewalt, vor allem auch Frauen gegenüber. Frauen haben in der muslimischen Welt nichts zu sagen, die Männer stehen über ihnen. Wie soll da eine Integration in Deutschland funktionieren, wo eine Frau emanzipiert und gleichberechtigt ist? Die Heerscharen junger Immigranten, vollgestopft mit Hormonen, werden zum Problem für junge deutsche Frauen. Taharrush Gamea, so wird in einigen arabischen Ländern die gemeinsame sexuelle Belästigung von Frauen in der Öffentlichkeit genannt, sind dort weit verbreitet. Ewald dachte dabei an die Silvesternacht in Köln, aber auch aus Hamburg und Düsseldorf waren ähnliche Fälle bekannt geworden. Noch war die AfD in Emden kein politischer Faktor, aber er wusste, dass mehr und mehr Menschen die Rechten bevorzugten, allein um die Islamisierung Deutschlands zu stoppen. Öffentlich zugeben würde es aber kaum einer, das wäre ja politisch nicht korrekt, aber im Geheimen ist jeder zweite der gleichen Meinung. Sie wollen keine weiteren Immigranten! Deutschland steuerte, seiner Meinung nach, unweigerlich auf eine politische Katastrophe zu. Ewald war sich ziemlich sicher, die Bundestagswahl im September würde die Unzufriedenheit mit der Politik im Lande widerspiegeln. Mama Merkels Spruch: „Der Islam gehöre zu Deutschland", den würde sie noch früh genug bereuen.

Nachdem ihr Chef Ewald Theesen das Büro verlassen hatte, sah Peter sich veranlasst eine kurze Rede zu halten: „Also, Kollegen, das war gute Arbeit soweit, auch wenn wir den Mörder von Rhabih Moussa noch nicht haben. Ich persönlich glaube nicht daran, dass die Tjarksen-Geschwister etwas mit dem Mord an dem Kurden zu tun haben. Warum sollten sie lügen, ein Mord mehr macht für sie keinen Unterschied beim Strafmaß. Bei der brutalen Kaltblütigkeit ihrer Morde bekommen sie sowieso lebenslänglich und das wissen sie. Hat jemand eine Theorie, wer Rhabih Moussa erschossen haben könnte?"

„Eventuell die Konkurrenz, die arabischen Clans bekriegen sich oft untereinander", kam eine Antwort von Faris Marzouk.

„Oder die einheimische Konkurrenz, die Russen waren bisher in Emden die führende Gruppe im Drogengeschäft", war Klaus' Kommentar.

„Ja, damit könntet ihr recht haben, auf alle Fälle muss Moussa jemandem richtig böse in die Quere gekommen sein. Das war Profiarbeit, eiskalt geplant und ausgeführt. Da hat jemand ein Exempel statuiert, mit der Aussage, ihr seid nirgendwo sicher, noch nicht einmal in der Öffentlichkeit unter euren Freunden. Mir wird er nicht fehlen und die Stadt hat einen Verbrecher weniger. Dennoch müssen wir den Mord versuchen aufzuklären, aber dafür machen wir diesmal keine Überstunden."

Peter überließ es Anja und Klaus, die Verhöre von Jan und Petra Tjarksen zu Ende zu bringen. Da die beiden geständig waren, war es nur noch eine Aufarbeitung der Abläufe und Details. Er ging vor die Tür, um eine Zigarette zu rauchen. Faris leistete ihm dabei Gesellschaft. Peter inhalierte genüsslich den Rauch, schaute eine Weile dem ausgestoßenen Qualm, der vom Wind vor sich hergewirbelt wurde, hinterher, bevor er sich an Faris wandte: „Wirst du wieder zurück nach Hannover gehen, nachdem die Asylantenmorde aufgeklärt sind, oder bleibst du noch, Faris? Und wie sieht es aus mit eurem Terroristen, diesem Mohammed Bari, gibt es da schon neue Erkenntnisse?"

Faris blickte Peter sorgenvoll in die Augen, dann antwortete er: „Für den Moment bleibe ich noch in Emden und arbeite mit Anton weiter zusammen. Das kann sich aber schnell wieder ändern. Und um deine Frage zu beantworten, ja, wir haben einen Durchbruch erzielt. Am Samstag haben wir einen Kurier abgefangen, der Mohammed Bari einen Rucksack überbracht hat. Der Kurier behauptete, er wüsste nichts über den Inhalt der Lieferung an Bari. Wir glaubten ihm kein Wort, haben ihn eingeschüchtert und mit Konsequenzen gedroht. Du kannst dir gar nicht vorstellen, was allein das Wort Guantanamo für eine Wirkung erzielt. Danach hat er uns alles erzählt, außer vom Inhalt der Lieferung, er schien wirklich nicht zu wissen, was im Rucksack war. Der Mann erzählte uns, ein Araber in Oldenburg hatte ihn für die Lieferung nach Emden angeheuert. Er hatte ihm 500 Euro dafür versprochen, wenn er den Rucksack abliefert, die eine Hälfte sofort und die andere Hälfte nach Lieferung. Das war unsere große Chance, endlich an Asim heranzukommen. Wir haben den Kurier wieder laufen lassen, ihn aber vorher genau instruiert, alles so zu machen, wie es vorher mit seinem Auftraggeber vereinbart gewesen war. In Oldenburg hat er uns dann zu einem weiteren Mann geführt, der ihm die zweite Hälfte des Geldes bezahlte. Diesen Mann haben wir jetzt seit Sonntag unter ständiger Überwachung. Wir denken, es könnte Asim sein, sind uns aber noch nicht sicher. Er hat eine Wohnung in der Innenstadt von Oldenburg unter dem Namen Yusuf Khan gemietet. Seine Papiere sind gefälscht, das haben wir mit dem Vermieter schon überprüft. Seine Fingerabdrücke vom Mietvertrag haben wir an verschiedene Dienste gesendet und warten auf eine Identifizierung."

Peter, der sich Faris' Story in Ruhe angehört hatte, wurde in dem Moment so richtig klar, dass da draußen noch eine ganz andere Welt existiert. Nicht dass er weltfremd war, aber es war etwas anderes, wenn man in einem Mordfall ermittelt oder plötzlich direkt mit den Tatsachen des Terrorismus konfrontiert wurde. „Wie lange wollt ihr noch warten, bis ihr diesen Mohammed Bari einkassiert, denn es scheint ja offensichtlich zu sein, dass er etwas plant."

„Das musst du Anton fragen, der hält hier die Fäden in der Hand. Wenn es nach mir ginge, hätte ich den schon lange abgeholt und eingebuchtet."

„Ja, das werde ich machen, Faris, ich frage Anton. Danke trotzdem für die Informationen."

Peter klopfte an die Bürotür von Anton Jakobs und wollte gerade eintreten, als ein Kollege auf dem Flur ihm sagte, Anton Jakobs wäre schon am Mittag fortgefahren. Wohin, darüber könnte er leider keine Auskunft geben, das wäre ihm nicht bekannt.

Kapitel XXXIV

Mittwoch, 24. Mai, abends

Die Stadt Emden war in vollen Vorbereitungen für das von ihren Bürgern so geliebte Matjesfest. Alles drehte sich in der Innenstadt wieder einmal um die kleinen Fische. Das Matjesfest sollte an die 450 Jahre lange Tradition der Emder Heringsfischerei erinnern. Zum Nachteil der Emder Fischer wurde 1969 die ostfriesische Heringsfischerei nach Bremerhaven verlagert. Das Matjesfest erinnerte an die alte Tradition des Heringfangs. Viele Traditionsschiffe aus dem In- und Ausland machen in diesen Tage im Emder Hafen fest, geben dem Ganzen längst vergangene Seefahrerromantik. Mit zahlreichen Veranstaltungen, Shantychören, Schaustellern, diversen Livebands sorgt die Stadt für die Unterhaltung der Bürger und natürlich der vielen zu erwartenden auswärtigen Gäste der Stadt. Die etwa 200 000 Besucher zum Matjesfest können den Matjes in allen Variationen genießen, Zwiebelmatjes, Currymatjes, Räuchermatjes oder einfach als Matjes im Brötchen. Wo andernorts ein Bierfass angestochen wird, gibt es in Emden vom Oberbürgermeister einen herzhaften Biss in den Matjes. Der Rathausplatz, Neutorstraße, Teile der Faldernstraße sowie die Straße am Delft waren wie jedes Jahr fürs Fest gesperrt worden. Der arbeitsame Aufbau der unzähligen Schaustellerbuden und Bühnen war schon seit dem Mittag im vollen Gange. Es herrschte eine hektische Geschäftigkeit, die bis weit in die Nacht reichen würde, damit am nächsten Tag alles zum Fest fertig war.

Lena Holtmann war mit dem Packen ihrer Reistasche für das Wochenende auf Borkum beschäftigt, als Peter zur Tür hereinkam. Entnervt hing er seine Jacke an den letzten freien Wandhaken der Garderobe und sagte: „Mann, ist das ein Chaos da draußen. Ich habe vom Revier fast eine halbe Stunde gebraucht, bevor ich endlich den Wagen in der Garage hatte. Mann, bin ich froh, Lena, dass wir das Wochenende auf Borkum verbringen und diesem Rummel hier entfliehen können."

„Geht mir nicht viel anders, Peter. Ich bin auch froh, dass wir ab morgen über die Festtage weg sind", antwortete ihm Lena. „So, und jetzt setz dich, chill erst einmal. Trink ein Glas Wein, ich habe uns eine schöne Flasche Sancerre aufgemacht, sie steht im Kühlschrank, Schatz."

Peter ging in die Küche und holte sich ein Glas Wein, aber erst nachdem er Lena leidenschaftlich zur Begrüßung noch geküsst hatte. Er freute sich auf den kurzen Urlaub mit Lena, die letzten Wochen waren doch ganz schön stressig gewesen. Irgendwie war die Luft raus, er fühlte sich erschöpft und ausgebrannt. Auch wenn am Ende die Aufklärung der Asylantenmorde ziemlich unspektakulär verlaufen war, hatte es doch bis dahin einiges von ihm abverlangt. Der Mord an Rhabih Moussa würde wohl noch eine ganze Weile unaufgeklärt bleiben, „So be it", dachte er sich. Für ihn hatte jemand der Menschheit damit eh nur einen Gefallen getan. Peter hatte auch keine großen Ambitionen, sich allzu stark für die Mordermittlungen zu engagieren. Eines Tages würde die Wahrheit ans Licht kommen, dass es sich um einen Racheakt oder Konkurrenzmord gehandelt hat. Sein gefühlloser Gedankengang erschreckte ihn für einen Moment, aber dann dachte er an das Vorstrafenregister des Rhabih Moussa, der sein tragisches Ende irgendwie verdient hatte. Ihm taten nur die Eltern von Jan und Petra Tjarksen leid. Erst hatten sie einen Sohn durch Totschlag, dann ihre anderen Kinder an das Gesetz und die Justiz verloren. Die Geschwister würden wohl beide lebenslänglich bekommen, aber mit einem guten Anwalt mildernde Umstände wegen des tragischen Verlusts des Bruders, mit etwas Glück in zehn bis fünfzehn Jahren wieder auf freiem Fuß sein.

„Hast du eigentlich Anton Jakobs noch angetroffen?", fragte Lena, ihn aus seinen Gedanken reißend.

„Nein, der ist seit zwei Tagen nicht in seinem Büro gewesen. Da ist irgendetwas am Kochen, ich habe dir doch von den Ermittlungen gegen diesen Mohammed Bari erzählt. Die sind da auf eine Spur gestoßen, die sie an diesen Terroristen Asim, oder wie immer der auch heißt, näher heranbringt. Seine Anrufe beantwortet er leider auch nicht, muss wohl ziemlich hoch hergehen."

„Na, dann wollen wir mal hoffen, dass sie diesen Asim baldigst einkassieren. Ich weiß nicht, wie es dir dabei geht, aber mir macht dieser ganze Terrorismus richtig Angst. Niemand ist mehr sicher, nirgendwo, und mit den vielen Immigranten, die einem ständig begegnen, wird das Gefühl von Unsicherheit nur noch bestärkt. Ich bin prinzipiell nicht gegen Ausländer, das weißt du, dennoch finde ich, nimmt diese Übervölkerung von Fremden in unserem Land überhand. Das kann nicht gut gehen, es wird unsere Politik, unser Leben und unsere Gesellschaft unwiderruflich verändern. Ich bin mir dabei auch sicher, es wird keine positive Veränderung sein."

„Ja, da hast du nicht unrecht, Lena. Die Anzahl der Ausländer auf unseren Straßen hat sichtlich zugenommen. Vor allem durch die islamischen Ausländer, denen unsere Kultur absolut fremd ist. Ihre Religion ist konterproduktiv für ein normales Zusammenleben mit einer modernen Gesellschaft. Speziell in Bezug auf emanzipierte Frauen leben die meisten Moslems doch noch im Mittelalter. Unüberbrückbare Konflikte sind dadurch vorprogrammiert, und wer sich das nicht eingesteht, ist weltfremd. Das nutzt natürlich der braunen Horde, die schon auf dem Vormarsch ist. Mit ihren völkischen, heimatlichen Ansprüchen treffen sie den Nerv der Bürger. Auch wenn es niemand offen zugeben mag, so ist doch mehr als die Hälfte der Bevölkerung von ihren Argumenten schon überzeugt. Du siehst ja, wie die AfD überall in die Landtage einzieht, und die Bundestagswahl steht vor der Tür. Ich bin mir fast hundert Prozent sicher, die kommen zweistellig in den Bundestag. Damit wird es nicht aufhören, Lena, mich würde es auch nicht mehr wundern, wenn nach weiteren vier Jahren einer an der Bevölkerung vorbeiregierenden Politik sie dann sogar in 2021 die stärkste Partei im Land werden. Lass einmal in Deutschland ein paar terroristische Anschläge geschehen, die Kriminalität der Immigranten noch weiter wachsen und du wirst sehen, was dann in unserem Land politisch möglich ist."

„Hör auf, den Teufel an die Wand zu malen, Peter. Das wäre ja furchtbar und nicht auszudenken. Das kann und will ich mir nicht vorstellen."

„Bist du dir so sicher? Der Deutsche ist doch froh, wenn er selber nicht handeln muss. Er überlässt es viel lieber der Staatsmacht, und wenn die heutigen Verantwortlichen es nicht können, dann werden eben die anderen gewählt, die es ihnen versprechen können."

Lena wollte gerade zu einer Antwort ausholen, als plötzlich Peters Handy klingelte. Auf dem Display konnte Peter sehen, es handelte sich um Anton Jakobs, der ihn sprechen wollte. „Wenn man vom Teufel spricht", sagte er, anschließend drückte er die Antwort- und Lautsprechertaste:
    „Hallo, Anton, schön, dass du anrufst, ich versuche schon seit zwei Tagen, dich zu sprechen."

„Ich weiß, Peter", kam es aus dem Lautsprecher des Handys. „Tut mir auch leid, ich war die ganze Zeit damit beschäftigt, einen sehr gefährlichen Terroristen unschädlich zu machen."

„Ich weiß, Faris hat es mir erzählt, Anton. Ich hoffe, du warst erfolgreich in deiner Mission?"

„Ja, wir haben ihn geschnappt. Deshalb rufe ich an, Peter. Ich bin immer noch in Oldenburg. Wir haben heute Asim verhaftet und eine ungefähre Vorstellung davon, was er an Mohammed Bari geliefert hat. Wir untersuchen noch das ganze sichergestellte Material und verhören Asim seit Stunden. Zum jetzigen Zeitpunkt können wir davon ausgehen, dass Bari ein Bombenbauer ist und unmittelbar einen Anschlag plant. Meine Leute und Faris sind genau jetzt, während unseres Gespräches, unterwegs zu seiner Wohnung in Borssum, um ihn festzunehmen."

„Wow, sag Faris, er möchte mich bitte auf dem Laufenden halten, wenn sie den Terroristen dingfest gemacht haben."

„Mach ich, Peter, bis bald." Es knackte kurz in der Leitung und damit war das kurze Gespräch beendet.

„Du hast gehört, was er gesagt hat, Lena, sie sind unterwegs, um Mohammed Bari zu verhaften. Faris' Befürchtung hat sich leider bewahrheitet. Allem Anschein nach ist der Typ wirklich ein Terrorist und plant einen Anschlag hier in Emden."

„Von allen Plätzen in der Welt warum gerade in Emden? Was gibt es hier in Emden in die Luft zu sprengen?"

Im gleichen Augenblick hörten Peter und Lena von draußen ein lautes Scheppern von Metallteilen. Absperrgitter wurden am Hafentor von einem Lastwagen abgeladen und waren von einem Gabelstapler gefallen.

„Das Matjesfest", riefen beide fast gleichzeitig.

„Mohammed Bari plant einen Anschlag auf das Matjesfest, das ist sein Ziel. Tausende von Besuchern werden morgen unterwegs sein, da könnte eine gut platzierte Bombe viele Menschen töten", fuhr Lena fort. „Das wäre nicht auszudenken, wir müssen alles sofort absuchen lassen, du musst Faris anrufen und ihm unseren Verdacht sofort mitteilen."

Lena konnte durchaus recht haben mit ihrer Vermutung. Peter stellte sich im gleichen Augenblick bildlich vor, wie ein tödlicher Sprengsatz vor dem Rathaus explodierte, überall Tote und Verletzte herumlagen, ein grauenvolles Chaos herrschte. Er wählte Faris' Nummer, der hob nach zweimal Klingeln ab.

„Hallo, Faris, Peter hier, wir glauben zu wissen, was Mohammed Bari plant."

Kapitel XXXV

Mittwoch, 24. Mai, später Nachmittag

Asims SMS kam am frühen Nachmittag. Mohammed Bari wusste sofort, was es für ihn bedeutete. Die Polizei war ihnen letztendlich auf die Spur gekommen. Allah sei gepriesen, Asim hatte ihn kurz vor seiner Verhaftung noch warnen können. Möge der Allmächtige ihm gnädig sein und ihn beschützen, wünschte er seinem Bruder. Jetzt hieß es, schnell zu handeln, bevor die Polizei auch ihn verhaften würde. Er war überzeugt davon, dass sie kommen würden, und zwar schon sehr bald. Auch wenn er nicht viel von der deutschen Polizei hielt, war er sich hundertprozentig sicher, es blieb ihm nicht viel Zeit. Es folgte dem Ritual des Shahid, des Märtyrers. Seine letzten zweiundsechzig Stunden hatte Mohammed ganz allein verbracht. Er betete laut und sang religiöse Lieder, versetzte sich in eine todesmutige Stimmung. Anschließend badete er, rasierte sich den Bart ab und scherte sich den Kopf. Er wollte nicht unbedingt als Märtyrer sterben, dennoch war er dazu bereit. Er würde, inshallah, wenn es Gott so will, das Lächeln der Freude, das bassamat al-farah, erleben dürfen. Auch der Gedanke an die siebzig Jungfrauen, die im Paradies auf ihn warten würden, erfreute ihn. Schicke westliche neue Kleidung rundete das Bild eines ganz modernen jungen Mann ab. Als er einen letzten Blick in den Spiegel warf, erinnerte nichts an seinem Äußeren mehr an das Klischee eines religiös fanatischen Islamisten.

Ohne in Zeitdruck zu verfallen oder in hastige Panik zu geraten, vernichtete er alle belastenden Unterlagen in seiner Wohnung. In Windeseile packte ein paar Sachen, nahm seinen Laptop und begab sich in den Keller zu seinem Versteck. Er öffnete in aller Seelenruhe die Metallkiste und entnahm ihr die drei Rucksäcke mit den Bomben. Wie es ihm immer wieder in Syrien von seinen Ausbildern gezeigt worden war, bestückte er die Handys an den Bomben mit frisch aufgeladenen Batterien. Damit waren sie scharf, jetzt brauchte er nur noch die Nummer der Handys zu wählen und die Sprengsätze in den Rucksäcken würden explodieren. Bei seinem letzten Gang durch die Werkstatt riss er die Bilder vom Matjesfest sowie des Hafens von der Wand und steckte sie, zusammen mit seinem Laptop, in einen der Rucksäcke. Als Letztes verschloss Mohammed die Kellertür hinter sich und ungesehen von seinen Überwachern verließ er den Wohnblock wieder auf der rückwärtigen Seite des Gebäudes. Kleine Schweißperlen transpirierten auf seiner Stirn, die er arglos mit dem Ärmel beiseite wischte. Sein Adrenalinspiegel war leicht überhöht. Unweigerlich musste er dabei an Syrien denken, wenn er zu einem Einsatz gegen den IS ausgerückt war. Die Stunden vor einer tödlichen Begegnung mit dem Todfeind waren vergleichbar gewesen. Er kannte das intensive Gefühl nur zu gut, er liebte diese Anspannung, den heißen Atem der Gefahr in seinem Nacken zu spüren. Bald würde es dunkel werden, dachte er sich, und dann konnte er seinen heiligen Plan in die Tat umsetzen. Allah wird ihn führen und beschützen. Der Allmächtige, redete er sich ein, wird Gefallen daran finden, wenn er die Ungläubigen in Stücke sprengt. Sie hatten es tausendfach verdient, aber erst einmal brauchte Mohammed die Dunkelheit, um seinen Plan auszuführen. Ein letztes Mal schaute er sich um. Es war ihm bewusst, nach seiner Tat würde er niemals wieder hierher zurückkehren können. Auch war ihm klar, dass ab dem jetzigen Zeitpunkt er ein von der Polizei gesuchter Terrorist war. Inshallah, so Gott will, wird man ihn ab morgen wie einen räudigen Hund überall jagen. Aber zuerst würde er, Mohammed Bari aus Rakka, Syrien, sie seine ganze Rache spüren lassen. Niemand hatte eine Ahnung davon, was er vorhat, und wenn sie es endlich herausgefunden haben, wird es schon lange zu spät sein. Die Straßen Emdens werden mit Blut getränkt, die Weiber ihre Klagen zum Himmel schreien, die Infidels sich für immer vor Allahs Rache fürchten. Er blickte auf seine Uhr, es war alles noch im richtigen Zeitrahmen. Er hatte noch viel

Zeit bis zur totalen Dunkelheit. Die Sonne stand tief, ihr Abendrot leuchtete wie ein blutrotes Inferno am Himmel. Mohammed nahm sein Fahrrad und fuhr durch die Hans-Böckler-Allee, vorbei am neuen Friedhof, zum Seedeich. Er überquerte die Borssumer Schleuse, verrichtete sein Abendgebet an der Stelle, wo die Musa-Brüder ermordet worden waren. Im Anschluss daran radelte er den ganzen Seedeich bis zur Großen Seeschleuse weiter hoch. Mohammed überquerte diese geschäftige Lebensader des Emder Hafens und fuhr von dort bis zur Baustelle der neuen Nesserlander Seeschleuse. An seinem Ziel angekommen lenkte er sein Fahrrad in einen kleinen Seitenweg, versteckte den einen Rucksack mit seinen wenigen Habseligkeiten, in dem sich die größte Bombe befand. Dann wartete Mohammed geduldig, bis es dunkel genug geworden war, bevor er sich mit seinem Fahrrad die Nesserlander Straße hinauf bis in die Stadt machte. Die beiden anderen Rucksäcke mit den Nagelbomben hingen lose über seine Schultern und die Waffe, mit der er Rhabih Moussa erschossen hatte, stecke locker in seinem Hosenbund. Er hatte sich fest geschworen, falls die Polizei ihn stellte, würde er sich bis zur letzten Patrone verteidigen, lebend sollten sie ihn niemals bekommen. Immer wieder musste er an Rakka denken, seine ehemals schöne Heimatstadt, und an Syrien, sein geliebtes Heimatland. Wie oft hatte er in den Nachrichten die grausamen Schreckensmeldungen des Krieges von seinem Land gesehen. Mohammed hasste die Westmächte, die außer Waffenlieferungen nichts dagegen unternahmen, um den Krieg zu beenden. Syrien war total zerstört, für ihn gab es seine Heimat, wie er sie aus seiner Kindheit kannte, nicht mehr. Er wollte den Kaffern zeigen, was es bedeutet, wenn Bomben in einer friedlichen Stadt explodieren und die Leiber von Männern, Frauen und ihren Kindern zerrissen.

Er stellte sein Fahrrad bei der Baustelle des neuen Hotels am Delft hinter einem Bauwagen ab. Ab da ging er zu Fuß weiter. Über jede seiner Schultern hatte er sich einen der tödlichen Rucksäcke gehängt. Vorsichtig näherte er sich seinem ersten Ziel, dem Emder Hafentor.

Niemand schenkte ihm jegliche Beachtung. Die Arbeiten zum Aufbau der Matjestage waren im vollen Gange. Überall waren Menschen damit beschäftigt, elektrische Leitungen, Wasserversorgung für Schaustellerbuden, Absperrungen, Bühnen, Lichterketten und sonstige Dinge, die zu einer solchen Festivität nun einmal dazugehörten, zu installieren. Mohammed Bari dachte wehmütig, als er die vielen bunten Lichterketten sah, an seine geliebte kleine Schwester, seinen jüngsten Bruder, die solch ein Fest geliebt hätten, wenn sie denn noch leben würden. Aber leider waren sie tot, Raketen der Ungläubigen hatten sie aus ihrem so jungen Leben gerissen. Er wischte sich eine Träne aus den Augen und murmelte leise vor sich hin: „Dafür werdet ihr büßen! Morgen werden eure Schmerzensschreie durch eure Straßen schallen, denn im Koran steht geschrieben, Sure 2, Vers 178: „Ihr Gläubigen! Bei Totschlag ist euch die Vergeltung vorgeschrieben: ein Freier für einen Freien, ein Sklave für einen Sklaven und ein weibliches Wesen für ein weibliches Wesen.“

Mohammed näherte sich unauffällig der Bühne am Hafentor und verschwand in einem günstigen Augenblick ungesehen darunter. Nach kurzer Sondierung der Metallkonstruktion fand er die bestmögliche Position für seine Bombe. Er hing einen der beiden Rucksäcke direkt an die Vorderseite der Bühne in die Mitte des Stahlgerüsts. Versteckt durch ein doppelt gefaltetes Stück Abdeckplane, war der Rucksack in der Falte kaum zu sehen. Mohammed hatte die Bombe so platziert, dass sie jeden, der sich bei der Detonation auf der Bühne oder davor befand, in Stücke reißen würde. Um die Anzahl der Opfer überdies zu erhöhen, hatte er vorsätzlich den Rucksack mit zahlreichen Metallkugeln und Nägeln gefüllt. Diese würden viele weitere Menschen in einem Umkreis von ungefähr fünfzig Metern töten.

Niemand achtete auf den jungen Mann mit der Kapuze und den Rucksäcken, der unter der Bühne herumwerkelte. Zufrieden mit sich und seinem grausigen Werk ging er anschließend mit dem zweiten

Rucksack zur Bühne am Rathausplatz. Jeder, der ihn sah, dachte, er gehörte zu einer der Installationsgruppen, die für den Aufbau des Festes zuständig waren. Alle waren auch zu sehr mit ihren eigenen Arbeiten beschäftigt, als dass sie zu viel Zeit damit verschwendeten, anderen bei der ihren zuzusehen. Es lief für Mohammed alles nach Plan. Wiederum nutzte er einen günstigen Augenblick, als niemand auf ihn achtete. Ohne zu zögern, tauchte er unter die Bühne. In der gleichen Weise wiederholte er dort die Platzierung der zweiten Bombe, bevor er unbemerkt sich wieder entfernte. Die Anspannung abgefallen, seine Sprengsätze in Stellung gebracht, lief er, mit seinem Werk zufrieden, durch die Stadt. In einem Pub am Marktplatz trank er in aller Ruhe Kaffee, dann mit einem letzten Blick auf die Aufbauarbeiten zum Matjesfest radelte Mohammed letztendlich zurück zum Seedeich und legte sich hinter einer Bank am Deich schlafen. Gegenüber seines Schlafplatzes am Deich leuchteten die hellen Lichter des Borkumfähr-anlegers in der Nacht. Sein morgiges Ziel!

Kapitel XXXVI

Donnerstag, 25. Mai, Beginn der Matjestage, frühmorgens

Er hatte schlecht geschlafen, die unbequeme Bank am Seedeich hatte ihn kaum ein Auge zudrücken lassen. Immer noch schläfrig, erwachte Mohammed beim allerersten Sonnenstrahl, der sein Gesicht erwärmte. Die kräftig strahlende Frühlingssonne am blauen Himmel versprach einen schönen Tag. Das wiederum war gut für Mohammeds Vorhaben. Es werden heute sicherlich sehr viele Urlauber mit der Fähre fahren, freute er sich insgeheim. Er hatte seine Aktion, immer und immer wieder, hundertfach im Kopf durchgespielt. Es war ein guter Plan. Er würde ein Ticket für die Borkumfähre lösen, ganz normal als Gast an Bord gehen und seinen Rucksack mit der Bombe unter dem Reisegepäck der anderen Fährgäste platzieren. Kurz vor dem Auslaufen der Fähre würde er unter einem Vorwand das Schiff noch schnell verlassen und sich auf die andere Seite des Hafens auf seine Schlafbank setzen. Kaltblütig würde er zusehen, wie die Fähre aus dem Hafen ausläuft. In dem Augenblick, wenn die Fähre die Höhe der Großen Schleuse erreicht hatte, genau in der Mitte der Hafeneinfahrt, würde er die Bombe per Funksignal aktivieren. Der Sprengsatz war mit seiner Detonationskraft so ausgelegt, dass er die Fähre total zerstören wird. Das Schiff wird unweigerlich sinken und viele an Bord mit ihm. Sein Ziel war, neben zahlreichen Toten, zusätzlich auch die Hafeneinfahrt gleich für mehrere Wochen zu blockieren. Er sah das grausame Inferno der Zerstörung wie einen schlechten Film vor seinem geistigen Auge ablaufen. Kurz darauf, wenn dann die ersten Sirenen der Rettungskräfte zu hören waren, würde er die beiden Bomben in der Stadt zünden. In der Hoffnung darauf, dass die beiden gut platzierten Sprengsätze unzählige weitere Menschen vor den Bühnen in den Tod rissen. Die Infidels sollten einen kleinen Geschmack davon bekommen, was für die Menschen in Syrien an der Tagesordnung war. Er empfand sein Handeln als Teil einer gerechten Strafe für ihre Verantwortung am Leid seines Volkes. Emden sowie ganz Deutschland würden sich so schnell nicht wieder von dem Attentat erholen. Während die Polizei überall auf den Straßen, Bahnhöfen oder sonst wo nach ihm suchte, würde er schon lange mit seinem Fahrrad, gemütlich den Deich entlang, bis nach Petkum geradelt sein. Es gab einen schnurgeraden Radweg, der die gesamte Strecke am Emsdeich, vom Außenhafen über Borssum, in Richtung Petkum führte. Von dort würde er die kleine nostalgische Fähre über die Ems nach Ditzum nehmen. Ab da war es dann nur noch ein kleiner Katzensprung, die Dollartküste entlang, bis nach Holland. Er war die Strecke in den letzten Monaten schon ein paarmal gefahren und wusste, er benötigte für die Fahrt am Deich entlang weniger als eine Stunde. Niemand würde auch nur im Entferntesten auf die Idee kommen, dass er ein Fahrrad zur Flucht benutzen würde. Die Grenze zu Holland war durchlässig wie in Schweizer Käse und er hatte Kontakte in Holland, die ihm weiterhelfen würden.

Jetzt musste er nur noch bis Mittag warten. Mohammed hatte sich alle Fährzeiten genauestens eingeprägt, um 12.30 Uhr geht der Katamaran nach Borkum, und er hatte sich entschlossen, exakt diese Fähre in die Luft zu sprengen. Es blieb ihm sowieso nichts anderes übrig, denn das Matjesfest würde zur Abfahrt der ersten Fähre um 8 Uhr noch gar nicht offiziell eröffnet sein. Die lange Wartezeit am Deich barg natürlich ein Restrisiko, vorzeitig entdeckt zu werden, aber Mohammed vertraute darauf, dass kein Mensch ihn im Emder Hafen suchen würde.

Er schlenderte, um sich etwas die Beine zu vertreten, in Richtung Borkumanleger. Er wollte die verbleibende Zeit nutzen, um zu überprüfen, ob sich eventuell die Sicherheitsauflagen beim Einchecken der Passagiere geändert hatten. Auf dem Weg zum Anleger, in seine Gedanken versunken, hatte er glücklicherweise den herannahenden

Polizeiwagen gerade noch rechtzeitig entdeckt. Mohammed befand sich kurz vorm Anleger in Höhe der Autovermietung Sixt, als ein Streifenwagen langsam durch die Flutschleuse fuhr und links zum Fähranleger abbog. In allerletzter Sekunde war es ihm gelungen, sich schnell zwischen zwei der Leihwagen zu schieben und so zu tun, als wenn er dort gerade einen Wagen aufschließen wollte. Ohne sich danach noch einmal umzudrehen, lief er eiligen Schrittes den Weg über die Baustelle zurück und verschwand möglichst unauffällig in einer der Seitenstraßen an der Nesserlander Schleuse. Außerhalb der Sicht der vorbeiführenden Hafenstraße, hinter ein paar Baufahrzeugen versteckt, sah er dann, wie der Streifenwagen kurze Zeit später in Richtung zur Großen Seeschleuse fuhr. Das war knapp gewesen, dachte er insgeheim, es beschlich ihn eine leichte Unsicherheit.

Mohammed überlegte, ob er einen zweiten Versuch unternehmen sollte, zum Fähranleger zu gehen, um festzustellen, ob die Polizei vielleicht einen Beamten zur Sicherung zurückgelassen hatte. Er entschied sich letztendlich dagegen, wozu sollte er jetzt noch ein Risiko eingehen. Wenn es der Fall sein würde, nahm er sich vor, erst die Bomben in der Stadt zu sprengen. Er war sich ziemlich sicher, der Beamte würde dann sofort in der Stadt benötigt und abgezogen werden. Wenn nicht, gab es andere Möglichkeiten, ihn schon irgendwie unschädlich machen, zur Not hatte er ja immer noch seine Pistole.

Aus seinem Versteck beobachtete er, wie die Acht-Uhr-Fähre, begleitet von einem Schwarm kreischender Möwen, langsam aus dem Hafen fuhr. Mohammed blieb noch eine längere Zeit lang an der Schleusenbaustelle, um sicherzugehen, dass die Polizisten im Streifenwagen, falls sie die gleich Route zurückfuhren, ihn nicht doch noch zufällig entdeckten.

Das Warten bis zum Mittag nervte ihn, aber er hatte keine andere Wahl. Als die Uhr endlich 11.30 Uhr zeigte, machte Mohammed sich wieder auf den Weg und diesmal würde ihn niemand mehr aufhalten.

Kapitel XXXVII

Donnerstag, 25. Mai, Matjestage, morgens zur gleichen Zeit

Die Anstrengungen der letzten Nacht konnte man gut in Peters Gesicht ablesen. Er hatte kaum mehr als drei Stunden geschlafen und fühlte sich wie gerädert. Am Vorabend hatten er, Faris und Anton noch mehrfach miteinander telefoniert. Nachdem Faris entdecken musste, dass Mohammed Bari ihnen durch die Lappen gegangen war, wurde die höchste Alarmstufe ausgelöst. Grund dafür war Peters später Anruf mit der Theorie eines geplanten Anschlags auf das Matjesfest. Zum Glück teilten Anton und Faris Peters Befürchtung; ehrlich gesagt konnten sie es sich auch gar nicht leisten, dem Verdacht nicht nachzugehen. Ohne weitere Verzögerung wurden spezielle Einsatzkommandos aus Aurich, Oldenburg und Osnabrück angefordert. Bis zum Morgengrauen war, mit Spürhunden eines Kampfmittelkommandos, das ganze Gelände des Matjesfestes abgesucht worden. Unter zwei der drei Bühnen waren die Beamten fündig geworden, die Hunde hatten dort angeschlagen. Spezialbeamte des Sprengstoffkommandos übernahmen, entdeckten dann die Rucksäcke und entschärften die Sprengsätze noch vor Ort. Danach hieß es Gott sei Dank dann Entwarnung, das Matjesfest konnte am nächsten Tag beginnen.

Peter hatte natürlich während der gesamten Nacht nicht ruhig in seiner Wohnung sitzen können, sondern die Suche nach den vermeintlichen Bomben aktiv begleitet. Die große Freude über die Erfolgsmeldung vom Fund der Sprengsätze und die endgültige Bestätigung einer Vereitelung des Anschlags waren allen Beteiligten vom Gesicht abzulesen. Anton gratulierte Peter zu seinem Erfolg, Faris klopfte ihm anerkennend auf die Schulter. Es stand außer Frage, dass die Bomben, wenn sie denn explodiert wären, sehr viele Menschen das Leben gekostet hätten. Jetzt gab es nur noch eins zu tun, Mohammed Bari zu fassen. Die Fahndung nach dem Terroristen war schon einige Stunden zuvor eingeleitet worden. Die Suche nach dem gefährlichen Mann lief mit vollem Hochdruck, war aber bisher ohne Erfolg geblieben. Der junge Syrer war auf unerklärliche Weise wie vom Erdboden verschluckt.

Das alles interessierte Peter aber nur noch am Rande. Lena und er freuten sich jetzt auf das wohlverdiente lange Wochenende, fort von dem ganzen Trubel, weit weg von Mord und Terror.

Die erste Fähre nach Borkum verließ den Emder Hafen um 8 Uhr morgens. Lena und Peter hatten, wegen der aufregenden nächtlichen Ereignisse, kurz und schlicht einfach verschlafen. Sie hatten die frühe Abfahrt der Fähre verpasst und sich kurzfristig entschlossen umzubuchen. Die nächste Überfahrt mit dem etwas schnelleren Katamaran war um 12.30 Uhr. Positiv an dem Ganzen war, sie befanden sich plötzlich in der glücklichen Lage, noch Zeit für ein ausgiebiges Frühstück zu haben.

„Nun beeil dich, Liebling", rief Lena Peter zu. „Sonst verpassen wir auch noch die zweite Fähre, der Taxifahrer wartet schon."

Peter hatte getrödelt und es wurde plötzlich höchste Eisenbahn, sich auf den Weg zum Außenhafen zu begeben. Endlich saßen Lena und er auch im Wagen. Das Taxi nahm die Route über die Petkumer Straße, dann die alte Trogstrecke am Tonnenhof entlang, der Nesserlander Straße folgend, zum Außenhafen. Wie es kommen musste, wenn man unter Zeitdruck gerät, war natürlich genau zu diesem Zeitpunkt die Brücke am Tonnenhof über den Binnenhafen geöffnet. Die wenige verbliebene Zeit bis zur Abfahrt der Fähre verstrich nervenaufreibend im Wagen. Doch damit nicht genug, die unselige Warterei fand kein Ende. Nachdem die Brücke wieder geschlossen war, der Verkehr sich wieder in Bewegung setzte, kam es noch schlimmer. Die Bahnschranken an der Nesserlander Straße senkten sich für den durchfahrenden Zug zum Borkumanleger. Lena rutschte, immer nervöser werdend, auf ihrem Sitz hin und her. Ihr Gesichtsausdruck glich dem berühmten Biss in den sauren Apfel. Peter verhielt sich zuversichtlich ruhig, er versuchte Lena ihre Nervosität zu nehmen.

„Wir kommen schon noch rechtzeitig zur Fähre, Liebling, mach dir mal keine Sorgen", versuchte er sie zu beruhigen. „Nur keine Panik aufkommen lassen, wir haben immerhin noch mehr als zwanzig Minuten, bis die Fähre ablegt, das schaffen wir schon."

Mit verzweifelter Miene und richtig angefressen antwortete sie ihm: „Du bist gut, Peter, zwanzig Minuten gehen viel schneller vorbei, als du denkst. Wehe, wenn wir, wegen deiner Trödelei, die zweite Fähre auch noch verpassen. Dann schläfst du heute Nacht auf dem Sofa, das versprech ich dir."

„Drück gefälligst auf die Tube, Mann", rief Peter dem Taxifahrer zu. „Ich zahle jegliche Strafe, wenn wir wegen zu schnellen Fahrens erwischt werden."

Lena knuffte ihren Ellbogen in seine Seite, während Peter grinsend dem Taxifahrer mit dem Auge zuzwinkerte. Der gab Stoff und in weniger als zehn Minuten waren sie gerade noch rechtzeitig am Borkumanleger angekommen. Die Fähre war kurz vorm Ablegen. Lena lief schon mal vor, um der Crew zu signalisieren, dass noch zwei Fahrgäste kommen, während Peter hastig das Gepäck aus dem Kofferraum des Taxis holte.

Genau in dem Moment, als Peter die Gangway der Fähre hochlief, kam ihm Mohammed Bari, der die Fähre gerade verlassen wollte, entgegen. Beide verharrten in ihren Bewegungen, starrten sich einen kurzen Augenblick lang in die Augen. Mohammed Bari war, genau wie

Peter, total überrascht. Trotz der sichtlichen äußerlichen Veränderung, des kahlgeschorenen Kopfes und des abrasierten Bartes hatte ihn Peter sofort an den stechenden Augen erkannt. Auch Mohammed Bari hatte Peter wiedererkannt. Woher konnte die Polizei nur wissen, dass er an Bord der Fähre war, dachte er. Natürlich schoss es ihm unweigerlich, in einer für ihn logischen Schlussfolgerung, durch den Kopf, dass der Kommissar nur seinetwegen auf das Schiff gekommen war. Dass es sich dabei nur um einen dummen Zufall handelte, war außerhalb seines Vorstellungsvermögens. Nichtsdestotrotz, es war alles für ihn vorbei, jetzt blieb nur noch eins zu tun. Er würde lieber den Tod eines Märtyrers sterben, als dass er freiwillig, auf den letzten Metern, aufgeben würde.

Peter, seinerseits genauso vom Anblick des Terroristen geschockt, verharrte einen kurzen Moment in der Schrecksekunde, bevor er einen Gedanken fassen oder reagieren konnte.

Mohammed Bari nutzte diesen kleinen Augenblick und flüchtete im Eiltempo zurück auf die Fähre. Peter nahm sofort die Verfolgung auf. Der mit offenem Mund staunenden Besatzung rief er zu, ja nicht mit der Fähre abzulegen sowie unverzüglich die Polizei zu rufen. Er nahm unverzüglich die Verfolgung auf, Angst um die Fahrgäste beflügelte seine Schritte. Denn Peter hatte gesehen, dass der Terrorist in den mit Urlaubern gefüllten Fahrgastraum geflüchtet war. Vorsichtig näherte er sich der Außentür des Fahrgastraumes der Fähre. Mit einer fließenden Bewegung schaute er schnell durch die Eingangstür in den Raum und zog sofort wieder seinen Kopf zurück. Darauf folgte unmittelbar das unmissverständliche ploppende Geräusch eines schallgedämpften Schusses. Neben ihm schlug ein Projektil in den Türrahmen der Bordwand. Aus den Augenwinkeln hatte Peter sehen können, wie Mohammed Bari in der einen Hand ein Handy hielt und in der anderen eine Walther P22. Auch hatte er erkannt, dass die Waffe zusätzlich mit einem unverkennbaren länglichen Zylinder, einem Schalldämpfer, versehen war. Jetzt war ihm auch klar geworden, weshalb in der Nacht, als Rhabih Moussa erschossen worden war, niemand einen Schuss gehört hatte. Diese Erkenntnis half ihm zum jetzigen Zeitpunkt aber relativ wenig. Überall in dem großen Fahrgastraum saßen und standen fröhliche Fahrgäste, die bis dahin nichts von dem sich vor ihren Augen abspielenden Drama mitbekommen hatten. Plötzlich bemerkte einer der Fahrgäste den Mann mit der Pistole in der Hand und wollte zur Ausgangstür rennen, als ihn Mohammed Bari mit einem gezielten Schuss niederstreckte. Eine Frau begann zu schreien, Panik brach unter den Passagieren aus. Ein jeder wollte nur raus aus dem Gefahrenbereich, aber wohin? Der einzige Fluchtweg führte auf das rückwärtige Außendeck, zu dem jetzt die Mehrzahl der Gäste strebte. Andere blieben einfach wie erstarrt angstvoll auf ihren Stühlen sitzen, Frauen begannen zu schluchzen, Kinder fingen an zu weinen.

Das Handy, schoss es Peter durch den Kopf, Bari will die Bomben hochgehen lassen. Da er nicht wusste, wie viele Bomben der Terrorist noch in Emden versteckt hatte oder ob sich sogar eine weitere an Bord befand, musste er ihn unverzüglich unschädlich machen. Dafür war es unabdinglich, ihn abzulenken, und noch viel wichtiger, wesentlich näher an ihn heranzukommen.

„Geben Sie auf, Bari, es ist zu spät", rief er ihm zu. Die beiden Bomben unter den Bühnen auf dem Matjesfest haben wir schon lange gefunden und entschärft."

Peters Worte erzielten den gewünschten Effekt, Mohammed Bari war für einen kurzen Augenblick abgelenkt und stoppte seine Aktivitäten auf der Tastatur des Handys. Hatten die Infidel wirklich seine Bomben in der Stadt gefunden? War sein Plan gescheitert?

Wut und Enttäuschung machten sich in ihm breit. Wenn es so sein sollte, wird Allah dafür seine Gründe haben. Was niemand außer ihm aber wissen konnte, er hatte noch eine weitere Bombe. Diese befand sich hier an Bord der Fähre, genau dort, wo er sie vor zwanzig Minuten abgelegt hatte. Seine Laune besserte sich bei dem Gedanken, dass er zumindest noch in der Lage war, dieses Schiff in die Luft zu sprengen. Er fragte sich, wie konnte die Polizei seine Bomben in der Stadt so schnell gefunden haben, was hatte er falsch gemacht? War es ein Bluff des Polizisten? Er musste es wissen und vor allen Dingen wollte er erfahren, was hatte seinen Plan vereitelt?

Peter betrat langsam den Fahrgastraum. Schritt für Schritt näherte er sich Mohammed Bari und hielt dabei gut sichtbar seine Hände hoch.

„Warum so sicher, ich Sie nicht erschießen?", antwortete ihm jetzt Mohammed Bari und zielte mit der Waffe auf Peter. Er empfand auf einmal keine Gefahr mehr von dem Kommissar, denn er hatte ihn vor dem Lauf seiner Pistole und konnte, wenn er wollte, ihn jederzeit töten. Er hatte die absolute Kontrolle, die Macht, aber er brauchte unbedingt Antworten.

Das war genau das, was Peter mit seiner Aktion beabsichtigt hatte, er musste den Terroristen in Sicherheit wiegen. Zumindest so lange, bis er näher an ihn rankam. Er wusste aus Erfahrung, jeder Täter wollte am Ende reden, sich mitteilen, erklären, was ihn zu seiner Tat bewegte.
„Sie haben damit Rhabih Moussa erschossen", warf Peter ihm, in einer plötzlichen Eingebung und mit Blick auf die schallgedämpfte Waffe, an den Kopf. Langsam und bedächtig machte er dabei kleine weitere Schritte auf Mohammed Bari zu.

„Der kurdische Hund musste sterben", gab Mohammed ohne ein Zögern zu. „Er Abschaum, ungläubig, ‚Kufr‘, benutzte viele gute Moslems für schlechte Geschäfte, Drogen, Raub. Kurde hat Tod tausendfach verdient."

Peter bewegte sich vorsichtig einen weiteren Schritt vorwärts, er war nur noch knapp zwei Meter von Mohammed Bari entfernt. Fieberhaft überlegte er, wann er nah genug sein würde, ob es ihm gelingen würde, ihn zu entwaffnen.

„Stop, du nicht weiter!", befahl Bari und gab ihm mit dem Lauf der Pistole unmissverständlich zu verstehen, stehen zu bleiben.

„Schon gut, ganz ruhig bleiben. Sie haben recht, Herr Bari, um den Kurden ist es wirklich nicht schade, da stimme ich Ihnen sofort zu", erwiderte Peter in einem ruhigen Ton. „Aber das, was Sie hier jetzt vorhaben, das ist falsch, Sie sollten aufgeben, es ist vorbei, die Menschen hier auf dem Schiff sind unschuldig."

„Was Sie wissen, wer schuld und wer nicht? Sie wirklich glauben, haben alle Bomben gefunden? Nichts vorbei, erst wenn ich Knopf drücke, dann vorbei. Und keine sein unschuldig, ihr müsst alle dafür büßen, dass meine Familie tot. Mit eure Waffen getötet. Ihr alle schuld am Tod von so viele Syrer. Jetzt ihr werdet selber erleben, wie ist, wenn eure Frauen und Kinder sterben." Dabei hielt er das Handy jetzt sichtlich hoch und sein Finger schwebte über dem grünen Knopf, der einen Anruf raussenden würde, ein tödliches Signal. Mohammed Bari begann leise zu beten und vermehrt begannen Schweißperlen auf seiner Stirn zu glänzen.

Im gleichen Augenblick fuhren draußen mehrere Einsatzfahrzeuge mit Sirenen und Blaulicht vor. Peter war gezwungen zu handeln. Er musste mit einer schnellen gezielten Krav-Maga-Technik genau den Nerv treffen, der den Terroristen unfähig machen würde, die grüne Taste auf dem Handy zu drücken. Damit blieb aber die auf ihn gerichtete Pistole sein tödliches Risiko. Sie würde aus der kurzen Distanz ihr Ziel nicht verfehlen. Das war ihm aber egal, er musste Lena und die Passagiere retten.

Weder Peter noch der Terrorist hatten bemerkt, dass Lena, wie aus dem Nichts, plötzlich mit einem Hockeyschläger hinter dem Terroristen auftauchte. Lautlos schwang sie den Schläger, es gab ein hässliches Geräusch von Holz auf Knochen, Mohammed Bari sackte, wie ein nasser Sack, besinnungslos zusammen, das Handy entfiel seiner Hand.

Grinsend schaute Lena ihren Peter an, zu ihren Füßen lag der regungslose Terrorist. „Der macht mir meinen Urlaub mit dir nicht kaputt", sagte Lena trocken.

Peter nahm Bari die Waffe ab und hob das Handy vom Boden auf. Er schaltete es vorsorglich aus. Dann nahm er Lena in den Arm und küsste sie voller Stolz.

Ein unter den Passagieren sich befindender Arzt kümmerte sich bereits um den angeschossenen Passagier. Nach kurzer Diagnose sagte er: „Es ist ein glatter Schulterdurchschuss, der Mann wird durchkommen."

Die vorher noch zu Tode verängstigten Urlauber begannen laut zu klatschen und Bravo zu rufen. Daraufhin stürzte auch das mobile Einsatzkommando der Polizei mit vorgehaltenen Schutzschildern, eingeschnürt in ihren ballistischen Schutzwesten, mit aufgesetzten Titanhelmen, gekleidet in reißfesten schwarzen Overalls und mit schwarzen Balaklavas vermummt in den Fahrgastraum. Sie hielten vor ihrer Brust bedrohlich entsicherte Maschinenpistolen MP5 der Marke Heckler & Koch in Anschlag. Bevor einer der Beamten noch unbeabsichtigt anfing unschuldige Passagiere umzumähen, hielt Peter beide Hände in die Höhe und rief laut: „Nicht schießen, ich bin Polizist, der Täter ist gesichert, die Gefahrenlage entschärft."

Die Beamten senkten daraufhin ihre Waffen, es wurde Entwarnung gegeben. Das Team sicherte die Fähre und den Fahrgastraum. Peter legte dem immer noch regungslos am Boden liegenden Mohammed

Bari Handschellen an. Das bei solchen Einsätzen dazugehörende Sanitäterteam brachte den angeschossenen Urlauber sofort ins nahegelegene Emder Krankenhaus. Als Nächstes erschien dann auch schon Anton Jakobs an Bord, in seinem Gefolge befanden sich Faris, Anja und Klaus. Natürlich hatten sie viele Fragen an Peter. Wieso er gerade hier auf den gesuchten Terroristen gestoßen war. Warum er sich überhaupt an Bord der Borkumfähre befand. Aber zuallererst waren sie sichtlich erleichtert, dass Peter hatte Schlimmeres verhindern können. Der stellte die Sachlage richtig und gab die Blumen sofort an Lena weiter. Die Situation war schnell erklärt, Lenas heroischer Einsatz, der dem Spektakel ein Ende gesetzt hatte, freudig erzählt. Die Polizisten waren total begeistert und nickten Lena anerkennend zu.

Mohammed Bari kam so langsam wieder zu Bewusstsein und wurde von Faris sowie einem weiteren Beamten auf die Beine gestellt. Er blickte Faris hasserfüllt an, dann schaute er in die Runde der anwesenden Polizisten, bevor er sich an Peter wandte:

„Inshallah, meine Rache sollte nicht sein. Allah muss dich lieben, Kommissar, as salaam aleikum."

Nachdem der Terrorist abgeführt worden war, blieb die Frage, was er an Bord der Fähre zu schaffen hatte bzw. warum er sie, vor dem Auslaufen, noch schnell verlassen wollte. Die Vermutung lag nahe, es musste sich eine weitere Bombe an Bord befinden. Der Katamaran wurde daraufhin sofort evakuiert und mit Spürhunden des Sprengstoffkommandos durchsucht. Es dauerte auch nicht lange, dann hatten sie den dritten Rucksack mit der Bombe unter dem Reisegepäck der Urlauber gefunden. Kurze Zeit später hatte ein Sprengstoffexperte sie entschärft.

Zu guter Letzt verließ die Borkumfähre, mit einer etwas mehr als zweistündigen Verspätung, den Emder Hafen. Lena und Peter freuten sich, als Gäste an Bord, auf ihren wohlverdienten Urlaub.

Weitere Bücher des Autors:

MordFriesland

Eine neue Kriminalromanserie, die in der Heimat des Autors, Emden, Ostfriesland ihren Handlungsrahmen hat. Neben spannenden Mordfällen schreibt er in seinen Büchern immer wieder Wissenswertes über Geschichte und Kultur Ostfrieslands. Aktuelle Themen der Stadt, kritisch recherchiert, dienen als Grundlage für seine Mordgeschichten.

Mord Hieve

Der erste Kriminalroman der neuen Serie **MordFriesland.**
Der Plan einer neuen Feriensiedlung am Kleinen Meer sowie unterschiedliche Lager von Befürwortern und Gegnern des Projekts führen zu einer Reihe rätselhafter Morde in der sonst so ruhigen Stadt Emden an der Ems. Kommissar Peter Streib und sein Team haben alle Hände voll zu tun, den Mörder zu fassen. Ein digitaler Luxus und eine fehlerhafte Mechanik verhelfen den Kriminalisten am Ende doch noch zur Überführung des Täters.

Mord Gülle

Der zweite Roman aus der Serie **MordFriesland.**
Das Team um Kommissar Streib muss diesmal die skurrilen Morde an ostfriesischen Bauern aufklären. Die zum Himmel stinkende Spur führt sie in die Abgründe des Missbrauchs illegaler Gülle aus Holland. Die zunehmende Umweltbelastung unserer Gewässer durch Übergüllung der Felder ist ein aktuelles, brisantes Thema in Deutschland, das der Autor für seinen neusten Krimi als Anlass genommen hat.

Mord Asyl

Der dritte Krimi aus der Serie **MordFriesland.** Diesmal müssen Kommissar Streib und Team die Morde an zwei jungen Asylanten aufklären. Bei seinen Ermittlungen in der rechtsextremen Szene Deutschlands stößt er auf die Spur eines islamistischen Terroristen, der einen Anschlag auf das Emder Matjesfest plant.

Asien Mit Anzug Und Krawatte

Was man während einer Geschäftsreise in Asien beachten sollte und was trotzdem noch so alles passieren kann ...

Auch Geschäftsreisen sind Reisen in fremde Länder. Und wer glaubt, man könne hier weltweit ähnliche Abläufe erwarten, wird schnell eines Besseren belehrt. Zudem weiß man, dass Verhandlungen oft genug scheitern wegen angeblich „weicher" Faktoren wie Unkenntnis des Verhaltens und des kulturellen Hintergrundes, was schon bei der Begrüßung beginnt.

Rolf Zeiler reiste 25 Jahre lang geschäftlich durch Asien. Durch seinen Reiseführer werden Geschäftsreisende fokussiert über alles für sie Wichtige in 24 asiatischen Ländern unterrichtet: von der Ankunft am Flughafen (Shuttle, U-Bahn oder Taxi) über die Mobilität im Landesinneren bis hin zu günstiger Kommunikation (Handy, Internet) und Geldverkehr (Bankautomaten, Kreditkarten).

Unsichtbare Faktoren, die ein Meeting in Asien bestimmen, wie gesellschaftlich erlernte Hierarchie, Gestik, Blickkontakt und Smalltalk, kommen hier ebenso zur Sprache wie die Wichtigkeit des Schweigens bei Verhandlungen und der richtige Umgang damit. Und besonders zur Sprache kommen die kleinen, oftmals entscheidenden Unterschiede bei den gegenseitigen Erwartungen, den Verhandlungen und – nicht zuletzt – der informellen Zeit danach, in der durchaus Fallstricke lauern können. Dazu wird über die jeweiligen Visabestimmungen und Gesundheitssysteme informiert und jedes Land wird prägnant mit seinen wirtschaftlichen Rahmendaten und Erfolgsaussichten vorgestellt. Ein kenntnisreicher und leidenschaftlicher Exkurs über die kulinarischen Erlebnisse, die den Reisenden erwarten, rundet den Ratgeber ab.

Genau zugeschnitten auf das, was der der Geschäftsreisende wissen muss, wird durch dieses Buch erlernbar, wie man sich in der asiatischen Geschäftswelt bewegen muss. Damit liegt ein kompakter Leitfaden vor, der einem sicher den Weg weist durch einen immer noch fremden Kontinent.

https://www.**bod**.de/buch/-/asia-with-suit.../9783732274178.html

https://www.**amazon**.de/**Asien-mit-Anzug-Krawatte**.../3848247623

Asia With Suit And Tie
What you should be aware of a business trip in Asia because anything can happen.
An essential guide for the serious business traveller who wants to do serious business in Asia. From avoiding cultural faux pas to the fastest way from the airport to your hotel; from recognising the intrinsic negotiation style of a country's businessman to handling their objections and closing deals. These great tips will ensure your success in Asia.

24 countries are individually covered in this extensive guide so you can apply them to the country you are visiting. Unspoken body language, social hierarchy and religious expectations rule Asia's meetings and negotiations. Expect pitfalls when you think there are none. Expect agreements to be non-agreement in 24 hours. The guide prepares you for such surprises and shows you how to move and fit seamlessly into the Asia business world.

Asia is about loose legalities and law. Learn to tread them safely. Asia is also about exotic and strange cuisines, learn what they are, and most importantly, learn not to get sick. Have Visa will take you to some countries, know which are the ones where cash is king.

Compact, succinct with several amusing anecdotes, this compact guide will help you safely journey through the business minefields of Asia.

About the author:

Rolf Zeiler lived, worked and travelled in the Asia Pacific region for 25 years, based in Singapore. During this period, he had set up several companies in Asia for German firms. Before retiring in 2011, he was Vice-Chairman, Asia Pacific for technotrans AG. During his business stints in Asia, he often wished he had help from a useful business travel and negotiation guidebook that could have shortened the learning pains for any Asia business traveller. This book is a realisation of that wish and a wish to help others.

https://www.**bod**.de/.../-/**asia-with-suit-and-tie**/9783732274178.html
*https://www.**amazon**.com/**Asia-suit-tie**-Rolf-Zeiler/dp/3732274179*

Kopf hoch, Herbert, wenn der Hals auch dreckig ist!
Stationen eines ungewöhnlichen deutschen Lebens!

Der Lebensweg eines Mannes, der seine Kindheit in der Weimarer Republik in deutschen Waisenheimen erlebte, seine Jugend bei Bauern in Knechtschaft verbrachte und als junger Soldat an den Fronten in Russland und Afrika kämpfte.

Eine Odyssee durch die Gefangenenlager in Nordafrika, Amerika und Frankreich, die das Schicksal und alltägliche Leben der POWs in den Camps beschreibt.

Die Geschichte eines deutschen Kriegsgefangenen, der mit anderen Kameraden in Gefangenschaft eine Theater- und Künstlergruppe gründete.

Der als Kunstmaler, Musiker und Komödiant nie seinen Humor verlor und sein Glück am Ende in Ostfriesland fand.

Einzigartige unveröffentlichte Originaldokumente einer Kunst- und Theaterkultur deutscher Soldaten in alliierter Kriegsgefangenschaft, die heute teilweise im Deutschen Historischen Museum in Berlin eine neue Bleibe gefunden haben.

Der Autor, Rolf Zeiler, hat aus den Erzählungen und Aufzeichnungen seines Vaters dieses Buch geschrieben, um seiner zu gedenken.

http://www.bod.de/buch/rolf-zeiler/kopf-hoch--herbert--wenn-der-hals-auch-dre-ckig-ist/9783735783905.html

https://www.amazon.com/Kopf-hoch-Herbert-wenn.../B00JZR8V2

Golf With The Devil

Golf with the Devil is a book targeted at the 60 million golf enthusiasts worldwide. It is a suitable gift purchase for all people wanting to buy a golf humour book for their golf-addicted friends. This is a compilation of ten short stories evolving round a golfing mad Devil. Getting souls to Hell is an easy task for the Devil these days. And like the human working population, he suffers from monotony. So, the Devil in these tales uses golf, his hobby, to win a soul because it presents a more exciting challenge. But it's not that easy, as readers would discover, some golfers are smart enough to outwit the Devil while others fell prey.

http://www.bod.de/buch/rolf-zeiler/golf-with-the-devil/978374477701.html

https://www.amazon.com/Golf-With-The-Devil/978374477701